옛날 철공소

옛날 철공소

초판 1쇄 인쇄 2023년 7월 20일
초판 1쇄 발행 2023년 7월 27일

지은이 황규섭
공동기획 팩트스토리

펴낸이 박세현
펴낸곳 서랍의 날씨

기획 편집 김상희 곽병완
디자인 김민주
마케팅 전창열

주소 (우)14557 경기도 부천시 조마루로 385번길 92 부천테크노밸리유1센터 1110호
전화 070-8821-4312 | **팩스** 02-6008-4318
이메일 fandombooks@naver.com
블로그 http://blog.naver.com/fandombooks

출판등록 2009년 7월 9일(제386-2510022009000081호)

ISBN 979-11-6169-256-2 (03810)

서랍의날씨는 **팬덤북스**의 가정/육아, 문학/에세이 브랜드입니다.

낡은 트럭 한 대가 밤길을 달리고 있다. 철근을 잔뜩 실은 트럭이다. 변두리 아파트 단지의 뒷길은 가로등 하나 없이 어둡다. 길을 따라 줄지어 선 가로수의 푸른 잎들이 트럭의 불빛에 은종이처럼 반짝인다.

젊은 남자가 운전을 하고 있다. 새까만 기름때에 절은 자동차 정비복을 입은 남자는 기분이 좋아 보인다. 그는 껌을 씹고 있다. 머리가 하얀 어머니와 젊은 아들이 찍은 사진이 룸미러에 매달려 흔들리고 있다. 조수석엔 김이 모락모락 피어오르는 검은 비닐봉지가 놓여 있다.

낡은 트럭과 남자의 모양새에 어울리지 않게 차 안에서 성악곡 아베마리아가 흘러나오고 있다. 남자는 껌을 씹으며 스피커에서 나오는 그 노래를 따라 흥얼거리기까지 한다. 얼핏얼핏 들리는 남자의 목소리는 아주 미성이다.

내리막길이 시작되는 곳, 멀지 않은 곳에 신호등이 보인다. 방금 파란불이 꺼지고 노란불이 켜졌지만 그대로 지나칠 모양인지 남자는 액셀러레이터를 세게 밟는다. 신호등이 눈앞으로 다가올 때 옆 좌석에 놓아둔 핸드폰이 울린다. 핸드폰 화면에 '울엄마'라고 씌어 있다. 남자가 음악소리를 줄이고 조수석에 손을 뻗는다.

그때, 트럭으로 뛰어드는 검은 물체.

끼이이이익!

퉤!

급히 차를 세운 남자는 차창밖에 껌을 뱉는다. 트럭의 라이트도 끈다. 조용하고 어둡다. 털털거리는 트럭 엔진 소리만 들린다. 옆 차선에 자동차 한 대가 쌩하고 지나간다.

그는 잠시 머뭇거리다 트럭에서 내린다. 늦은 시간이라 도로 옆의 커피숍은 불이 꺼져 있다. 그 옆의 꽃가게도 문이 닫혔다. 그는 주머니에 손을 넣은 채 상가 유리창과 주변 거리를 힐끔거린다. 아무도 없는 걸 확인한 그는 얼른 허리를 굽히고 트럭 아래를 살펴본다. 어두워서 잘 보이지 않는다. 그는 상체를 더 숙이고 살핀다. 두 앞바퀴 사이에 뭔가 있는 것 같다. 가느다란 신음 소리가 들린다.

뭐지? 고양이? 고양이 같은데?

어둠 속에서 검은 고양이가 꿈틀거린다. 어떻게든 그곳에서 벗어나려고 도로를 짚고 일어서려다 쓰러지고, 다시 일어서려다 힘없이 쓰러지곤 하고 있다. 가망이 없어 보인다. 그는 자리에서 벌떡 일어선다.

저것을 돕고 싶다! 저 고통을 끝내 주고 싶다. 하지만 어떻게? ……

그는 자신의 생각이 얼마나 끔찍한 것인지 금방 깨닫는다. 그러나 그는 그렇게 하기로 마음먹는다. 지금 저것을 위해 할 수 있는 것은 단 한 가지뿐이다!

그는 차에 올라타려다 말고 얼른 트럭 뒤로 숨는다. 옆 차선에서 쌔앵, 자동차가 지나간다. 그는 조금 전 뱉어 버린 껌을 집어 들고 다시 트럭에 올라 라이트를 끈 채 천천히 후진한다.

어두운 도로 위에 검은 고양이가 보인다. 그것은 마치 '나 좀 도와 줘!' 하고 신호를 하듯 가까스로 고개를 들고 천천히 흔들린다.

잠깐 망설이던 남자는 결심한 듯 액셀러레이터를 밟는다. 트럭이 요란한 소리를 내며 전진한다. 트럭은 두 번, 움찔, 움찔하고 잠깐 멈추는 듯하다가, 이내 어둠 속으로 사라진다. 고통스러운 신음 소리도 사라진다.

다시 어둠 속.

트럭은 아무 일 없다는 듯 도로를 달린다. 길은 어둡고, 가로수의 푸른 잎들만 은종이처럼 반짝인다. 트럭의 거친 엔진소리와 아베마리아 노랫소리 속에 핸드폰을 하는 남자의 태연한 목소리가 들린다.

"응, 엄마. 여태 안 잔 거야? 아직도 색칠 공부야?… 응, 아니.

아니야, 별일 아니고, 고양이 때문에… 아니 아니, 그게 아니라, 응, 이따 가서 말해 줄게. 지금? 집에 가고 있지. 엄마 좋아하는 순대 사가고 있으니까, 쫌만 기다려."

트럭의 불빛은 점점 작아지다 어둠속으로 사라진다.

어둠이 가시지 않은 새벽, 누군가가 떠드는 소리에 조한곤은 눈을 떴다. 목소리는 아래층에서 들려오고 있다. 뭐라고 악을 써 대고 있지만 두 손으로 입을 틀어막은 채 지르는 소리 같아서 잘 알아들을 수 없다. 그는 무슨 일인가 생각하다가 아, 그렇지. 하고 고개를 끄덕였다. 어젯밤 일을 시작한 걸 까먹고 있다니!

그는 누워서 혀끝으로 아랫니를 문지르다가 스탠드를 켜고 일어나 앉았다. 부스스한 눈으로 어머니의 침대를 바라보던 그는 흠칫 놀랐다. 어머니가 침대 머리에 등을 기댄 채 어둠 속에 우두커니 앉아 있었다.

"깜짝 놀랐네. 왜 일어나 있어? 안 잤어?"

그가 묻자 어머니가 무슨 말인가를 하며 짧게 손짓을 했다.

"저흐 소히리!"

언어장애가 있어 발음이 부정확했지만 조한곤은 금방 알아들었다.

"아, 저 소리? 어젯밤에 손님이 왔어."

어머니가 다시 손짓을 하며 소리를 냈다.

"왜흐 아느-끼허."

"응, 어제 엄마가 자고 있기에 안 깨웠지. 손님 보러 갈래?"

"우응"

어머니가 고개를 끄덕였다.

둘은 거실에서 나와 아래층으로 이어진 계단으로 향했다. 조한곤은 후줄근한 러닝셔츠에 슬리퍼를 신고 있고 어머니 역시 헐렁한 몸뻬 바지 차림이다. 조한곤의 손이 벽의 스위치를 올렸다. 둘의 긴 그림자가 계단에서 천천히 흔들렸다. 계단을 내려갈수록 악을 써대는 소리는 점점 크게 들려왔다. 형광등 불빛이 닿지 않는 계단 아래쪽은 시멘트 바닥이다.

둘은 어두운 시멘트 바닥을 따라 걷다가 작은 철문 앞에 섰다. 조한곤은 철문을 가로질러 잠근 쇠빗장을 풀었다. 쇠가 갈리는 기분 나쁜 소리가 벽을 타고 울렸다. 평소엔 그 문을 열어 놓고 지내는데, 어제는 손님이 있던 터라 문을 걸어 잠가 놓았다.

어머니의 손이 벽을 더듬어 스위치를 올린다. 천장에 달린 먼지가 뽀얗게 앉은 형광등이 몇 번 깜빡거리다가 겨우 불이 들어

왔다. 형광등 불빛에 넓은 실내가 파리하게 드러났다. 지붕을 받치고 있는 녹슨 쇠기둥, 치렁치렁 걸려 있는 쇠사슬, 파이프, 바퀴, 철근들, 녹이 잔뜩 슨 기계들…

며칠 전에 비가 온 탓에, 군데군데 깨지고 금이 간 시멘트 바닥은 눅눅했다. 둘은 익숙하게 실내를 걸었다. 군데군데 놓인 크고 작은 기계들을 지나고 조립식 앵글과 합판으로 만든 칸막이를 지나, 맨 끝에 있는 붉은 페인트가 칠해진 철문 앞으로 다가갔다. 철문 틈에서 희미한 빛과 함께 남자의 목소리가 새어 나오고 있다. 문의 중간쯤에 작고 네모난 구멍이 뚫려 있고, 그 구멍엔 손수건만 한 커튼이 가려져 있다. 조한곤이 커튼을 살짝 들추자 방 안이 훤히 보인다.

나무 의자에 팔 다리가 묶인 남자가 앉아 있다. 그는 가끔 소리를 지르며 몸을 흔들어 대곤 했다. 손목과 팔꿈치, 목 등 총 아홉 군데나 결박한 상태라 머리만 고장난 로봇처럼 까닥거리고 있다. 입에 재갈이 물려 있어 발음이 정확치 않지만 누가 좀 도와 달라는 말처럼 들린다.

"어때?"

조한곤이 목소리를 낮춰 물었다. 어머니는 잔뜩 긴장한 표정으로 구멍을 들여다보다가 히죽 웃었다.

"조호, 바브 머흐어?"

"밥? 밥은 안 줬어. 이따 점심이나 넣어 주지 뭐."

시간상으로 보아 축 늘어질 만도 한데 고태균은 아직 팔팔

했다. 그가 몸을 흔들 때마다 바닥에 피스로 고정시킨 의자가 움찔거렸다. 힘에 부치는지 잠깐씩 움직임을 멈추고 불룩 나온 배가 들썩이도록 쌔액색 숨을 몰아쉬었다. 그러다 다시 어깨를 흔들며 악을 써 댔다.

"여기… 누구 없어요? 여기, 누가 좀…"

단단히 씌워놓았던 눈가리개는 벗겨져 코 위에 걸려 있고, 그래서 불안하게 흔들리는 눈빛과, 눈썹 사이에 깊이 파인 주름살도 보였다.

"지독하네."

조한곤이 중얼거렸다. 그러고 보니 아랫니 부분이 얼얼한 것도 어젯밤 고태균의 팔꿈치에 얻어맞았기 때문이었다.

자동차 안에 퍼런 전기 충격기의 불꽃이 튀는 순간, 고태균은 팔과 다리를 뻣뻣하게 치켜들며 경련을 일으켰다. 얼른 손목을 비틀어 허리 뒤로 잡아채려는데 그가 꿈틀거리며 고개를 들었다.

"러… 루구야."

전기 쇼크로 혀와 턱이 마비되어 말도 제대로 못하는 그가 눈을 부릅떠 조한곤을 노려보았다. 눈엔 초점이 없다. 젤을 발라 넘긴 흰 머리칼이 이마로 흩어졌고 금테 안경이 코 아래에 걸려 있다. 조한곤은 다시 전기 충격기를 귀 밑에 찔러 넣었다.

"윽!"

그가 튀어 오르다가 손등으로 존한곤 턱을 때렸다. 아랫니가 얼얼했다. 화가 난 조한곤은 그의 겨드랑이에 전기 충격기를 마구 쑤셔 넣었다. 그는 눈을 뜬 채 축 늘어졌다.

케이블 타이로 손과 발을 단단히 결박하고, 미리 정해 둔 경로로 이동하는 중에도 그는 두 번이나 더 깨어났다. 조한곤은 안전을 위해, 축 늘어진 몸 여기저기에 충분히 전기 충격기를 찔렀다. 전기 쇼크에 귀 뒤의 피부가 벌겋게 부풀어 오른 것이 보였다.

지하실로 옮길 때까지만 해도 그는 죽은 것 같았다. 목젖과 기도가 오그라들었는지 숨소리도 제대로 들리지 않았고 몸은 물주머니처럼 무거워졌다. 낑낑거리며 옮기고 나서 의자에 앉힌 후 몸을 단단히 묶었다. 의자 아래엔 두터운 패드를 여러 장 깔아 놓았다. 오줌을 싸서 나무 바닥이 더러워지면 안되니까.

그러고 서너 시간이 지났으니 몸이 어느 정도 회복되었겠지만, 불안과 공포 때문에 대부분 얌전해지거나 숨죽여 우는 게 정상이다. 그런데 저렇게 발악을 해 대고 있으니. 아직도 상황 파악이 안되는 것인가.

＃

철문 구멍으로 희끗희끗한 뭔가가 보였다. 고태균은 눈을 껌벅거려 보았다. 코 위로 벗겨져 내린 눈가리개가 왼쪽 눈을 반쯤 가리고 있어 초점이 맞지 않지만 헛것은 아니다. 분명 사람이었다. 눈을 몇 번 더 껌벅이자, 구멍의 커튼을 들추고 안을 들여다보는 남자가 보였다. 젊은 남자 같다. 그 남자 뒤로, 머리가 하얀 늙은 여자가 하나 더 있는 듯했다.

"여보세요!"

그는 혀로 재갈을 밀며 다급하게 소리쳤다.

"여보세요, 나 좀, 나 좀 보세요!"

남자가 구멍에 커튼을 내렸다.

"이봐, 어이! 이보세요!"

그는 있는 힘을 다해 소리를 질렀다. 하지만 커튼은 다시 걷히지 않았다. 가 버린 모양이다. 물에 빠진 사람을 보고 그냥 가 버리는 남자가 고태균은 원망스럽다. 그러나 곧바로 그가 자신을 물에 빠뜨린 사람이라는 것을 깨달았다.

"살려주세요.…"

고태균은 소심한 목소리로 중얼거렸다. 그의 머릿속에 어젯밤 일들이 스치고 지나갔다.

도대체 내게 무슨 일이 생긴 거지?

어젯밤 경기도 안성의 한 문화회관에서 열린 건강세미나에 강사로 참석했다. 지방 강연은 가끔 있는 일이고, 어제는 특별히 지역 방송국에서도 촬영을 나왔다. 여느 때보다 더 열성적으로 강연을 했고 청중들의 뜨거운 박수갈채를 받았던 기억까지 떠올랐다. 강연이 끝난 후 관계자들과 악수를 나누고 자동차에 오른 것까지 기억이 나지만 그 이후로는 전혀 생각이 나지 않았다.

자동차 기사와 고속도로 휴게소에서 밥을 먹었나? 아니면 차에 오르자마자 잠이 들었나?

햇볕에 타 버린 필름처럼 머릿속 한 부분이 하얗게 변색된 것 같다. 혹시 꿈이 아닐까도 생각해 보았다. 아니면 무슨 사고를 당해 병원에 실려 온 게 아닐까?

그러나 아니다. 밧줄로 묶인 팔과 다리와, 입에 물린 축축한 재갈, 터질 듯한 방광…… 여긴 병원이 아니다! 틀림없이 어떤 얼토당토하지도 않은 일이 신변에 일어난 것이다. 누가 허락도 없이 나를 묶었는가. 어떤 작자가 이런 짓을 하고 있는가.

그는 화가 났다. 그러나 지금이라도 당장 이 결박을 풀어 준다면, 아무것도 묻지 않고, 아무것도 책망하지 않을 것이라고 그는 생각했다.

혹시 자기도 모르게 뭘 잘못한 게 있었는지 되짚어 보았다. 정신의학 전문의로서 사회에 많은 공언을 했다고 자부하고 살아왔다. 그동안 얼마나 많은 환자들을 돌보아 왔던가. 얼마나 많은 책을 써 내고 얼마나 많은 강의를 해 왔던가. 게다가 요즘엔 정기적으로 방송 출연도 하고, 작년부터는 지방을 오가며 노인 건강에 대한 무료 강연도 해 오고 있지 않은가. 돈 한 푼 안 받고 말이다! 그런 내가 왜?

그는 억울해졌다. 정신을 차리지 않으면 큰일이 날 수도 있다는 생각이 들었다. 요 며칠 내내 텔레비전과 신문에서 떠들어 대던 송요환 교수 부부 사건이 떠올랐지만, 그는 그걸 생각하지 않으려고 애썼다. 왜냐하면 송요환 부부는 너무도 끔찍한 방법으로 살해되었기 때문이다. 벌써 한 달이 지나고 있지만 경찰들은 아직 범인에 대한 단서조차 잡지 못하고 있다고 했다. 그 기사를 어제도 읽었는데, 그런 사건과 자신을 연관시키는 것은 너무 끔찍했다.

그는 고개를 젓고 주위를 다시 둘러보았다. 지금이 몇 시지? 밤인가? 여긴 어디지? 내 핸드폰은 어디 있는 거야! 저 철문은 밖으로 나가는 문이고, 반대쪽의 칸막이는 뭐지? 아, 저건 화장실인가보군. 그런데 왜 화장실에 문이 없지?

칸막이 옆 바닥은 조잡스러운 타일이 깔려 있고, 그 위에 지저분한 변기와 세면대가 있었다. 간간히 자동차 소리가 들리는 것을 보니 도로와 멀지 않은 곳 같다.

목도 마르고 묶여 있는 팔도 저리고 허리도 아팠다. 전기쇼크 때문에 인후부와 편도선에 문제가 생긴 것 같다. 그러나 지금 가장 고통스러운 것은 방광이었다. 변기를 옆에 두고도 볼일을 볼 수 없다니! 오줌으로 가득 채워진 방광이 숨만 크게 쉬어도 터질 것처럼 팽팽하게 부풀어 올랐다. 전립선 비대증 때문에 평소에도 소변을 자주 보고 있는데, 여기 들어온 후로 한 번도 못 누었으니 팽팽해진 방광이 콘돔처럼 얇아져 배꼽 아래까지 차올랐을 것이다. 지금 당장의 심정이라면, 평생 결박을 안 풀어 줘도 좋으니 오줌이나 시원하게 누게 해 달라고 하고 싶은 심정이다.

"여보세요! 저와… 얘기 좀… 얘기 좀 합시다! 잠깐만이라도!"

그는 힘을 내어 소리쳤다.

♯

가로등 하나 없이 깜깜한 지방의 한 국도변에 택시 두어 대가 주차되어 있다. 도로 옆에 낡은 컨테이너가 놓여 있고, 그 옆은 철근들이 산더미처럼 쌓여 있는 고물상이다. 어두운 도로를 달리던 덤프트럭 한 대가 갓길에 주차된 택시들 옆을 지나치면서 신경질적으로 클랙슨을 울렸다. 컨테이너 안에서 화투 패를 돌리던 변기욱이 고개를 내밀어 도로를 슬쩍 내다봤다.

"그냥 지나가도 될 텐데, 꼭 저 지랄을 떨고 가요. 패도 좆같구만."

변기욱이 인상을 쓰며 말했다.

"신경 끊고 얼른 돌리기나 혀."

변기욱이 착착 패를 돌린다. 작은 컨테이너에 둘러앉아 패를 꼬나드는 남자들의 눈이 재빠르게 움직이기 시작했다.

"니미. 난 죽었어."

흑싸리를 조심스럽게 펼쳐 보던 최 씨가 화투장을 엎어 놓았다.

"나가서 주차 좀 똑바로 해 놓고 와. 저러다 일부러 차 긁고 달아나면 최 씨만 손해여."

변기욱의 말에 최 씨는 방석 밑에 지폐를 눌러 놓고 나가 슬리퍼를 신었다. 그는 도로에 세워 둔 자신의 택시에 올라탔다. 뒤쪽으로 제법 넓은 갓길이 있다. 거기엔 박 씨와 유 씨의 차가 주차되어 있지만, 울타리 옆으로 바싹 붙이면 한 대는 더 세울 수 있을 것 같았다.

승용차 한 대가 라이트를 비치며 빠르게 지나갔다. 자동차가 별로 없는 도로지만 가끔 차들이 무서운 속도로 지나가기 때문에 사고가 나면 크게 나는 곳이다. 그래서 갓길에 주차를 해 놓고도 영 신경이 쓰이곤 했다.

택시에 시동을 걸고 천천히 후진하여 차를 세운 최 씨는 파이프와 거푸집 따위로 엮어 세운 고물상 울타리에 대고 오줌을 누면서, 깜깜하여 잘 보이지 않는 울타리 안을 들여다보았다. 찌그러진 쇠붙이들이 산더미처럼 쌓인 울타리 안엔 기름때가 덕지덕지 묻은 변기욱의 트럭이 세워져 있다. 그 옆쪽으로 여러 대의 차를 세워둘 만한 꽤 넓은 공간이 있다. 오늘처럼 날잡고 한판 벌이는 날엔 거기에 주차를 하게 해도 될 텐데, 그러지 못하게 하는 변기욱이 최 씨는 영 못마땅했다. 아예 문 밖에 주먹만 한 자물통까지 채워 놓다니.

"시버럴, 뭐 업어갈 게 있다고."

낡은 자전거와 리어카, 철근 등, 종류별로 차곡차곡 쌓아 둔 걸로 보아 변기욱이 생긴 것과 달리 꼼꼼한 성격이라는 생각이 들었다. 너덜너덜한 천막으로 덮어 놓은 것들은 뭔지 알 수 없다. 그 옆으로는 날벌레들이 우글우글 달라붙은 창문이 달린 컨테이너가 있다. 그 컨테이너에선 가끔 오늘 같은 화투판이 벌어지곤 했다. 고물상 주인 변기욱, 중앙택시 최 씨, 성거택시 김 씨, 성인용품점 유 씨가 주 멤버들이다. 지난 판에서 전셋집까지 날린 복권방 오 씨는 발을 끊었다.

최 씨는 담배를 하나 피워 물고 컨테이너 창문을 흘끔 들여다보았다. 벽 구석에 달린 텔레비전엔 젊은 여가수가 눈을 지그시 감은 채 노래를 부르고 있고, 어수선하게 놓여 있는 신발들 옆엔 조금 전에 먹은 중국집 음식 그릇이 잔뜩 포개져 있다. 컨테이너 위엔 페인트로 〈안성 자원〉이라고 쓴 글씨가 보였다. 붉은 페인트가 줄줄 흘러내린 그 글씨체가 볼 때마다 괴기스럽다고 최 씨는 생각했다.

"펴 봐."

"삼땡."

"난 갑오."

"하루 손놈들 열 대가리도 못 태우는데, 시부럴, 한 판에 서른 대가리가 왕창 나가네!"

김 씨가 화투장을 딱 소리가 나게 집어던졌다. 입에 필터까지 타들어간 담배를 물고 있는 변기욱은 다시 척척 화투를 섞었다.

"그런데 여기 왜 개소리가 안 들려? 덕구 한 마리 있었잖아?"

바지 지퍼를 올리며 들어온 최 씨가 TV 채널을 돌리며 말한다.

"엊그제 보니까 죽었더라고."

"죽어? 왜?"

"몰라. 개밥 주러 들어가 봤더니 구석에서 쭈그려 죽어 있더라고."

"혼자 잡아먹고 오리발 내미는 거 아니야?"

"혼자 먹긴 니미, 요새 누가 개를 먹어. 궁금하면 개집에 들어가서 물어봐. 어쩌다 돌아가셨냐고."

다른 방송에서는 뉴스가 진행 중이다. 취재기자가 뉴스 현장에서 마이크를 든 채 떠들고 있다. 납치, 정신과 의사, 저수지, 안성… 그런 단어들이 툭툭 튀어나오고 있다.

"뭐야, 저거 또? 안성이네?"

변기욱이 패를 돌리다 말고 말하자 모두들 고개를 돌려 텔레비전을 바라보았다.

"그러니까 이번 사건이 지난번 송요환 부부 사건과 연관이 있다고 말들을 한다던데, 현장 분위기는 어떻습니까?"

"네. 말씀하신대로 현장에 남겨진 흔적들로 보아 일각에서는 송요환 부부 사건과 연관이 있는 것으로 추측하고 있습니다. 만일 그게 사실일 경우, 송 교수 사건이 일어난 지 한 달이 채 지나지 않아 일어났다는 점에서…"

"납치라고? 안성 어딘데?"

"가만있어 봐. 아까 무슨 건물 나오던데."

"안성이 요새 왜 이러지? 교수 부부인가 뭔가 떠들어 쌌더니,

이번엔 납치야?"

"송요환은 인천이라고."

"의사, 교수, 어이구, 높은 분들만 골라 모셔가는겨?"

"어이, 신경 끊고 패나 돌리라고!"

남자들은 저마다 한마디씩 떠들어 댔다. 변기욱이 패를 돌리기 시작하자 모두들 손바닥에 화투장을 꼬나들고 애써 표정들을 관리하기 시작했다. 자기 패에 신경을 쓰느라 이들 중 아무도 라이트를 끈 트럭 한 대가 다가와 고물상 울타리 뒤편에 멈춰 서는 것을 몰랐다.

고물상 안에 있는 트럭과 똑같은 색깔의 지저분하고 기름때가 묻은 트럭이다. 트럭은 잠시 그대로 서 있었다. 컨테이너 안에서 떠드는 남자들의 목소리가 털털거리는 트럭의 엔진 소리에 묻히고 있었다. 차창에 비가 한두 방울씩 떨어졌다. 어둠 속에서 희미하게 보이는 트럭 운전자는 조한곤이다. 조수석엔 동그랗게 뭉쳐 놓은 작업용 장갑과 운동화, 낡은 모자 따위들이 놓여 있다. 그는 창문을 내리고 고물상 이곳저곳을 훑어 본다.

#

표상우는 책상 위에 쌓여 있는 서류들을 들춰 보며, 출근길에 사 들고 온 샌드위치를 먹었다. 서류는 이틀 전에 납치된 고태균 박사에 관련된 것들이다. 도로 CCTV에 찍힌 자동차 사진들도 첨부되어 있고, 대부분은 현장 부근에서 배회하던 남자와 수상한 차량을 보았다는 등의 제보들이었다. 그것들을 하나하나 훑어보던 표상우는 샌드위치를 쌌던 종이를 구기며 하덕교에게 전화를 걸었다.

"출근했나? 지금 여기로 좀 와줘."

표상우는 의자를 돌려 앉아 컴퓨터를 켰다. 어젯밤 속보로 올라온 고태균 박사 납치 사건 기사는, 한 달 전 인천에서 벌어진 송요환 부부 기사와 함께 포털 사이트마다 도배되어 있다. 한 달 간격으로 벌어진 강력 사건이니만큼 기사에 대한 반응도 뜨거웠다.

송요환 부부는 그들의 서재에서 구강이 절개되는 등, 처참하게 살해된 채 발견되었다. 그리고 4주가 지나 정신과 전문의가 납치되었다. 양쪽 현장에서 제조사와 사이즈, 모양이 똑같은 발자국이 발견되었다. 일단 그것만 보더라도 두 사건의 범인은 동일인일 가능성이 높았다.

송요환 사건에 대한 수사가 별 진전이 없는 상태에서 납치 사건이 터졌으니 경찰 당국은 죽을 맛이었고, 텔레비전과 신문 기자들은 신이 나서 떠들어 대었다. 항간엔 동일범의 소행이라는 전제하에, 송요환 부부가 끔찍한 상태로 발견되었으니 납치된 고태균 역시 신변이 안전하지 못할 것이라는 얘기가 떠돌았다.

납치 사건을 접수한 안성경찰서는 송요환 사건을 맡고 있는 인천 남동경찰서에 공조를 의뢰하고 자료를 요청했다.

표상우는 컴퓨터 화면에 있는 〈사건2〉 폴더를 클릭했다. 인천 남동서에서 보내온 송요환 부부에 관한 자료들이다. 현장에서 찍은 사진들이 화면에 죽 올라왔다. 사진을 한 장 한 장 넘겨보다가 한 사진에서 멈췄다. 마우스를 움직여 사진을 확대해 보았다. 해상도가 떨어져 사진이 좀 흐려졌지만, 입술 주위의 상처는 뚜렷이 보였다. 입술 오른쪽으로 2.3센티, 왼쪽으로 1.7센티 절개 된 입은 그야말로 엽기 그 자체였다.

　"완전히 조커로 만들었군."

　표상우는 사진을 보며 쯧쯧 혀를 찼다.

　국과수 검시 결과에 의하면 이 상처는 살해 행위 이전에 행해진 것이라고 했다. 특이한 것은, 이 상처는 양쪽 입술 사이에 손가락을 집어넣고 좌우로 물리적 힘을 가해 발생한 상처라는 점이다. 한마디로 손가락을 입에 넣고 무리한 힘을 가해 찢은 것이라고 볼 수 있다. 날카로운 흉기에 의한 상처라면 이렇게 피부조직이 너덜너덜하게 늘어났을 리가 없다. 절개된 부분은 의료용 실로 봉합이 되어 있었지만, 상처가 아물 리 없으니 스테이플로 꾹꾹 찍어 놓은 것 같다.

　구강 절개 외에도 왼쪽 눈 주위, 오른쪽 귀와 목이 만나는 부분도 검게 멍이 들었다. 코 역시 골절이 되어 있는데, 콧대 중앙의 비중격연골까지 손상이 될 만큼 강한 힘이 가해진 것으로 보인다. 사진 아래에 '입술 절개 전후에 무차별적인 가격이 있었던 듯하다'는 담당 형사의 소견이 적혀 있다.

목젖 부위엔 크고 작은 반점들이 보인다. 그 사진 아래에 '반점들은 전기 충격기에 의한 수포 자국이며, 그 수포들 역시 살해되기 전에 생긴 상처들이다.'라고 설명되어 있다.

다음 사진은 소파에 반듯하게 누워 있는 송요환의 아내 윤희선의 사진이다. 케이블 타이로 목이 졸려 죽은 그녀는 나이트 카디건 앞섶이 다 헤쳐져 있다.

표상우는 안경을 고쳐 쓰고 사진을 한참 바라보다가 인쇄 버튼을 눌렀다. 프린터가 사진들을 뽑아 내는 동안 마우스를 움직여 〈사건1〉 자료를 클릭했다. 〈사건1〉은 안성 경찰서에서 수집한 고태균에 관한 자료들이다.

고태균은 이틀 전, 저수지 둑에 자동차를 남긴 채 사라졌다. 고태균의 차는 고급 외제차였고 네 개의 문이 활짝 열린 채 저수지 아래로 곤두박질칠 듯 위태롭게 서 있었다. 마우스를 움직여 그 자동차 좌우 앞뒤에서 찍은 사진들을 차례로 넘겼다.

맨 마지막 사진은 범인의 유일한 흔적인 260mm 발자국이었다. 표상우는 〈사건2〉의 송요환 사건 폴더를 다시 열어 보았다. 거기에도 발자국 사진이 있었다. 두 운동화의 사이즈와 밑창의 패턴이 거의 일치했다. 표상우는 인터폰을 들었다.

"고태균 운전기사에게서 더 다른 내용 없나?"

"다른 내용이라니요?"

야간 조장 이윤근이다.

"1번 보고서 말이야. 운전기사도 전기 충격기에 감전되었다면

서?"

"네, 맞습니다. 운전기사가 고태균보다 먼저 당한 것 같습니다."

"지금 병원에 있다고?"

"네. 어제 제가 병원에 잠깐 들렀었는데 기자들이 몰려 면회하기가 무척 까다롭습니다. 몸이 회복되는 대로 다시 찾아가 볼 예정입니다."

"차량 유리에 붙은 종이를 떼어 내려다가 당했다, 이것 말고 다른 사항은 없나?"

"네. 보고서 내용 그대로입니다. 차량 뒷유리에 종이가 붙어 있기에 그걸 떼러 나갔다가 변을 당했다고 합니다. 그리고 눈을 떠 보니 깜깜한 트렁크 속이었다고."

"고태균의 차량 이동 경로는?"

"어제 1차로 가장 유력한 세 군데 수거를 했고, 지금 CCTV 자료 분석 중입니다. 보고서에 올린 대로, 골목에 설치된 카메라까지 피해 다닌 걸로 보아 안성 일대 지역을 아주 잘 아는 놈 같습니다."

"전기 충격기 판매상이 제보한 내용은 조사해 봤나?"

"네. 어제 신원 조회하고 확인한 결과, 제보 내용대로 인상착의는 비슷했지만 관련 점이 없는 사람이었습니다. 안성 시내는 물론 인터넷 전기 충격기 판매상들까지 뒤지고는 있는데 그게 워낙 범위가 넓어서……"

"용의주도한 놈이 나 잡아 보슈 하고 버젓이 나타날 리 없겠지. 일단 그 일대 카메라 더 뒤져 보고 결과 나오는 대로 즉각 보고해 줘. 신 형사 오는 대로 내게 보내 주고."

표상우가 수화기를 내려놓을 때, 손에 커피 잔을 든 하덕교가 칸막이 저쪽에서 걸어왔다. 표상우는 서류 뭉치를 들고 테이블 의자로 옮겨 앉았다.

"커피 한 잔 더 가져올까요?"

"좀 전에 마셨네. 뭐 좀 알아 냈나?"

"알아 낸 거야, 많죠. 송요환은 음대 교수, 고태균은 정신과 전문의, 송요환 교수 부부는 이미 살해되었고…… 아이고, 죽겠어요. 남들 다 아는 이딴 거 말고 나오는 게 있어야 기름값이 아깝지 않지, 원."

하덕교가 의자에 털썩 앉았다.

"그 둘 욕 많이 먹고 있다며?"

"인터넷에 난리입니다. 정보과에서 뽑은 자료 말고도 어마어마해요. 송요환이 평소 입을 잘못 놀려 그렇게 된 것이었다고들 떠들고 있어요. 댓글들 보면 얼마나 욕을 해 대는지."

"고태균 건 제보는 얼마나 들어왔어?"

"야간조가 올린 9건 말고, 조금 전에도 2건 받았습니다. 천룡 저수지 입구에서 검은 세단을 보았다, 문화회관 앞에 젊은 남자가 서성였다, 뭐 그런 건데 새로운 건 없고 다 중구난방이에요. 그리고 범인이 사용한 전기 충격기는 이번 것도 최소 100만 볼트가 넘는 것으로 추정됩니다. 사제라는 증거죠."

"전기 충격기 만드는 게 쉽나?"

"인터넷 쳐 보면 방법이나 재료나 상세히 나옵니다."

"사제라는 걸 아는 신문사들은?"

"사제 얘기를 꺼낸 기사는 아직 없는 걸로 알고 있습니다. 그런데 네티즌들 중에 그렇게 말하는 사람이 있어요. 누구나 살 수 있는 6만 볼트짜리 장난감 가지고 사람 납치하는 건 어리석은 짓이라고."

"요샌 네티즌들이 우리보다 나아. 일단은 기자들이 알아 내기 전까지 아무 것도 흘리지 말게."

칸막이 너머로 남자처럼 머리를 짧게 자른 신혜연이 걸어 왔다. 다부진 체격도 그렇고 상체를 살짝 흔들며 걷는 걸음걸이도 영락없는 남자다. 표상우가 자리에서 일어서며 재킷을 집어 들었다.

"나는 지금 신 형사랑 저수지에 다녀올 거야. 하 형사는 오늘부터 인천 출장이지?"

"네. 지금 곧 갈 겁니다."

"지금 광수대에서 TF팀을 꾸렸어. 우리 수사상황 매시간 보고해야 돼. 부지런하게 움직여야지 이러다 욕 엄청 먹게 생겼어."

#

조한곤은 선반 앞에 서서 뭔가를 만들고 있다. 작은 쇠붙이를 그라인더에 갈고 깎으며 한참 애를 쓰고 있다. 손엔 때 절은 작업용 장갑을 끼고 있고, 맨 팔뚝엔 여기저기 기름때가 묻어 있다. 그는 작업을 하며 작은 소리로 노래를 흥얼거리고 있다.

'아 리또르나 알 미오 아모르-'

그라인더 기계음 사이로 얼핏얼핏 들리는 그의 음성은 여성처럼 곱다. 미성이다.

그의 손에서 만들어지고 있는 것은 자동차 키 같다. 그동안 만든 것으로 보이는 키들이 벽에 몇 개 더 걸려 있다. 얼추 완성이 되었는지 그는 선반 위에 놓아 둔, 어느 폐차에서 떼어 온 것으로 보이는 자동차 키 박스에 넣고 돌려 본다. 잘 돌아가지 않자 그는 키를 뽑아 그라인더에 갈기를 반복한다. 잠시 후 다시 키 박스에 넣고 돌리자 딸깍, 부드러운 소리와 함께 키가 돌아간다. 그는 만족한 듯 키를 공중 휙 던졌다가 손으로 받아 잡고 벽에 걸어 둔다.

정비소가 외진 곳에 있다 보니 이곳을 찾는 자동차는 많지 않다. 가끔 손세차나 펑크를 때우려는 뜨내기들이 간혹 들를 뿐이다. 그는 사무실로 걸어가 창문 아래를 내다본다. 허름한 철공소의 빨간 함석지붕이 창문 귀퉁이를 가리고 있다.

철공소와 맞붙은 이곳 자동차 정비소는 적벽돌로 쌓아올린 2층 슬래브 집의 방 한 칸을 개조하여 쓰고 있다. 집과 철공소가 도로보다 낮기 때문에 도로에서 보면 철공소는 빨갛게 녹슨 지붕만 보이고 2층 슬래브 집은 1층으로 보이는 괴상한 집이다.

도로 아래, 철공소로 내려가는 길은 비포장인데다가 좁고 구불구불하여 그곳을 이용하는 사람은 거의 없다. 조한곤은 가끔 철공소에 필요한 물건을 트럭에 싣고 올 땐 그 길로 내려가 철공소 건물까지 끌고 들어간다. 철공소가 워낙 크다보니 5톤 트럭 서너 대도 넉넉히 들어갈 정도다.

정비소 사무실 창문을 열면 철공소 앞에 있는 텃밭이 보인다. 그 철공소와 텃밭 사이에 있는 수돗가에서 신숙자가 등을 돌리고 앉아 뭔가를 하고 있다. 풀을 뽑을 때 깔고 앉는 스티로폼에 앉아 뭔가를 탁탁 내리치고 있는데, 그녀의 어깨 너머로 손에 든 식칼이 언뜻언뜻 보인다.

수돗가 옆엔 벽돌로 대충 만든 화덕이 있고, 그 화덕 위에 김이 모락모락 나는 양은솥이 걸려 있다. 텃밭 옆으로 빨간 닭들이 모이를 쪼아 먹고 있다.

신숙자는 식칼로 잘라 낸 것들을 옆의 양동이에 휙휙 던져 넣었다. 양동이에 닭의 털과 머리 등, 부산물들이 얼핏 보인다. 털이 누런 작은 강아지가 양동이 옆에서 뭔가를 물고 뜯으며 놀고 있다.

그 모습을 보던 조한곤은 사무실의 뒷문을 열고 계단을 내려갔다. 좁고 가파른 계단을 내려가 텃밭으로 향한 알루미늄새시 문을 열었다. 삐걱거리는 소리가 살짝 들렸지만 어머니는 듣지 못한 것 같다. 그는 살금살금 뒤로 다가가 뒤에서 어머니를 와락 감싸 안았다.

"아흐! 까쯔야!"

신숙자가 깜짝 놀라는 시늉을 하며 뒤를 돌아보았다. 조한곤이 두 팔로 어머니를 감싸 안자 신숙자는 식칼을 내려놓고 닭 피가 잔뜩 묻은 손으로, 기름때가 묻은 아들의 팔뚝을 문지르며 웃는다.

"몇 마리야?"

"세흐 마이."

손가락을 세 개 펴 보이며 대답하는 신숙자.

"도리탕 말고 백숙으로 하자. 대추 인삼도 넣고"

"조흐어!"

식칼을 도마에 탁 내리쳐 꽂은 신숙자는 엉덩이를 털며 일어서서 녹이 잔뜩 슨 기계에 양동이를 쏟아 붓는다. 레버를 당긴다. 잘게 썰려진 닭의 부산물들이 핏물과 함께 나오자 그녀는 삽으로 퍽퍽 퍼서 거름통에 옮겨 담는다. 으레 그렇게 해온 듯, 익숙한 동작이다. 조한곤은 강아지를 집어 들고 입을 쪽 맞춘다.

"우리 댕댕이 많이 컸네."

\#

신혜연은 도로에 설치된 CCTV들을 살피며 천천히 운전하고 있다. 고태균이 납치된 문화회관 앞에서부터 차량이 발견된 천룡저수지까지, 범인이 이동했을 것으로 추측되는 도로를 따라

가는 길이다. 출근 시간이라 도로마다 붐볐고, 비가 올 모양인지 하늘은 잔뜩 흐려 있다.

"장마가 오려나?"

조수석에 앉은 표상우가 하늘을 힐끔 올려다보며 말했다.

"여기서 좌회전을 해서 저 골목을 통과했을 거예요. 저 왼쪽 도로에 CCTV가 없잖아요."

신혜연은 장마 따위는 관심 없다는 듯, 턱으로 사거리를 가리키며 말했다.

"카메라가 없는 데가 왜 이리 많아."

"전국에 설치된 CCTV는 800만 대가 넘지만 알고 보면 사각지대가 훨씬 더 많아요. 저 사거리 좀 보세요. 건널목 쪽에 카메라가 두 대나 있지만, 여기까지는 못 잡습니다."

"그런데 이상해."

표상우가 주머니에서 선글라스를 꺼내어 썼다.

"어떻게 사람들이 잔뜩 모인 데서 감쪽같이 납치할 수가 있지? 무슨 영화도 아니고 말이야."

"철저하게 계획된 범죄라는 증거죠."

"운전기사를 트렁크에 가두어 놓고, 자기가 운전기사 행세를 하며 고태균을 태웠다, 그리고 미리 봐 둔 행로로 저수지까지 가서 고태균을 다른 차에 옮겨 태우고 달아났다, 운전기사는 트렁크에 반나절 이상 갇혀 있었다… 한데 말이야, 고태균이 아무 저항 없이 순순히 차를 옮겨 타며 따라갔을까?"

"뭐 전기 충격기를 아끼지 않았을 겁니다. 자동차 안에서 번쩍 번쩍 했겠지요."

"전기 충격기로 먼저 감전을 시켰다? 전기 쇼크로 축 늘어진 남자를 옮기려면 힘이 좋거나 덩치가 좀 있어야겠지? 하나 씹을 텨?"

표상우가 주머니에서 껌을 꺼내어 내밀었다.

"전 됐습니다. 아 참, 요새 담배 끊으셨죠? 잘 돼 가고 있어요?"

"범인이 덩치가 좋을까, 물었네."

"그래야 좋긴 하겠지만, 인천의 송요환은 몰라도 고태균의 체격을 보면 꼭 그렇지 않아도 될 것 같던데요. 키도 작고 깡말랐던데요."

"그래도 사람이 축 늘어지면 두 배는 무겁잖아. 저수지 현장에서 뭐가 좀 나왔나?"

"오늘 보고서 안 읽으셨어요? 거기 다 적어 올렸는데."

"대충 훑어보긴 했지. 이따가 자세히 보려고."

"텐트를 남겨 두었더라고요. 비싼 거던데. 가 보면 알겠지만 자동차도 가릴 수 있는 그늘막도 있고, 코펠이나 부르스타 같은 것들도 고대로 남아 있더라고요."

"그런 것들을 왜 남겨 두었지?"

"인천 현장에 발자국을 남겨 둔 것과 같은 맥락이 아닐까 싶습니다."

"같은 맥락이라니?"

"잘 아시겠지만, 일부 살인자는 자신의 존재를 알리고 싶어 하는 경향이 있다고 합니다. 살인할 때마다 지문처럼 표시를 하는 거죠. 그걸 전문 용어로 뭐라고 하던데, 시그…"

"시그니처. 자기가 저지른 일에 일종의 서명을 한다고 해서 붙여졌지. 이건 내가 생산한 상품이다, 뭐 그런 거랄까."

표상우가 껌을 씹으며 말했다.

"하여튼 자신이 뉴스에 오르내릴 때 스릴을 느낀다고 합니다. 저기 보세요. 저수지로 가려면 이 길을 통과해야 하는데, 저 삼거리에 CCTV가 있잖아요. 그런데 고태균 차량은 거기에 찍히지 않았습니다. 어찌된 일일까요? 어제 여기를 열 번도 더 왔다 갔다 하면서 알게 된 사실인데…"

신혜연은 말하다 말고 갑자기 왼쪽의 좁은 산길로 핸들을 획 틀었다.

"바로 이쪽으로 우회하는 겁니다. 좀 험하긴 해도 충분히 다닐 수 있거든요. 꼭 잡으세요."

자동차가 심하게 흔들리기 시작했다. 두 손으로 손잡이를 잡았는데도 머리와 어깨가 쿵쿵 부딪혔다. 계속해서 폭 좁은 오르막길이 이어지다가 급격히 내리막길로 바뀌며 몸이 앞으로 쏠렸다.

"어어, 조심해."

표상우는 머리 위의 손잡이를 잡고 두 다리를 쭉 뻗으며 소리쳤다.

"보시다시피 경운기 정도 다니는 길이라 이쪽으로 저수지를 가는 사람은 그 놈과 우리 빼고는 아무도 없을 겁니다. 하지만 카메라를 피하기 위해서라면 이 길밖엔 없습니다."

나뭇가지에 자동차 긁히는 소리가 기분 나쁘게 들렸다.

"차 다 망가져!"

"어제 여기서 내려 살펴보았더니, 아니나 다를까 자동차가 지나간 흔적이 보였습니다. 저기 보세요. 도로가 보이죠? 아까 우리가 이리로 빠지지 않았으면 벌써 저기를 지나갔을 겁니다."

자동차가 도로에 올라서고 조금 더 달려가자 저수지 푯말이 보였다. 저수지 초입엔 경찰차들이 서 있고, 제복을 입은 근무자가 차량을 통제하고 있었다.

"여기에도 범인의 것으로 추정되는 발자국이 몇 개 찍혀 있습니다. 내려서 볼까요?"

"일단 통과하자고."

비포장 오르막길로 들어서자 넓은 저수지가 나타났다. 저수지 둑에 쳐 있는 텐트 앞에 노란 띠가 둘러쳐져 있었다. 둑길에 여러 대의 승용차와 경찰버스, 뉴스 중계차가 주차되어 있고, 낚시를 왔다가 구경거리를 만난 사람들이 여기저기서 기웃거리고 있었다.

"범인은 저곳에 이삼일 정도 머무른 것으로 확인되었습니다."

"이삼일이나?"

"네. 이삼일 전부터 텐트가 쳐져 있는 걸 본 사람이 있습니다. 저 아래 오이하우스를 하는 사람인데, 최초 목격자입니다."

"텐트만 목격했나?"

"처음엔 텐트와 차량을 보았다고 했는데 나중엔 텐트만 보았다고 말을 바꾸었습니다. 남자가 구형 코란도를 타고 왔다 갔다 하는 것을 보았다고 하더니, 이제는 그 차량은커녕 남자를 본 적도 없다는 거예요."

"구형 코란도?"

"네, 좀 오래되긴 했지만 지금도 자주 보이는 차량입니다. 그리고 두 번째 목격자 역시 저 앞에서 코란도를 보았다고 합니다."

"목격자가 또 있나?"

"네. 오이하우스 배달차 기사가 두 번째 목격자입니다. 저 하우스에 오이 가지러 가던 중에 그 차량을 보았다고 합니다."

"그 텐트가 범인의 텐트라면, 이삼일 동안 거기서 뭘 했을까?"

"아마 작전을 짰겠지요. 어휴, 오늘 정말 후덥지근하네요."

신혜연이 차창을 내렸다. 저수지의 물비린내가 훅 끼쳐왔다.

"고태균이 강연한 날짜가 6월 16일이었지?"

"네. 16일 오후 7시였습니다. 범인은 강연이 끝나기를 기다렸다가, 문화회관 앞에서 고태균을 납치해 여기까지 온 다음, 자신의 코란도에 싣고 어디론가 사라진 거죠. 고태균의 차는 저기 텐트 앞에 버려두고. 그런데 이상한 것은 코란도 역시 어느

CCTV에도 찍히지 않았다는 겁니다.”

“그러면 저수지에서 문화회관까지는 어떻게 이동했을까?”

“일단은 버스와 택시를 탐문하고 있긴 합니다. 하지만 걸어서 산을 넘었을 확률도 배재하지 않고 있습니다.”

“걸어서 산을 넘어?”

“뭐 그럴 수도 있지 않을까 생각하는 거죠. 안성 문화회관까지 가려면 저 아래 삼거리에서 버스를 타면 20여 분을 가야 하지만 위치상으로는 바로 저 산자락 뒤쪽이거든요.”

신혜연이 저수지 둑으로 차를 몰며 턱으로 왼쪽 산자락을 가리켰다.

“걷는다면 얼마나 걸리겠나?”

“산에 임도가 나 있어서 비교적 좋은 편입니다. 걷는다면 3, 40분 정도면 충분하지 않을까 싶습니다. 어휴, 웬 차들이 저렇게 많지? 저기는 주차할 데가 없을 것 같은데⋯”

신혜연은 논두렁 옆에 아슬아슬하게 차를 세웠다. 둘은 농로에 난 자동차 바퀴자국을 밟으며 걸었다. 간밤에 비가 온 탓에 군데군데 물구덩이가 있었다. 둑 위의 뉴스 중계차 앞에 몇 사람들이 장비를 설치하고 있었다.

“이건 농사용 그늘막인데, 일부러 이렇게 높이 세워서 자동차를 가린 거예요. 자동차 한 대는 대충 가릴 크기잖아요.”

신혜연이 검은 그늘막 한쪽을 걷어 올리고 들어갔다. 텐트는 폴대 하나가 부러져 지붕 한쪽이 찌그러져 있었다. 텐트 앞의 검은 승용차는 네 개의 문이 활짝 열린 채 저수지 아래로 곤두박질 칠 듯이 주차되어 있었다. 사진에서 본 그대로였다.

"사건 접수한 지구대에서 먼저 초동수사했고, 감식반들 다녀 갔습니다. 지문, 혈흔, 담배꽁초도 수거했고요."

"혈흔? 누가 피를 흘렸나?"

"낚싯대와 코펠과 폴대에서 약간의 혈흔이 발견되었습니다."

"사람의 혈흔이야?"

"아직 모릅니다. 이것저것 수거하는대로 국과수에 의뢰해야 지요."

"다른 건?"

"낚시를 했던 자리에 발자국도 여러 개 찍혀 있습니다. 송요환 서재에 남아 있던 사이즈와 모양이 일치합니다. 그리고 아주 구 린 놈도 한 덩어리 수거해 보냈습니다."

"구린 놈이라면 대변 말인가?"

"네. 수풀 속에 똬리를 튼 시꺼먼 놈이 숨어 있더군요."

표상우는 자세를 낮춰 텐트 바닥과 지붕, 폴대들을 꼼꼼하게 살폈다. 실내 공기를 맡아 본 표상우는 범인이 담배를 피우지 않 거나, 적어도 실내에선 금연을 하는 놈이다. 라고 생각했다. 그 런데도 담배꽁초가 남아 있다?

"여기가 이를테면 베이스캠프였던 것 같아요. 이 저수지로 택 한 것은 사람의 눈을 피하기 위함이었겠지요."

표상우가 실내를 두리번거릴 동안 뒤에서 신혜연이 계속 떠들었다.

"여기에 자신의 자동차를 세워 두고, 다른 수단으로 문화회관까지 갔고, 그리고 거기서 고태균의 차량을 타고 이곳까지 온 거지요."

"그리고 자신의 차에 고태균을 옮겨 태우고 달아났고…"

표상우도 중얼거리듯 거들었다.

"현장에 대변과 담배꽁초가 남았다는 것쯤은 범인도 알고 있었겠지? 그런데도 치우지 않은 이유는 뭘까?"

"그건 굳이 생각지 않아도 알 것 같은데요?"

"수사에 혼선을 주는 방법도 아는 놈이 분명하다, 이 말이군."

"텐트 안은 일부러 깨끗하게 청소를 한 것 같아요."

낚시를 했던 자리는 방금 전까지 범인이 앉아 있었던 것 같았다. 물에 담가 둔 살림망 속엔 작은 메기와 피라미가 들어 있고, 물가 쪽으로는 발자국이 어수선하게 찍혀 있었다. 주먹만한 돌들을 동그랗게 모아 놓고 불을 피웠던 흔적도 있었다.

"처음 신고를 했다는 사람이 일하는 곳이 저긴가?"

표상우가 저수지 아래에 있는 비닐하우스를 가리켰다.

"네 맞습니다. 농약공장 퇴직하고 농사 짓는 영감인데 아까도 얘기했지만 아주 비협조적입니다."

"왜 그런 것 같아?"

"기자들한테 시달린 탓이겠죠. 자기는 아무것도 모르니까 다시는 오지 말라고 아예 문을 걸어 잠그더라고요. 다행히 오이배

달 기사가 시간을 내 주기로 했습니다."

＃

인천 외곽에 위치한 송요환의 집은 한쪽 지붕이 높이 솟아 있고 그 옆은 낮은 지붕이 연결된 아담한 목조 주택이다. 쥐똥나무 울타리 안에 잘 다듬어진 잔디 정원이 있다. 길 건너편에 공원과 야산이 있어서인지 전원주택 풍의 집들이 간간이 눈에 띄었다. 이런 평화로운 곳에서 끔찍한 살인사건이 일어났다는 것이 믿기지 않았다.

후드득후드득 빗방울이 떨어지고 있었다. 하덕교는 우산을 펴들고 공원 주변을 걸었다. 곳곳에 가로등이 있어 주변은 어둡지 않았다. 아까 낮에 남동서(署)에 오자마자 하덕교는 이곳 현장부터 둘러보았다. 동행했던 황 형사가 구석구석 안내를 하며 사건을 설명했다. 황 형사는 송요환 부부 사건을 담당하고 있는 남동서 소속 형사였다.

"이리 들어와 보십시오. 여기가 서재입니다. 송요환은 이 테이블에 다리 하나를 올리고 이렇게 등을 기댄 채 숨겨 있었지요. 끔찍하게도 입술 양쪽이 찢겨 있었습니다."

황 형사는 송요환이 앉았던 자리에 앉아 자세까지 취해 보였다.

"저쪽 소파엔 아내 윤희선이 반듯하게 누운 채 숨겨 있었고요.

카디건 앞섶이 헤쳐져 있긴 했지만 성폭행 흔적은 없었습니다."

황 형사는 하덕교를 데리고 다니며 사건에 대해 대략적인 것들을 설명해 주었다. 낮에도 꽤 긴 시간 둘러보았지만 하덕교는 꼼꼼히 뒤져볼 생각으로 퇴근길에 혼자 이곳에 들렀다.

송요환의 집은 쥐똥나무 울타리에서부터 현장 보존이 되어 있었다. 정원은 크지 않았지만 한 달 가량 관리가 안 된 탓에 잡초들이 여기저기 자라 있었다. 하덕교는 대문 옆 개집 앞에 쭈그리고 앉았다. 개집 앞에 있는 밥그릇엔 곰팡이가 핀 사료 몇 알이 남아 있었다.

"사건이 일어나기 전에 기르던 강아지가 먼저 살해되었습니다. 4개월 된 리트리버 잡종인데 여기 구멍이 났어요."

황 형사는 말을 하면서 검지로 자신의 관자놀이를 가리켰다.

"구멍이라면?"

사건일지를 들여다보던 하덕교는 고개를 들며 물었다.

"드릴 구멍 같아요."

"드릴 구멍이요?"

"네. 먹이로 유혹해서 전기 충격기로 파박! 쇼크를 주고 휴대용 드릴로 드르륵, 한 거겠지요. 그놈은 전기 충격기 휘두르는 게 직업이에요, 직업."

"그 기사 나갔나요?"

"송요환 사건이 워낙 크다 보니 강아지 사건은 묻혔어요. 살아있는 강아지 머리에 구멍을 뚫은 게 알려진다면 사회적 파장이 엄청날 겁니다."

강아지가 죽은 시간은 새벽 4시에서 5시 사이, 송요환 부부가 집에서 자동차로 10여분 정도 떨어진 교회에 갔던 시각으로 추정된다고 했다. 새벽 기도를 마치고 집에 온 송요환 부부가 쓰러진 강아지를 발견하고 허둥대다가 자동차에 싣고 병원으로 달려가는 것을 범인은 어딘가에서 지켜보았을 것이다.

공원 벤치였을까? 아닐 것이다. 새벽에 운동하러 나온 사람들 눈에 잘 띄도록 그곳에 앉아 있을 만큼 멍청한 놈이 아니다.

"아마 집 앞 도로 노변에 차를 세워 두고 거기서 지켜보았을 겁니다."

황 형사는 말했다.

"자동차가 별로 없는 곳이라 밤이면 거기 차를 세우는 사람들이 많거든요. 범인이 주차했을 것으로 추정되는 자리에서 찌그러진 콜라 캔과 딱지처럼 접은 껌 종이와 치즈를 쌌던 비닐 2장이 발견되었습니다. 그런데 거기에선 손자국 하나 남아 있지 않았습니다."

"그것들이 범인이 사용했다는 것을 어떻게 단정하죠?"

"죽은 개를 부검했는데, 소화되지 않은 똑같은 상품의 치즈가 검출되었습니다. 치즈 비닐과 껌 종이는 콜라 캔 속에 들어 있었고요."

송요환 부부가 살해된 지 4주가 지나고 있었다. 살해 현장에서 찾아낸 것은 일회용 밴드의 속지 한 장과 260밀리의 발자국과 붉은색의 손자국 등이 고작이었다.

밴드 접착 부분에 붙어 있는 흰 속지는 테이블 아래에 떨어져 있었고, 거기에선 누구의 지문도 검출되지 않았다.

"다른 누군가가 사용했다면 어떤 자국이라도 남아 있겠지요. 밴드의 속지를 뗄 땐, 대개 엄지와 검지로 끝을 잡아서 떼어내니 까요. 그런데 이 속지에서는 지문이 발견되지 않았습니다. 누군 가가 흔적을 남기지 않으려고 장갑을 끼었거나 하는 방법으로 떼어냈다는 얘기가 되죠. 속지에 아무런 자국이 남지 않았다는 것이 바로 범인이 사용했다는 간접증거입니다. 이게 바로 그 속 지입니다."

황 형사는 사건일지에 붙어 있는 사진 한 장을 보여 주었다. 평범한 밴드 속지였다. 밴드는 서재의 책상 서랍에 들어 있던 밴 드와 동일한 제품이었다. 열 개 들이 작은 케이스엔 여섯 개가 남아 있었다. 송요환은 물론이고 함께 살해된 윤희선의 몸엔 어 디에도 밴드가 붙어 있지 않았다. 그렇다면 범인이 밴드를 사용 했다는 얘기인데… 놈도 어딘가 다쳤을까?

"범인은 이 주방 창을 통해 안으로 침입했습니다. 창틀 안쪽의 흰 알루미늄 섀시에 붉은 장갑 자국이 남아 있었거든요. 특이한 점은 그 창을 넘어 들어오고 나서 자기가 잡았던 창틀 부분을 장 갑 뒷면으로 문지른 듯합니다. 손자국이 좌우로 퍼진 흔적이 있 거든요."

자신의 손자국을 지운 것이 사실이라면 범인은 누구보다 치밀하고 용의주도한 놈이다. 그런 놈이 자신의 발자국에 대해서 만큼 개의치 않았다? 발자국에 미처 신경을 쓰지 못했다면 멍청한 놈이고, 어떤 의도로 발자국을 남겼다면 지능범이겠지.

하덕교는 울타리를 나와 찻길을 건넜다. 송요환의 집이 잘 보이는 곳은 버스 정류장 옆이었다. 놈은 여기쯤에 차를 세우고, 운전석에 앉아 콜라를 마시고 껌 종이로 딱지를 접으며, 부부가 강아지를 안고 울먹이는 모습을 지켜보았을 것이다. 콜라 캔에 아무런 흔적을 남기지 않았으니, 차창 밖으로 휙 집어던질 수 있었겠지.

하덕교는 범인의 심정으로 길 건너 송요환의 집을 바라보았다.

"아직 숨을 쉬고 있는 것 같아!"

새벽에 교회를 다녀온 송요환이 쓰러진 강아지를 발견하고 소리친다.

"어떻게, 어떻게 해!"

아내는 놀라서 발을 동동 구른다.

"얼른 병원에 가 봐야겠어. 나 혼자 갔다 올 테니까, 애들한텐 절대 말하지 말고."

송요환이 강아지를 차에 태우고 떠난다. 아내는 멀어지는 남편의 자동차를 바라보다 얼른 집으로 뛰어 들어간다……

범인은 그런 부인의 뒷모습까지 지켜보았을 것이다. 놈은 적어도 이곳에 두어 차례 이상 답사했을 것이다. 계획된 범죄라는 확신이 있는 만큼 사전 현장 답사는 필수적이라는 게 담당 형사들의 생각이었다.

범인은 송요환의 집을 지켜보며, 자신이 계획대로 일을 치룰 수 있는지 점검을 했을 것이다. 그리고 적절한 시간에 먼저 강아지부터 제거를 했겠지.

사건이 일어난 날은 송요환의 서재의 창문이 환했을 것이다. 송요환은 자정이 넘은 시간까지 서재에서 강의 준비를 하는 날이 많았다고 한다. 41세의 송요환은 현재 자신의 모교인 S대에서 성악을 강의해 왔으며 그의 부인은 심리학을 전공하고 지역 구청에서 청소년 상담 역할도 맡아 해 왔다.

"음악교수라는 직업을 제외하면 크게 눈에 띄지 않고 조용하게 사회에 봉사하는 부부라는 것이 그들을 아는 사람들의 공통된 평입니다."

그런 그들이 왜 살해되었을까? 부부 중 한쪽을 살해하려다 부득이하게 다른 한쪽마저 살해했을 수도 있고, 아니면 부부 둘에게 원한을 가졌을 수 있지 않을까? 전자라면 남편과 아내 중 누굴까? 누가 원한을 살 확률이 높을까?

송요환은 6개월 전 한 포털사이트 검색어 1위까지 올랐다고 했다. 그가 어느 방송 프로에서 했던 말 때문이었는데…

"클래식을 하려면 어려서부터 레슨을 받아야 하는데, 부모의 경제적 능력이 없으면 일찌감치 진로를 바꾸는 게 좋다, 라는 식의 말을 했습니다."

황 형사가 말했다.

"송 교수 입장에서는, 요즘 음악 레슨비가 너무 비싸다는 뜻의 말이었다고 반박을 했지만 네티즌들은 이미 빈정이 상한 뒤였지요."

〈교수님, 뚫린 입이라고 함부로 말하는 거 아닙니다. 클래식은 부자들만 하라는 건가요?〉〈아, 누가 좀 꿰매어 줄 수 없을까?〉〈미쳐도 단단히 미쳤구나, 가난한 사람은 음악도 하지 말라는 얘기네.〉

인터넷 커뮤니티에 악성 댓글들이 달리기 시작했다. 송요환 부부가 끔찍하게 살해되고 나서의 반응도 그와 흡사했다.

〈신이 응답했다〉〈인생은 사필귀정, 인과응보!〉〈차카게 살자!〉

일부의 공분을 살 망언을 했다고 해서 살해된 것이라 볼 수 없지만, 또 그것과 아주 연관이 없다고 보기도 힘든 사건임에 틀림없었다.

\#

같은 시각, 후드득후드득 빗방울이 듣고 있는 조한곤의 집 창문에서 노랫소리가 흘러나오고 있다. 거실에서 조한곤이 기타를 치며 흥얼거리는 노랫소리다.

서툰 기타를 치며 허밍처럼 흥얼거릴 뿐인데도 그의 목소리는 무척 아름답다. 여성과 남성을 합쳐 놓은 듯한 소리랄까, 성악을 공부한 소년처럼 매끄럽고 부드럽고 달콤하다. 하지만 노래에 비해 기타 반주는 형편없다. 그는 자주 코드를 틀렸다. 그래서 손가락을 고쳐 잡을 때마다 그는 잠시 노래를 멈추었다가 다시 이어 부르곤 했다.

노랫소리와 창문 너머의 빗방울 소리, 기타 소리 사이사이에 추임새처럼 신음 소리도 들리곤 했다. 계단 아래에서 들려오는 고태균이 내는 소리였다. 고태균은 이제 기운이 빠졌는지 악을 써대지 않고, 울음 섞인 신음소리만 내고 있다.

"할~려주세요. 네~?"

신숙자는 아들 옆에서 스케치북을 펼쳐 놓고 그림을 그리며 간간이 텔레비전을 보고 있다. 유치원 아이들이 하는 색칠 공부인데, 커다란 나뭇잎에 크레파스를 칠하고 있는 중이다. 빨간색 크레파스는 나뭇잎 라인을 넘어서 삐뚤삐뚤 칠해지고 있다.

텔레비전에서는 고양이 울음소리가 들리고 있다. 텔레비전 옆으로 컴퓨터가 있고, 그 뒤로는 컴퓨터 선들이 정리되지 않은 채 어수선하게 늘어져 있었다. 곰팡이가 슨 벽 한쪽엔 머리숱이 빽빽한 아버지와 엄마 사이에, 멜빵바지를 입은 아이 사진이 걸려 있다.

사진 속의 세 사람은 모두 무표정이고, 유난히 검은 눈썹을 가진 아버지는 가슴에 두꺼운 성경책을 안고 있다. 컴퓨터 옆의 철재 책상 위엔 크레파스와 약 봉투와 건강식품, 세금고지서 따위가 어수선하게 놓여 있다.

혀를 잘근잘근 씹으며 열심히 색칠을 하던 신숙자는 문득 손을 멈추고 텔레비전에 눈길을 주었다.

텔레비전 화면엔 얼룩무늬 고양이 한 마리가 보이고 있다. 아파트 단지 주차장에 웅크린 그 고양이를 향해 구급대원들이 커다란 그물망을 들고 천천히 접근하는 중이다. 반대편과 좌우측에서도 접근하고 있다. 살금살금 다가가던 그물이 고양이를 향해 덮쳤다.

"잡았다!"

누군가가 소리쳤다. 고양이가 그물 속에서 발버둥을 쳤다. 수의사가 고양이를 꺼내 확인했다. 얼룩무늬 고양이의 머리는 뿌옇게 모자이크 처리가 되어 있다.

"이건 화살이 아니라 피스 같은데요?"

고양이를 살펴본 수의사가 말했다.

"피스가 머리에 박혔어요."

텔레비전을 보던 신숙자가 갑자기 자리에서 일어나, 손으로 텔레비전을 가리켰다.

"어어어, 저흐, 저바."

붉은 크레파스가 묻은 두 손으로 수화를 하며 소리를 내자 조한곤은 노래를 멈췄다.

"끔찍하네. 어떤 놈이 저랬지?"

"니야오, 니야오, 우히리 냐야오!"

신숙자가 팔로 꼬리를 만들며 고양이 흉내를 냈다.

"우리 고양이? 아니야. 우리 고양이는 죽었어."

조한곤의 목소리는 시큰둥했지만 신숙자는 뭔가 미심쩍은 듯이 눈을 크게 뜨고 텔레비전을 바라보았다.

"스텐으로 된 공업용 피스예요. 누군가가 드릴을 사용하지 않는 한 이런 피스가 저절로 박힐 리 없지요."

수의사가 아기 고양이를 품에 안으며 말했다.

＃

하덕교는 살인자가 행한 그대로 집안으로 침입해 보고 싶어 단풍나무가 서 있는 작은 창 아래로 걸어갔다. 이 창문은 좌우로 열고 닫는 창호와는 달리 아랫부분만 밀어 열 수 있는 일명 '프로젝트창호'였다. 환기를 목적으로 하는 창호이기 때문에 사람의 머리가 들어가지 못할 만큼만 열린다. 그러나 양 옆에 달린 두 개의 고정대를 떼어 내면 창이 활짝 열리므로 얼마든지 사람이 들어갈 수 있었다.

이 창의 고정대는 이미 제거되어 있었다. 범인이 제거를 했다는 증거는 아직 찾지 못했지만, 범인 아니면 그걸 일부러 제거할 사람은 없을 것이다. 고정대의 재질은 알루미늄에 가까운 쇠붙이였다. 금속절단기나 펜치로 간단히 끊어 낼 수 있을 것이다. 끊어 버린 조각들이 주위에서 발견되지 않은 것으로 보아 작업을 한 후 곧바로 수거를 한 것으로 보인다.

하덕교는 남동서에서 붙여 놓은 봉인테이프를 떼고 창문을 열어 보았다. 잘 열렸다. 그는 창틀을 양손으로 잡고 점프하듯이 몸을 들어 올렸다. 하지만 창의 위치가 어깨보다 높아 창틀에 매달리기 힘들었다. 키가 180센티에 가까운 하덕교도 어려우니, 범인은 그보다 키가 더 큰 것일까? 아니면 더 쉬운 다른 방법이 있는 것일까?

다시 한 번 시도해 보기로 했다. 이번엔 양손으로 창틀을 잡고 까치발을 든 채 고개를 먼저 집어넣었다. 왼쪽 어깨도 가까스로 넣었다. 어깨가 들어가자 조금 수월해졌다. 몸을 틀어 오른쪽 어깨도 넣고 발로 벽을 짚으며 매달렸다. 이어 곧바로 창 안쪽으로 상체를 밀어 넣었다.

됐다! 범인도 이런 방법으로 침입한 게 분명하다. 이런 과정에서 양 쪽 창틀에 실리콘 손자국이 남게 되었겠지. 그 손자국은 미세자국이라 육안으로는 보이지도 않는다. 하지만 남동서의 베테랑 감식반원들이 찾아 냈다. 창을 넘어온 범인이 자기의 손자국이 남아 있을까봐 손등으로 쓱쓱 문지른 사실까지도 알아냈다.

창을 넘어 들어온 곳은 주방 복도였다. 그는 포켓에 넣어 두었던 펜라이트를 꺼내어 켰다. 우뚝한 코와 부리부리한 눈매, 단단한 턱을 가진 남자의 얼굴이 주방 창문에 비쳤다. 불빛이 턱 아래에서 비치고 있어 그의 얼굴은 조금 괴기스럽게 보였다. 그는 자신의 얼굴을 잠시 바라보고 섰다가 바닥을 비춰 보았다. 여기 저기 흰색 페인트가 보였다. 발자국 테두리를 따라 뿌려 놓은 스프레이였다.

그는 발자국을 따라 천천히 걸었다. 낮에 한 번 와 봤던 터라 구조는 익숙했지만 어둠 속이어서 발걸음이 저절로 조심스럽다.

범인이라면 맨 먼저 무얼 했을까? 몸을 움츠리고 두리번거리며 집안의 냄새를 맡았을까?

그는 숨을 크게 들이쉬며 냄새를 맡아 보았다. 집들마다 그 특유의 냄새가 있기 마련이다. 목조주택이라 그런지 이 집에서는 은은한 나무 향기가 있다. 범인도 이 냄새를 맡았겠지?

주방 안쪽으로 원목으로 된 방문이 있었다. 낮에 왔을 때 그곳은 부부 침실이라고 황 형사가 알려 주었다. 이층으로 올라가는 계단 아래, 삼각형 공간은 세탁실이다. 그 앞에 격자무늬 파티션이 있고 그 반대편에 꽃무늬 보가 깔린 동그란 식탁이 놓여 있다. 발자국은 식탁 주위에 여러 개 찍혀 있었다. 이곳에서 범인이 잠시 서성거린 모양이다.

하덕교도 거기에서 걸음을 멈췄다. 범인이 거기서 서성였던 이유를 알 것 같다. 저 사진……!

식탁이 놓인 쪽 벽에, 사진관에서 찍은 것이 분명한 가족사진이 붙어 있었다. 금색 몰딩으로 테두리를 한 커다란 사진 액자였다. 가족들 모두 웃고 있다. 남매인 두 아이는 유치원에 다닐 나이 정도로 보였다. 송요환 부부는 두 아이 뒤에서 허리를 굽히고 서서 환하게 웃고 있는데, 어깨까지 생머리를 길러 내린 윤희선의 머릿결은 부드러웠고 치아가 유난히 가지런했다. 나이에 비해 어려 보이는 인상이다. 반면에 머리가 반쯤 벗겨진 송요환은 상대적으로 나이가 들어 보였다.

그 옆쪽으로 크레파스로 그린 아이들의 그림이 붙어 있었다. 네 사람이 활짝 웃고 있는 행복해 보이는 그림이다.

"이건 엄마야. 이건 아빠고."

"아빠는 왜 우산을 쓰고 있어?"

"이건 우산이 아니라 모자야."

"왜 아빠 혼자 모자를 쓰고 있지?"

"아빠는 대머리잖아."

그런 얘기를 나누며 깔깔거리는 가족의 목소리가 귀에 들리는 것 같다.

어둠에 익숙해져 맨눈으로도 사물이 구별되었다. 그는 라이트를 끄고 주방 복도를 따라 거실로 나갔다. 거실은 무척 넓었다. 파벽돌로 치장한, 주방과 맞닿은 벽엔 노출식 벽난로가 있고 벽난로의 검은색 무쇠 연통은 2층 거실을 통과하여 지붕으로 빠져나갔다. 발자국은 거실 소파 앞을 지나 복도로 이어졌다. 발자국이 멈춘 곳은 복도 끝의 작은 꽃리스가 달린 문 앞, 바로 송요환의 서재였다.

사건 당일, 송요환이 늦은 시간까지 서재에 있었다고 하니 문

틈에서 약간의 빛이 새어나왔을 것이다. 문에 걸린 꽃리스를 힐 끗 올려다보던 하덕교는 소스라치게 놀랐다. 주머니에 넣어둔 핸드폰에서 메시지 알림이 울린 것이다. 작은 알람소리에 이렇게 놀라는 자신을 보고 그는 잠깐 머쓱해졌다. 휴우!

〈야근중? 아까 전화했는데 안 받네. 밥도 챙겨 먹고요.〉

주희에게서 온 메시지다. 메시지 끝에 핑크 하트가 세 개나 달려 있다. 요즘 하루도 쉬지 않고 야근을 하는데다 갑작스런 출장까지 겹치는 바람에 불만이 쌓일 법하지만 주희는 싫은 소리 한 번 하지 않았다. 그 점이 항상 미안하고 고마웠다.

그는 핸드폰에 저장된 만삭의 아내 사진을 확대해서 한참을 보았다. 불룩한 배를 두 손으로 감싸고 환하게 웃고 있는 주희에게 〈걱정 말고 푹 자! 내일 연락할게〉라 하고 하트를 보냈다.

그는 손목을 들어 시계를 보았다. 밤 11시 55분. 사체 부검에 의하면, 살인은 밤 12시에서 2시 사이에 일어났다. 그렇다면 범인은 지금 쯤 하덕교처럼 서재 문 앞에서 서성였을 것이다. 손엔자신이 제작한 전기 충격기를 들었겠지. 놈도 나처럼 긴장을 했을까? 그 시간 윤희선은 어디에 있었을까? 송요환과 서재에 함께 있었을까? 아니면 침실에서 자고 있었을까?

"사건 정황으로 볼 때 송요환이 서재에서 놈과 격투를 벌일 때, 그의 아내가 서재로 달려온 것으로 보입니다."

황 형사는 그렇게 말했다.

"윤희선이 그 시각에 차를 끓여왔다가 함께 당했다고 주장하는 형사들도 있었습니다. 왜냐하면 서재에 마시다 만 율무차가 놓여 있었거든요. 하지만 그렇게 늦은 시간에 차를 끓여오지 않았을 것이라는 주장이 앞섰습니다. 찻잔에 남은 율무 잔여물엔 수분이 거의 남아 있지 않았거든요. 밤보다는 그날 아침이나 낮에 마신 것이라는 볼 수 있는 대목이지요."

"그 시각에 아이들은 자고 있었겠지요?"

"네, 저도 그게 참 다행이라고 생각합니다. 아이들은 2층 방에서 잠들어 있었다고 했습니다. 아무 소리도 듣지 못했고 아무 것도 보지 못했다고……"

"아이들은 지금 어디에 있습니까?"

"현재 친척들이 보호하고 있습니다."

발자국은 문 앞에서 잠깐 서성이었던 것으로 보인다. 망설인 것일까? 아니면 주저했던 것일까?

그 발자국들을 내려다보던 그는 손잡이를 살짝 틀어 문을 열었다. 갇혀 있던 공기가 우르르 쏟아져 나오는 바람에 잠깐 숨을 멈춰야 했다. 다행이도 살인 사건에서 흔히 있을 수 있는 피 냄새는 없었지만, 또 다른 냄새가 코를 자극했다. 오줌 냄새였다. 패브릭 소파에 밴 오줌 냄새가 아직 가시지 않은 보양이다. 낮엔 느끼지 못했는데, 어둠 속에서 그 냄새가 확실히 느껴졌다.

송요환의 입을 흉하게 만들긴 했어도, 범인은 비교적 피를 좋아하지는 않는 취향 같았다. 피를 많이 보이지 않았다는 것은 피살자에겐 어쩌면 최소한의 다행일지도 몰랐다. 고통을 많이 느끼지 않고 숨이 멎었다는 의미도 되니까.

송요환의 사인은 전기 충격기에 의한 감전사였다. 얼굴은 여기저기 멍들고 입에서 흘러내린 두 줄기의 피가 와이셔츠를 흥건하게 적신 것 외에 다른 핏자국이 없었다. 기도에 흡입된 혈액으로 보아 입이 찢긴 후에도 한동안 살아 있었고, 그러나 의식은 거의 없었던 것으로 보였다. 의식이 있었다면 기도로 피가 흡입되도록 스스로를 내버려 두지 않았을 것이다.

창을 등지고 있는 테이블은 서재 문을 마주보고 있었다. 테이블과 문의 거리가 3미터 정도이니 송요환이 의자에 앉아 있었다면 문을 열고 다가오는 범인에게 대처할 시간이 있었을 것이다. 범인도 그걸 모를 리 없을 것이다. 그렇다면 범인은 밖에서 노크를 했을 수 있다.

"누구요?"

노크 소리를 들은 송요환은 자리에서 일어섰을 것이다. 아니면 인기척을 느끼고 먼저 문을 열어 보았겠지. 송요환이 문을 여는 순간 전기 충격기가 어깨를 내리쳤을 것이다.

하덕교는 송요환이 앉아 있던 소파 맞은편에 앉았다. 송요환은 소나무 원목으로 만든 테이블 위에 오른발을 올려 놓은 채 등받이에 목을 젖히고 누워 마치 휴식을 취하듯 죽었다. 그의 아내 윤희선은 지금 하덕교가 앉아 있는 자리에 누워 있었다. 회색 카디건의 단추가 두 개 떨어져 나갔고 하의는 반쯤 벗겨져 있었다.

카디건의 아랫부분과 소파는 오줌에 젖어 있었다. 누가 보더라도 그게 무얼 말하는지 알 수 있겠지만, 범인의 체액이나 체모는 발견되지 않았다. 윤희선의 젖은 속옷은 공원의 단풍 나뭇가지에 걸려 있었다.

송요환의 오른발이 올려져 있던 테이블이 윤희선 쪽으로 치우쳐져 있다는 것 외에, 이곳은 살인이 일어났던 현장으로 보기가 도저히 어려웠다.

아, 한 가지 더 있다! 하덕교는 라이트로 테이블을 비춰 보았다. 테이블 위에 흰색 스프레이가 두 개 뿌려져 있었다. 하나는 송요환의 다리가 올려 있던 자리이고 다른 하나는 범인의 것으로 추정되는 신발자국이다. 범인은 먹이를 잡은 맹수가 먹이 위에 발을 올려놓듯이 오른쪽 발을 테이블 위에 올려놓은 것 같다. 그런 자세로 피해자를 위협한 모양이다. 송요환이 눈을 뜨고 저항할 몸짓을 보이면 몇 차례 전기 쇼크를 주었겠지.

그 다음엔 등받이에 털썩 고개를 젖힌 송요환의 입 속에 손가락을 집어넣고 좌우로 힘을 가한다?

아니다. 아닐 것이다. 피해자를 그런 지경으로 만든 데엔 이유가 있을 것이다. 순간적으로 입을 찢고 싶었거나 평소에 그의 입을 찢어 버리겠다는 각오가 있었던 게 분명하다. 그렇지 않고서야 전기쇼크로 축 늘어진 피해자의 입에 구태여 손을 넣기까지 할 필요는 없을 테니까.

어떤 경우이든 간에 범인은 피해자가 자기를 쳐다보기를 바랐을 것이다. 겁에 질린 눈으로 자기를 바라보며 용서해 달라고

빌기를 바랐을 것이다. 그래야 맞는다. 범행의 이유를 피해자가 인식했는지 눈을 통해 보는 것, 송요환이 자신이 했던 말을 뼈저리게 후회하는 표정을 보는 것, 그게 범행의 이유일 수 있다.

피해자가 공포에 질린 눈으로 자신의 눈을 보는 순간 가해자는 손가락을 좌우로 벌린다.

"아아악!"

피해자는 고통에 비명을 지른다. 그 소리를 듣고 윤희선이 방에서 달려 나온다. 범인은 문 앞에 섰다가 서재로 들어오는 윤희선을 간단히 제압한다.

그 다음은? 뻔하다. 윤희선이 전기 쇼크로 쓰러지는 순간 얼른 몸을 안아 소파에 누였겠지.

하덕교는 윤희선이 누웠던 소파를 내려다보았다.

놈은 윤희선의 흰 목덜미와 긴 속눈썹을 보고는 그냥 갈 수 없다고 생각했을 것이다. 식탁 위에 걸린 사진을 보면서 이미 그 결심을 굳혔는지도 모른다. 단추가 떨어져 나가도록 옷을 풀어 헤치고, 지질한 인간들이 그런 순간에 의례 행하는 짓을 했겠지. 혹시 그것이 목적은 아니었을까?

그러나 윤희선의 몸 어디에도 범인의 흔적을 찾을 수 없다는 건 여전히 설명되지 않는 부분이다. 몸을 만질 때도 놈은 장갑을 벗지 않았단 말인가? 윤희선의 손톱에서 혈흔과 피부 조각이 발견되었지만 그것은 그녀 자신의 것이었다. 공원에 걸어둔 속옷에서 발견된 체액과 두 가닥의 체모 역시 그녀의 것이었다.

부인의 사인은 질식사였다. 전선을 묶는 대형 케이블 타이에 목이 졸려 죽었다. 케이블 타이의 매듭은 뒤에 있었다. 뒤에서 타이를 걸고 강하게 잡아당긴 것이다. 목의 앞부분에 케이블 타이가 파고 들어간 자국과 손톱자국이 선명하게 나 있었다. 손톱자국은 열 개 이상이나 되었다.

자신의 목에 손톱자국을 내며 죽어 가던 부인의 모습을 남편 송요환은 소파 저쪽에 앉아 지켜보았을 것이다. 아내는 숨이 끊어질 때의 고통을 참느라 이를 악물어 앞니와 송곳니 두 개가 손상되었다. 속옷과 가운, 소파의 일부분이 오줌에 젖었던 것도 그 때문이었다.

사람이 교살을 당할 땐 아드레날린 분비로 오줌을 누게 되는 경우가 종종 있다. 윤희선도 그런 경우였다. 대부분의 엽기 살인자들은 피해자가 고통스러워하는 것을 즐긴다. 그리고 자기가 얼마나 끔찍하고 잔인한지 누군가가 보아 주기를 바란다. 놈도 그랬을 것이다.

남편 송요환의 의식만 깨어 있을 정도로 쇼크를 주고, 부인이 죽어 가는 모습을 보게 했을 것이다.

낮에 사건 기록에 첨부된 피살자의 사진을 보며 하덕교는 목이 막혀와 자신도 모르게 연거푸 깊은 숨을 몰아쉬곤 했다.

송요환의 얼굴에 남아 있는 멍은 뭘까? 전기 충격기로 제압을 할 경우엔 주먹이 그다지 필요 없을 수 있다. 그런데 범인은 눈두덩과 목덜미 부분을 사정없이 가격했다. 코도 연골까지 손상될 만큼 심한 골절이 있었다. 이건 범인이 흥분을 했다는 증거다. 전기 충격기만으로 분이 풀리지 않았다는 증거다. 게다가 입까지 찢었다.

입에 손가락을 넣은 것이 먼저였을까, 아니면 주먹질이 먼저였을까? 테이블 아래 떨어진 밴드의 속지는? 범인이 밴드를 사용했다고 가정한다면 범인도 어떤 상처를 입었던 것은 아닐까? 상처라면?

하덕교는 움직이지 않은 채 뭔가를 생각하다가 얼른 주머니를 뒤져 핸드폰을 꺼냈다. 전화를 걸려다가 너무 늦은 시간이라 메시지를 보내기로 했다.

〈송요환의 시신을 점검해 볼 필요가 있겠습니다.〉

메시지를 보낸 지 2분도 채 지나지 않아 핸드폰 벨이 울렸다. 표상우는 자지 않고 있었던 모양이다.

"여태 안 자나?"

"네. 송 교수의 서재입니다."

"낮에도 거기서 전화하더니, 아직도 조사할 게 남은 거야?"

"네. 미심쩍은 것들이 있어서 잠깐 들렀습니다. 제 개인적인 추측인데, 만일 저 같으면 누군가의 손이 입에 들어왔을 경우 본능적으로 그걸 깨물어 버릴 것 같거든요."

"전기 쇼크에 몸이 마비된 송요환이 범인의 손가락을 물었다?"

"네. 전기로 제압을 했다 하더라도 범인은 피해자의 정신이 어느 정도 들었을 때 입에 손을 넣었을 것이라는 생각이 듭니다."

"정신이 있는 상태에 입에 손을 넣는 건 위험하지 않을까?"

"보복 때문이라면 그래야 의미가 있을 테니까요."

"보복?"

"아니요. 보복이라고 일단 가정하자고요. 만일 보복이라면 정신을 잃은 상대의 입을 굳이 찢진 않을 테니까요."

"그래서?"

"손가락을 물리자 화가 난 놈이 사정없이 주먹을 휘두른 게 아닌가 합니다. 코뼈가 함몰된 것도 그래서가 아닐까 하고요. 그리고 범인은 손가락에 난 상처 때문에 밴드를 사용하게 되었고 …… 그리고 손가락에 상처가 날 정도로 깨물었다면…"

"피해자의 치아를 확인하고 싶다 이거군."

"송요환의 사체는 지금 어디에 있습니까?"

"경찰대 안치실에 있네. 더 이상 나올 게 없어서 이삼일 내로 가족들에게 인계하기로 되었었는데 다행이네. 내가 지금 광수대에 연락해 놓겠네."

#

오전 10시. 표상우와 신혜연은 침대 하나가 놓여 있는 1인용 병실에서 김근호의 말을 듣고 있다.

"엊그제도 얘기했지만 얼굴은 전혀 보지 못했어요. 순식간에 몸에 전기가 와서 그대로 쓰러져 버렸거든요. 정신이 들자 그게 제일 먼저 떠오르는 거예요. 꼬질꼬질한 운동화에… 그리고 바짓단을 양말 속에 넣었던 두 다리가요."

"바짓단을 양말 속에 넣었다고요?"

신혜연이 물었다.

"네. 분명 회색 바짓단을 양말에 집어넣었더라고요"

"계속 하시지요."

"그런데 정신이 들어 깨어 보니까 트렁크 속이었어요. 손과 발이 뒤로 꽁꽁 묶인 채로."

김근호는 링거를 꽂은 팔을 앞으로 내밀어 두 팔이 묶인 시늉을 했다. 두 팔목에 퍼렇게 피멍이 든 자국이 보였다.

"케이블 타이였다고 했지요?"

"네. 검은색 대형 케이블 타이 두 개를 겹쳐서 묶었어요. 그게 얼마나 날카롭던지 아예 살을 파고 들어간 거 있지요."

"다른 곳은 좀 어떠십니까?"

표상우가 물었다.

"아시다시피 제가 전기 충격기에 맞아 쓰러진 뒤, 둔기로 머리를 맞았잖아요. 그날 정신을 잃었던 것도 전기 충격기보다는 뇌진탕 때문이라고 하더군요. 시티엔 큰 이상이 없는 걸로 나왔지만 아직도 어지럽고 갑작스럽게 구토가 나곤 합니다."

김근호는 허리를 숙여 머리를 내밀었다. 뒤통수에 커다란 거즈가 붙어 있었다. 말수가 많은 사람이라 묻지도 않은 말까지 술

술 풀어 냈다.

"사우나 지하주차장이었죠? 혹시 반대편 쪽에 주차된 차들을 기억하십니까?"

신혜연이 물었다.

"엊그제도 얘기했지만 그건 전혀 기억이 나지 않아요. B1 주차장에 차들이 많아서 B2까지 내려갔는데, 거기는 텅텅 비었더군요. 구석 쪽에 차가 몇 대 주차되어 있긴 했던 것 같지만 어떤 차인지는 기억나지 않아요. 거긴 CCTV가 없었나요?"

"문화회관 근처에도 사우나가 있던데 왜 멀리까지 갔나요?"

묻지 말고, 대답만 하라는 듯 신혜연이 말을 자르며 물었다.

"제가 거기 지리를 잘 몰라요. 그 옆에 있던 사우나는 내비게이션에 나오지 않더라고요. 그런데 범인이 자동차 블랙박스도 떼어갔나요?"

"수고스럽더라도 그날 상황을 다시 한 번 더 정리해 주시겠습니까?"

표상우의 점잖은 말투에 김근호는 힐끗 쳐다보고는 휴지를 뽑아 팽 소리가 나게 코를 풀었다. 그는 이런 말들을 하는 게 즐거운 모양인지 말투가 한껏 들떠 있다.

"그러니까 박사님의 강연이 시작된 후 저는 주차장에 대기하고 있다가 몸이 찌뿌듯해서 사우나를 좀 하자고 생각했습니다. 지리를 잘 몰라 시내에서 좀 헤맨 것 같아요. 사우나를 발견하고 B2주차장까지 내려가 차를 세우고… 그때까지 저를 따라오거나 한 자동차는 없었던 걸로 알고 있어요."

"사우나에선 얼마나 계셨나요?"

"강연이 보통 한두 시간 정도 하거든요. 시간이 많지 않아 십 분 가량 눈을 붙였습니다. 그러고 샤워를 마치고 돌아가기 위해 주차장으로 내려와 자동차의 시동을 걸었지요."

그는 또 물을 한 잔 마시고 휴지로 입을 닦았다.

"늘 하던 식으로 시동을 걸고 출발하기 전에 룸미러를 봤는데, 뒤창에 종이가 한 장 붙어 있는 거였어요. 후면은 콘크리트 벽 쪽인데 자동차와 벽 사이가 1m 정도 밖에 되지 않거든요. 저게 뭐지? 하고 내려서 다가가 쪽지를 떼어 내는데 갑자기 온몸에 전기가 일었습니다. 그러고 끝이에요. 정신이 들었는데 깜깜한 트렁크 속이었어요."

"트렁크에서 깨어났을 때 자동차가 움직이고 있었나요? 아니면 멈춰 서 있던가요?"

이런 내용은 보고서에서 이미 읽은 거였지만 표상우는 다시 한 번 확인해 보고 싶었다. 참고인들은 혹시나 자기에게 뭔가 불리한 상황이 있을까봐 둘러대거나 거짓으로 말하는 경우가 종종 있었다.

"눈을 뜬 것은 자동차가 덜컹거릴 때였어요. 산길을 가는지 엄청 흔들리더라고요. 저는 구토가 날 지경이었습니다. 두 다리와 양손은 뒤로 묶였지, 입엔 재갈이 물려 있지… 그러다가 얼마간은 아스팔트 위를 달리는 것 같았어요. 그때야 저는 알아차렸지요. 이건 실제 상황이구나. 내가 납치를 당하고 있구나 하고요. 그때까지는 박사님이 자동차에 탔으리라고는 생각도 못했습니다."

"그때까지 고 박사가 함께 이동하는지 몰랐다고요?"

신혜연이 물었다.

"네. 저는 그냥 단순히 자동차를 훔쳐 달아나는 절도범이라 생각했어요. 그런데 뒷자리에 박사님께서 앉아 계셨을 줄이야… 박사님은 운전을 하던 그 놈이 저인 줄 아셨을 거예요. 제 재킷을 벗겨간 걸 보니 제 행세를 한 게 틀림없어요."

"실례지만 키가 얼마나 되십니까?"

표상우가 물었다.

"저요? 제 키는 왜?… 구두 신으면 170센티가 넘긴 하는데."

"자동차가 도착한 곳이 어디 같던가요?"

"거기가 어딘지 제가 어떻게 알겠습니까? 하여튼 조금 덜컹거리던 자동차가 멈추더니 문 열리는 소리가 났어요. 두 번. 탁탁, 이렇게요. 운전석과 뒷좌석 문이 열리는 소리였지요. 그리고 트렁크를 두드리는 소리가 들렸어요. 쿵쿵… 저는 이제는 죽었구나 생각이 들더라고요. 그런데 알고 보니 트렁크를 두드리는 소리가 아니라 제 가슴 뛰는 소리지 뭡니까."

신혜연과 표상우가 동시에 서로를 마주보았다. 둘 다 짜증과 어이없는 웃음이 섞여 있는 표정이었다. 자기 말에 도취한 김근호는 신이 나서 계속 떠들었다.

"트럭은 아닌 것 같았어요. 트럭은 적재함 때문에 잡음이 많아요. 그리고 최신형 디젤 같지는 않았어요. 요즘 나오는 디젤은 가솔린엔진 소리 못지않게 무척 부드럽고……"

#

하덕교는 흰 가운을 입은 검시관을 따라 승강기에서 내려, 경찰대 지하 복도를 걸었다. 바깥은 찌는 듯이 더운데 복도는 서늘한 냉기가 감돌았다. 서른 살도 안 되어 보이는 젊은 검시관은 가운 주머니에 손을 넣은 채 한걸음 먼저 걸어가며 어깨 너머로 말했다.

"이런 덴 처음이시죠?"

"네, 처음입니다. 그래서인지 좀 으스스한데요?"

"저는 일주일에 서너 번씩 내려오곤 합니다. 이젠 이골이 날 만도 한데 여긴 영 익숙해지지가 않아요."

검시관은 복도 끝에서 좌측으로 꺾여졌다. 승강기 옆으로 수술실처럼 커다란 유리문이 보였다. 유리문 위엔 카메라가 달려 있었다.

"여기도 승강기가 있지만 일부러 조금 돌아왔습니다. 이 승강기는 사망자 전용이거든요."

둘은 안으로 들어갔다. 근무자가 커튼을 주르륵 열었다. 비닐 시트가 깔린 침대 위에 벌거벗은 사체가 누워 있었다. 오른쪽 발

목에 〈19번, 송요환〉이라고 쓰여 있는 태그가 걸려 있었다. 한쪽 벽면에 번호표가 달린 서랍용 냉장고들이 있고, 그 옆으로는 서랍이 달린 철재 캐비닛들이 있었다. 검시관이 작은 서랍을 열어 의료 기구가 든 가방을 꺼내 들었다.

"부검은 국과수에서 두 차례 진행했고, 이곳으로 인계되었습니다. 국과수 안치소가 너무 작아서 열 구도 보관이 안 됩니다. 그래서 사체가 넘칠 땐 이곳으로 이동하죠. 보고서를 읽어 보셨다면 아시겠지만 전기 충격에 의한 감전사 외에 따로 사인으로 지목될 만 한 점은 발견되지 않았습니다. 이걸 쓰시죠."

검시관이 지퍼 백에 든 일회용 모자와 마스크를 내밀었다.

"하마터면 사체 구경을 못할 뻔했어요. 내일 아침에 가족에게 인계하기로 되어 있거든요. 여기서는 더 이상 나올 게 없다는 뜻이지요. 하지만 오늘은 뭣 좀 나와야 할 텐데…"

검시관이 하덕교에게 손짓하여 사체의 머리맡에 서게 했다. 하덕교는 비닐 모자를 귀까지 내리며 침대 옆에 섰다.

사체의 피부 표면은 방부처리를 해 놓은 상태라 윤기가 없이 누랬다. 흉부에서 하복부까지 Y 형태로 절개되었던 부분은 의료용 테이프로 반듯하게 봉합되어 별로 흉하지 않았다. 반쯤 벌어진 눈까풀에 허연 흰자위만 보였고, 양쪽으로 절개된 입술 역시 테이프가 붙어 있었지만, 테이프 위로 실로 꿰맨 자국이 어렴풋이 보였다. 눈가의 멍은 그대로였다.

"여기를 보세요. 코가 함몰되고 부어올랐잖아요. 적어도 사망

이십 분 전에 안면 타격이 있었다는 증거죠. 연골은 충격 후 짧은 시간 내에 급격히 부어오릅니다. 만일 사후 충격이라면 변화가 거의 없죠. 일단 시작할까요?"

검시관이 가방에서 니트릴 장갑을 꺼내 하덕교에게 건네주고 에어볼이 달린 의료용 잭(jack)을 꺼내 들었다.

"어금니를 확인하려면 먼저 구강을 열어야겠죠?"

검시관이 우레탄으로 된 잭의 앞부분을 사체의 치아 사이에 밀어 넣고 에어 볼을 몇 번 쥐고 펴기를 반복했다. 구강이 서서히 벌어졌다. 하품하듯이 쩍 벌어진 사체의 입은 검은 구멍 같았다. 구강 깊은 곳에서부터 배어 나온 역한 포르말린 냄새가 코를 자극했다.

침대 위에 달린 조명이 사체의 얼굴을 비추고 있지만 하덕교는 자신의 펜라이트로 입속을 비추어 보았다. 혀가 목구멍으로 밀려 기도를 막고 있는 상태라 치아 상태를 확인하기가 어려웠다.

"조금 어렵겠는데요?"

하덕교가 난감한 표정을 지었다.

"걱정할 것 없습니다."

검시관이 날이 넓적한 의료용 겸자로 혀의 끝을 잡고 당기자 밀렸던 혀가 천천히 딸려 나왔다. 어금니가 보였다.

"겸자를 잡으시죠."

하덕교는 보조 간호사처럼 허리를 굽힌 채 겸자를 잡았다. 손등에 닿은 사체의 피부는 얼음장처럼 차가웠다. 검시관은 실리콘 재질의 부드러운 필름을 입 안 깊숙이 집어넣어 목구멍을 막았다.

"먼저 어금니를 닦고 나서 세척수를 붓고, 그 세척수를 수거하는 게 좋겠어요."

하덕교가 말하는 중에 검시관은 벌써 일회용 솔을 꺼내 들고 있었다.

"제 말도 그 말입니다. 양치를 하면 입가심도 해야 하니까."

"제가 할까요?"

"아니, 사체에 관한한 모두 제 일입니다. 라이트를 비쳐 주시고, 겸자 잘 잡으세요. 혀가 밀려들어가고 있어요."

하덕교는 겸자를 다시 고쳐 잡고 라이트로 구강 속을 비추었다.

검시관은 이마에 확대경을 착용하고, 사체의 구강 속에 솔을 넣어 치아 표면과 치간에 묻은 이물질들을 조심스럽게 닦아 내었다. 에어컨의 냉기에 추위가 느껴질 정도였지만 하덕교는 등에 땀이 배는 걸 느꼈다. 치간은 물론 혀 밑까지 꼼꼼하게 닦은 검시관은 세척수를 구강에 부었다. 그리고 흡입기로 그 세척수를 빼 내어 플라스틱 용기에 담고 솔은 지퍼백에 넣었다.

"수많은 재검을 했지만 이렇게 사체 어금니까지 닦아 보기는 처음이네요. 하여튼 이렇게라도 할 수 있어 다행입니다."

검시관이 마스크를 반쯤 내리며 말했다. 그의 콧잔등에 땀방울이 맺혀 있는 것을 하덕교는 보았다.

#

표상우와 신혜연이 병원을 나올 때 카메라를 든 기자들이 서성이고 있었다. 고태균의 운전기사 김근호를 취재하기 위해 며칠 전부터 죽치고 있는 기자들이었다.

표상우는 그들이 달라붙을까봐 땅을 보며 빠른 걸음으로 걸었다. 신혜연도 경비실 옆에 주차된 자동차를 향해 뛰다시피 걸었다. 자동차 문을 여는데 키가 훌쩍 크고 호리호리한 남자가 카메라를 들고 나타났다. 그는 다짜고짜 카메라 셔터부터 두어 차례 눌렀다.

"안녕하세요? 표 형사님. 저 배성욱입니다. 오랜만에 뵙네요."

기자가 허리를 굽히며 아는 체를 했다.

"얼른 가게"

조수석에 올라 탄 표상우가 기자에게 눈길도 주지 않고 신혜연에게 말했다. 표상우가 자동차 문을 닫으려 하자 배성욱은 얼른 문을 잡았다.

"뭐가 그렇게 바쁘세요. 가까운 곳에 소머리국밥 개업한 데가 있는데, 같이 안 가시겠습니까? 점심때잖아요. 제가 쏘겠습니다."

"고맙지만, 시간이 없네. 나중에나 보자고."

"운전기사 김근호 씨 상태는 어떻습니까? 많이 다쳤다고 들었는데 깨어났습니까? 범행에 사용된 전기 충격기가 사제라는 게 사실입니까? 사제 전기 충격기라면 전압이… 어이, 어이! 잠깐만, 잠깐만……!"

배성욱은 말하다 말고, 문을 반쯤 연 채 출발하는 자동차를 따라가다가 결국 걸음을 멈췄다. 그리고는 얼른 카메라를 들고 멀어지는 자동차 뒤꽁무니에 셔터를 눌러 댔다.

"쟤 아주 짜증나는 인간이야."

표상우는 백미러에서 멀어지는 배성욱을 힐끗 보며 말했다.

"저도 알고 있습니다. 뻘짓 많이 하는 친구예요. 옛날에 그 뭐냐, 도주 중이었던 네모그룹 회장을 다 잡았었는데, 저 기자가 떠들어 대는 바람에 놓쳤잖아요."

"아 맞아, 그랬었지. 유 회장 예상 도주로에서 이틀 동안 잠도 못 자고 진을 치고 있는데, 그 정보가 새어나갔단 말이야. 그 기사 때문에 유 회장은 다른 곳으로 튀고, 우린 완전히 닭 좇던 개 신세가 되었잖아. 혹시, 크게 좀 말해 주세요, 그 사건은 아냐?"

"크게 좀 말해 주세요 사건요?"

"작년인가 겨울에 부부 싸움하다 집에 불을 지른 남자 말이야. 화상을 입고 구급차로 이동하는 중에, 침대에 매달려 인터뷰했던 기자가 바로 저 기자잖아."

"아, 알고 있습니다. 연기 때문에 기도가 망가져 골골거리고 있는데, 크게 좀 말해 주세요, 라고 소리 지른 거 말이죠?"

"그것뿐인 줄 아나? 자기 기사 욕했다고 네티즌들 고소하지를 않나, 아휴, 말하려면 끝도 없어. 아 그나저나 전기 충격기가 사제라는 건 또 어떻게 알았지? 하여튼간…"

"넘겨짚고 묻는 것일 수도 있어요. 저수지로 먼저 갈까요?"

"시간이 좀 남았으니까 어디 가서 소머리국밥이나 먹고 가자고."

신혜연은 도심지에서 조금 벗어난 식당 앞에 차를 댔다. 밥을 먹는 중에 표상우는 하덕교의 전화를 받았다. 그는 전화를 받으며 수저를 씌웠던 종이를 뒤집어 뭔가를 끼적거렸다.

"지금 어디야?"

"경찰대 주차장입니다."

"그래 뭐가 좀 나왔나?"

"어제 말씀드린 대로 어금니만 좀 닦아 냈습니다. 지금 자료 국과수로 보냈습니다. 뭐 기대할 건 없지만, 혹시나 해서요."

"수고했어. 거기서 뭐가 좀 나와야 할 텐데 말이야. 그런데 검사 결과가 나오려면 한참 걸리지 않을까?"

"아, 전에 말씀드리지 않았나요? 국과수 연구원 중에 제 대학 동기가 하나 있다고…… 팀장님도 전에 한두 번 봤잖아요. 머리가 하얀 그 친구요. 제가 이 사건 바로 좀 해 달라고 부탁했습니다. 아 참, 그리고 그거 보셨나요? 인터넷 일일 게시판."

"일일 게시판은 또 뭐야?"

"병원 홈페이지에서 고태균 사진을 퍼서 장난을 쳤다고 합니다. 사진을 끔찍하게 합성하고 악담을 했는데 수위를 넘어선 거라 가족들이 명예 훼손으로 고소를 했답니다. 못 보셨나요? 사이버 수사대에서 수사 중인데, 정확하게 밝혀지는 대로 연락 드리겠습니다."

"알았어. 계속 수고해 줘."

전화를 끊고 표상우는 말없이 국밥을 먹었다. 하덕교에게 점심을 먹었는지 묻지 않은 게 후회되었다. 밥이나 먹고 다니는지…

하덕교는 또래보다 늦은 나이에 경찰대를 졸업했고, 임용이 되어 전경대 소대장을 거쳐 강력계로 배치되었다. 작년 가을, 표상우는 신참내기 하덕교와 세간을 떠들썩하게 했던 여대생 A양 사건을 함께 수사했다. 그날은 마침 유력한 용의자의 거처를 알아낸 상태라 하덕교는 결혼식 전날까지 잠복근무를 했었다. 물론 다른 형사를 투입하고, 얼른 가보라며 퇴근을 종용했지만 그는 끝내 고집을 부리고 자동차에서 쭈그리고 밤샘을 했다.

결혼식 날 덥수룩한 머리에 수염도 깎지 않은 채 입장하는 신랑을 보고 표상우는 "어이구!"하고 손바닥으로 얼굴을 가렸었다. 만삭인 아내가 해산할 때가 얼마 남지 않았다던데, 지금도 야간 근무다 출장이다 정신이 없으니…

"일일 게시판이라면 이거 말하는 것 같은데요?"

식사를 마치고 자동차의 시동을 걸던 신혜연이 자신의 핸드폰을 내밀었다.

"어제 이 사진 때문에 인터넷에 난리가 났었거든요. 한 네티즌이 입만 찢을 게 아니라 혀도 뽑고 입도 꿰매야 한다는 글을 썼거든요. 지금 사진은 삭제를 한 상태였지만 저는 캡처를 해 두었습니다."

핸드폰 화면엔 고태균 박사의 사진이 올라와 있었다. 사진은 끔찍했다. 얼마나 디테일하게 합성을 했는지, 실에 꿰인 살가죽이 살짝 찢어져 피가 비치는 것까지 보였다.

"아휴, 이건 너무 심한 거 아니야?"

"그러게 말이에요. 송요환 교수 부부의 사건 여파 때문이 아닐까 합니다. 아, 근데 말이에요. 혹시…"

신혜연의 말에 표상우는 '왜?' 하는 표정으로 바라보았다.

"지금 퍼뜩 드는 생각이, 송요환 교수가 살해되기 전에 어떤 티브이 프로에 나와서 했던 말이 있잖아요. 뭐 음악 레슨비에 관한 얘기였는데, 그게 네티즌들의 감정을 상하게 했거든요. 꼭 그것 때문에 살해되었다고 볼 수는 없지만… 하지만 또 연관이 아주 없을 것 같지도 않거든요."

"맞아. 하 형사도 지금 그 쪽에 관련해서 조사를 하고 있는 것 같더군."

"그런데 고태균 박사도 얼마 전에 어느 건강프로의 게스트로 출연했었거든요. 무슨 범죄 분석인가 하는 프로였었는데…"

"거기서 무슨 내용을 얘기 했나?"

표상우가 눈을 번쩍 뜨며 물었다.

"확실히 기억나지 않지만 무슨 범죄자들은 타고나는 경우가 더 많다는 얘기였던 것 같았어요. 그 내용에 대한 댓글들도 심상치 않았던 걸로 기억합니다. 나도 눈썹 뼈가 튀어 나왔는데 그럼 나도 타고난 범죄형이란 말이냐, 미남들만 알아주는 사회, 뭐, 그딴 식의 항의 글들이요. 이따가 자세히 찾아보겠습니다."

"음, 그것에 대해 조사해 볼 필요가 있겠군. 일단 저수지로 가자고."

표상우가 선글라스를 꺼내 쓰며 말했다.

"오이 배달 운전사 이름이 뭐라고 했지?"

"오이택입니다. 43살이고요."

"이름값 제대로 하는 사람이군."

"얼른 가야겠습니다. 조금 늦었거든요."

신혜연이 급하게 액셀러레이터를 밟자마자 자동차가 말처럼 껑충 뛰었다. 도로에 설치된 과속 방지턱을 보지 못한 모양이다.

"아무래도 신 형사는 기마대 출신 같아."

표상우가 펄쩍 뛰어오르며 말했다.

#

오이택은 저수지 입구에 차를 세워 놓고 그늘에 앉아 담배를 피우고 있었다. 멀리 저수지 둑에 카메라를 든 기자들이 뭐 새로운 기삿거리가 없을까 하고 어슬렁거리고 있었다. 그는 자동차에서 내리는 두 형사를 알아보고 엉덩이를 털며 일어섰다. 이마에서 땀이 번들거리는데도 그는 긴 남방셔츠를 입고 있었다.

"와 주셔서 감사합니다. 엊그제 통화했던 안성서 신혜연입니다."

"시간이 없으니까 얼릉얼릉 합시다."

오이택은 피우던 담배를 휙 집어던지며 이빨 사이로 찌익 침을 쏘았다. 단추까지 채운 셔츠 소매 아래로 푸른 문신이 그려져 있는 것을 표상우는 보았다.

"많이 바쁘시군요. 적재함이 엄청 커서 오이도 많이 싣겠네.… 오이만 싣는 건가요?"

신혜연이 트럭을 훑어보며 물었다.

"그럼 내가 거기 시체라도 싣고 다니는 줄 알아요?"

오이택은 불뚝 성질을 냈다.

"아, 그런 얘기가 아니었는데. 어쨌든 시간이 없으시다니… 자동차를 본 날이 15일 맞죠? 그때 시간이 몇 시 쯤 되었죠?"

"저기 김 영감네 비닐하우스엔 3시 정각에 도착해야 해요. 그날 이 길에서 만났으니까 대략 2시 55분 쯤 되었겠네요."

"자동차와 맞닥뜨린 장소가 정확히 어디였습니까?"

"바로 여기요, 여기. 내가 이쪽 방향에서 들어오고 있었는데 저쪽에서 코란도가 들어옵디다. 큰 차가 먼저 진입을 했으면 기다렸다가 들어와야 하는데, 이놈은 다짜고짜 기어 들어오더니… 아, 그러더니 여기 이 좁은 길 우측으로 바싹 비켜서는 거예요. 여기로요. 그리고는 손짓을 하더라고요. 나보고 먼저 지나가라고. 근데 보시다시피 이 큰 차가 여기로 어떻게 가겠습니까. 옆에 논두렁인데…"

"손짓을 했군요. 그래서 어떻게 하셨습니까?"

"성질 같아서는 확 들이받고 싶었지만, 내가 너무 바빠서 그냥 뒤로 빼줬죠. 그런데 내가 후진을 하는데 이놈은 내 트럭 앞으로 슬금슬금 기어 나오는 겁니다. 더 이상 갈 곳이 없어 멈추고 얼른 지나가라고 손짓을 했죠. 그러자 이놈이 고맙다는 인사도 없이 쌩 줄행랑을 치는 거예요. 얼마나 승질이 나던지…"

성질은 꽤 있는 것 같은데, 전혀 무서워 보이지 않는 사람이었다.

"혹시 차량에 블랙박스가 설치되어 있나요?"

"있긴 있는데 고장 난 지 오래됐어요."

"정면으로 맞닥뜨렸었는데 차량 번호는 못 보았나요?"

"봤어도 그걸 내가 어떻게 외우겠습니까?"

"하긴 그렇죠. 운전자가 젊은 사람이었습니까?"

"그것도 모르겠어요. 선팅이 짙어서 아무것도 안 보였다니까요. 이제 저는 더 이상 얘기할 게 없어요. 이게 다라고요."

"비닐하우스 김 씨한테는 젊은 사람이었다고 말했다면서요?"

신혜연의 말에 오이택은 짜증이 치미는지 인상을 써가며 허공에 대고 욕을 했다.

"쌍놈의 영감탱이…"

"선팅을 해서 아무 것도 안 보였는데 손짓을 하던 손은 보이던가요?"

이번엔 표상우가 물었다.

오이택이 표상우를 빤히 쳐다보았다. 얼굴에 미소를 짓고 있는 표상우는 은근한 눈길로 오이택을 바라보았다. 그 눈길이 영 기분 나빴는지 오이택은 다시 침을 찍 뱉고 땅바닥을 내려다보더니 말했다.

"젊은 놈이었습니다. 끽해봤자 서른도 안 되었을 거예요. 차창이 요만큼 내려와 있어서 슬쩍 보였는데… 낡은 챙모자를 썼고, 챙모자는 회색에 가까웠고, 윗도리는 하얀색 티셔츠더라고요. 덩치는 커보였고, 그리고… 정말 더 이상 생각나는 게 없습니다. 정말 이게 다예요."

오이택이 막힘없이 줄줄 풀어내다 말고 침을 또 찍 뱉었다.

"어, 그리고 지금 생각난 건데 그 차가 납치범의 차인지 확실치도 않잖아요. 코란도가 어디 한두 대도 아니고, 게다가 여기 낚시터에 그 놈만 오는 줄 아십니까? 사건 있기 전엔 하루에 열두 대도 더 드나들었다고요. 아, 저것들 오네.…"

저수지 둑에서 기자로 보이는 남자 둘이, 새로운 기삿거리인가보다 하고 헐레벌떡 뛰어오고 있었다.

"아무튼 협조해주셔서 고맙습니다. 조만간 또 연락드릴 일이 있을 것 같아서 드리는 말씀인데 그때도 오늘처럼 저희를 도와주셨으면 합니다."

신혜연이 말했다.

"용 문신이 아주 멋지군요."

표상우도 웃음 띤 얼굴로 말해주고 자동차를 타고 떠났다. 카메라 든 기자들이 헐레벌떡 다가오자 오이택은 얼른 탑차에 올라타 시동을 걸었다.

#

치지직, 치직-

매캐한 연기와 함께 용접불빛이 번쩍였다. 그럴 때마다 고태균이 감금되어 있는 어두운 방 안의 모습이 X-레이 필름처럼 퍼렇게 드러나곤 했다. 고태균은 아직도 의자에 묶여 있다. 의자 옆으로 비닐 테이핑이 벗겨진 테이블이 있고, 그 옆쪽으로 허리 높이의 칸막이가 있었다. 칸막이 너머는 변기 하나 달랑 있는 화장실이다. 드문드문 타일이 떨어져 나간 칸막이벽엔 수도꼭지가 달려 있다. 수도꼭지 아래엔 플라스틱 양동이와 마대 걸레 따위가 세워져 있다.

화장실 바닥 외에 다른 곳은 마룻바닥이다. 마루는 너무 오래되어 틈이 벌어지거나 못이 툭툭 튀어나오기도 했다. 그가 묶여 있는 의자는 그 마룻바닥에 볼트로 단단히 고정되어 있다. 벽 한쪽은 자주색 커튼이 둘러쳐져 있다. 철공소 내부로 향하는 철문 중간에 네모난 구멍이 있을 뿐 창문은 하나도 없다. 손수건만 한 커튼이 반쯤 가려진 그 구멍에서 지금 번개가 치듯 용접불이 번쩍거리고 있는 것이다.

그럴 때마다 고태균의 얼굴에도 퍼런 불빛이 이글거리곤 했다. 그의 머리는 헝클어지고 수염도 덥수룩하게 자랐다. 그동안 여러 차례 얻어터졌는지 얼굴은 여기저기 멍이 들었고 입술 주위는 물집이 잡혀 있다. 입엔 침으로 범벅된 재갈이 물려 있고, 흰 와이셔츠는 땀과 침에 절어 누렇게 변해 있다.

고태균은 방금 침을 삼키다가 사레에 걸려 기침을 했다. 기침은 계속 나왔다. 어깨까지 흔들며 기침을 하던 그는 갑자기 눈이 둥그레졌다. 그가 묶여 있는 의자가 살짝 흔들리는 느낌이었다. 자세히 보니 바닥에 고정한 볼트가 살짝 튀어나와 있었다. 마룻바닥에 연결된 볼트가 풀렸거나 나무가 갈라진 것 같았다. 기침은 잦아들었지만 그는 일부러 기침소리를 내며 어깨를 흔들어 보았다. 분명 볼트 부분이 흔들렸다. 그는 조심스럽게 상체를 흔들기 시작했다.

치지직- 지직!

철문 구멍으로 다시 용접불이 번쩍였다. 털이 복슬복슬한 강아지가 넓은 철공소 안을 이리저리 뛰어다니며 장난을 쳤다. 용접 불똥이 튈 때면 강아지는 와그르 짖어대곤 했다.

조한곤은 잠시 용접면을 머리 위에 올리고 방금 용접한 쇠파이프를 확인했다. 이음매 부분이 틈 하나 없이 말끔하게 붙어 있었다. 이리저리 돌려가며 확인하고는 파이프 끝에 삐죽 나온 두 가닥의 전선을 보이지 않게 밀어 넣었다. 그리고 자동차 기어 스틱 같기도 한 매끄러운 쇠붙이를 파이프 맨 끝에 대어 보았다. 마음에 드는지 그는 새 용접봉을 갈아 끼우고 다시 작업을 시작했다.

그가 지금 만들고 있는 것은 전기 충격기였다. 그의 옆에 있는 테이블 위엔 그가 지금까지 만들었던 충격기들이 몇 개 놓여 있었다. 모양은 제각각이었다. 권총형, 볼펜형, 스틱형… 그것들은 직접 제작한 것이라고는 믿기지 않을 만큼 매끈하고 정교해 보였다. 그 옆으로 납땜인두와 드라이버와 배터리, 전압기, 전선… 그 옆으로는 복잡한 전기 회로도가 그려진 종이가 펼쳐져 있다. 전기 회로도는 그가 직접 그린 것처럼 보였다. 종이 한 부분엔 암페어라든가 전압을 계산한 숫자들도 빼곡하게 적혀 있다.

분위기에 어울리지 않게 철재선반에는 아기자기한 인형들도 놓여 있다. 작은 유리 고양이도 있고, 강아지, 너구리, 병아리, 베개용으로 쓰는 곰 인형도 있다. 선반 옆엔 나무로 직접 깎은 듯한 십자가도 걸려 있다.

조한곤은 다시 용접면을 벗어 이마 위로 올리고 파이프를 확인했다. 폐자동차에서 떼어 온 기어 스틱을 달았더니 손잡이로 아주 그만이다. 이번 것은 크기도 모양도 경찰들이 쓰는 안전봉과 비슷해 보인다. 쇠파이프에 연결한 것이라 묵직했고 그립감도 좋다. 그는 테이블 의자에 앉아 파이프 속에 들어있는 전선 두 가닥을 꺼내어 피복을 약 1센티 가량 벗겨 내고, 벗겨 낸 구리선을 배터리와 연결했다. 손동작이 아주 능숙하다. 배터리 위엔 여러 개의 스위치가 있다. 1단을 누르자, 퍼벅! 소리를 내며 스틱 끝에 퍼런 불빛이 튄다. 2단, 3단 스위치를 번갈아 가며 눌러 불꽃을 튀게 하던 그는 뭐 좋은 게 없을까 하고 주위를 두리번거린다. 그때 그의 눈에 강아지가 보였다.

"댕댕아 이리 와봐."

조한곤은 발밑에 있는 강아지를 번쩍 들어 테이블 위에 올린다. 강아지가 꼬리를 치며 손등을 핥는다.

"어휴, 우리 댕댕이 많이 컸네."

그는 강아지의 머리를 쓰다듬고 쪽 소리가 나게 입을 맞춘다.

"배가 빵빵하네. 밥 많이 먹었쪄? 엉아가 지금 좋은 거 하나 만들었거든? 니가 좀 봐 줘라. 엉아 솜씨가 얼마나 좋은지."

그는 지금 막 만들어 낸 전기 충격기를 집어 들고 강아지의 등 위를 살살 문지르다가 엉덩이에 갖다 댄다. 강아지가 그의 손가락을 살살 깨물며 장난을 친다.

그는 1단 스위치를 누르려다 말고 잠깐 동작을 멈춘다. 철문 안에서 무슨 소리가 들려왔다. 잠시 움직임을 멈추고 철문을 바라보던 그는 강아지를 내려놓고 철문 앞으로 걸어간다. 반쯤 드리워져 있는 커튼을 들추고 안을 들여다보자, 고태균은 얼른 고개를 어깨 위로 늘어뜨리고 죽는 소리를 낸다.

"죄송하지만… 물 좀… 자꾸 기침이 나요. 물 좀… 마실 수 없나요?"

같은 시각, 신숙자는 부엌에서 닭의 뱃속에 대추와 인삼을 넣고 있다. 마늘과 찹쌀도 가득 넣고 가스 불을 켰다. 레인지 위에 있던 작은 양은 냄비는 조금 전부터 보글보글 소리를 내며 끓고 있었다. 그녀는 냄비 뚜껑을 열었다. 흰 김이 화르르 피어올랐다. 그녀는 숟가락 가득 조미료를 퍼 냄비에 넣고 저었다. 그리고 국물을 떠서 입으로 후르륵 맛보고는 오래된 TV 광고처럼 '으흠– 이흐 마시혀' 하고 고개를 끄덕인다.

＃

수요일 오전, 제복 경찰과 사복 경찰들이 경찰서의 넓은 강당을 메우고 있다. 세간을 떠들썩하게 하고 있는 송요환 부부 사건과 고태균 납치 사건, 그리고 안성 일대에 들끓고 있는 오토바이 절도 사건 등에 대한 긴급회의가 있기 때문이다.

사안의 중대성 때문에 하나도 빠지지 말고 참석하라는 강무열 총경의 지시가 있는 만큼, 형사과는 물론 정보과와 교통과, 생활안전과까지 모두 소집이 되었다. 회의 이후에 총경의 기자회견이 잡혀 있는 탓에 경찰서 주변은 아침부터 카메라를 멘 기자들이 어슬렁거렸다.

"아까도 말했지만 고태균 납치 사건은 지난달 인천에서 발생한 송요환 사건과 매우 유사하며, 같은 범인에 의한 범죄일 가능성이 아주 높습니다. 해서 인천 남동서에 공조를 요청하는 한편

...”

회의를 진행하고 있는 표상우의 표정이 여느 때보다 진지했다. 맨 뒷자리에 앉은 강무열은 가끔 표상우를 힐끔거리며 무릎 위에 올린 A4용지들을 들추어 보았다.

"송요환 부부와 고태균 사건이 같은 범죄라고 단정할 수 있는 증거가 있는지요?"

좌측 창가에 앉은 제복 경찰이 물었다.

"요즘 쏟아져 나오는 기사들에 의하면, 송요환의 사인이 전기 충격기에 의한 감전사이고, 고태균의 운전기사 역시 전기 충격기에 쇼크를 받아 납치가 되었던 점을 강조하고 있지만, 결정적 단서는 바로 이것입니다."

표상우는 스크린 아래쪽을 가리켰다. 상표까지 보일만큼 뚜렷한 발자국 두 개가 올라와 있다.

"지금 보이는 이 신발 자국은 둘 다 N사에서 제조한 등산화입니다. 좌측은 송요환의 서재에 찍힌 것이고, 우측은 고태균 납치범이 머무른 저수지에서 발견된 발자국입니다. 보시다시피 크기와 모양이 90퍼센트 일치합니다. 현재 1개조가 신발 모형을 떠서 그 메이커 매장들을 탐문 수색 중이고…"

그때 강당 뒤쪽에서 약간의 소란이 일었다. 카메라를 든 배성욱 기자가 뒷문으로 들어오려다가 경찰의 제지를 받았다. 강무열이 돋보기 너머로 힐끔 쳐다보며 인상을 썼다.

"연쇄살인자들은 예비단계로 여성이나 노약자들을 타깃으로 삼는 경우가 많은데, 이 범인의 경우 맨 처음 타깃은 사회적으로 성공한 사람들이었습니다. 그것에 대해서는 어떻게 생각하십니까?"

제복 경찰이 되물었다.

"이번 사건이 교수나 의사라는 특정 부류를 겨냥한 것 같지만, 계획적 선택을 빙자한 무작위적 선택일 수도 있다는 점을 간과해서는 안 될 것 같습니다. 송지훈과 고태균이 모두 박사라는 것 외의 공통점을 찾지 못한다면 무작위 선택에 가까울 수 있다는 말입니다."

"범인이 사용한 전기 충격기의 전압은 얼마나 됩니까?"

앞자리에 앉은 사복 경찰이 물었다.

"전기 충격기의 전류량은 관련 법률에 의거 0.05A 이내로 제한되어 있지만, 범인은 최소 그 수치의 몇 백배 이상 되는 것을 사용하는 것으로 추정됩니다. 그 정도면 곧바로 심장근육에 경련이 와 죽음에 이르기도 합니다."

"아까 인터넷도 뒤지고 있다고 하셨는데 혹시 인터넷 게시판과는 무슨 관계가 있습니까?"

이번엔 생활안전과 경위가 물었다.

"일부 게시판에 올라오는 글들 중에는 범인을 옹호하는 내용들이 무척 많이 있습니다. 여길 보시지요."

표상우가 인터넷 게시판에서 스크랩한 사진들을 스크린에 띄웠다.

"전기충격기가 사제라는 증거라고 올린, 아이디 존나몬의 글 때문에 현재 기자들이 앞 다투어 사제 충격기에 대한 기사를 써 대고 있습니다. 또 여길 보면 아이디 기레기란 사람은 내가 송요한을 죽인 이유라는 글을 올렸습니다. 확인 결과 고교생이 처음 쓴 소설이더군요. 데뷔작으로는 문장과 표현이 썩 좋지 않았습니다."

그때 강무열이 표상우에게 자신의 손목시계를 가리키며 시간이 없다는 제스처를 보냈다.

"윤희선의 속옷이 공원의 나뭇가지에 걸려 있었다는 점에서 범인이 윤희선을 성폭행한 것이 아니냐는 이야기가 떠돌고 있습니다. 속옷이 흠뻑 젖은 채 발견되었음에도 경찰이 어떤 목적에 의해 그 사실을 숨기고 있다는 말까지 있습니다. 그 점에 대해서 어떻게 생각하십니까?"

"그것은 말 그대로 루머일 뿐입니다. 인천 남동서의 보고서를 토대로 광수대에서 조사중에 있지만 성폭행 여부는 아직 밝혀진 바 없습니다.

"속옷에서 검출된 체액은 뭘 의미하나요?"

"국과수 검사 결과 속옷에 묻은 체액은 윤희선의 것으로 밝혀졌고, 미세하게나마 남편 송지훈의 DNA도 검출이 되었습니다. 경찰이 수사 과정을 숨길 이유가 하나도 없다고 생각합니다."

표상우는 강무열을 힐끔 쳐다보고 나서 말을 이었다.

"그 외 궁금한 사항은 오늘 나눠드린 자료들을 참조하시기 바라며, 오늘은 시간 관계상 이것으로 마치도록 하겠습니다. 자랑스러운 대한민국 경찰, 강력계 제1 팀장 표상우였습니다.”

이어서 다른 형사계의 팀장이 단상 앞에 섰다. 그는 요즈음 안성 일대에 부쩍 늘고 있는 오토바이 절도 사건에 대한 브리핑을 시작했다.

“안성에 웬 오토바이 절도 사건이 이리도 많은지…”

표상우가 단상에서 내려오자 강무열이 밖으로 나가자는 손짓을 했다. 표상우는 강무열을 따라 강당을 나갔다.

로비엔 기자들과 방송장비를 설치하는 사람들로 붐볐다. 여러 대의 마이크가 설치되어 있는 단당 아래에 YNT 뉴스 기자가 거울을 보며 얼굴을 손질하고 있었다. 중앙엔 ENG카메라가 트라이포드에 고정되어 있고, 장비 주위엔 많은 케이블이 어지럽게 널려 있었다.

복도에서 키가 호리호리한 배성욱 기자가 다른 기자들과 큰 소리로 웃고 떠들고 있었다. 배성욱은 강 총경과 표상우를 보자마자 꾸벅 인사를 하며 아는 체를 했다.

“아, 안녕하세요. 서장님! 정말 오랜만에 뵙습니다. 잠깐만 좀 시간을…”

배성욱은 카메라를 들고 급히 뛰어오다가 마이크 줄에 발이 걸려 넘어지고 말았다. 그 바람에 마이크 삼발이도 우당탕 소리를 내며 쓰러졌다.

“저, 잠깐만요, 잠깐만!”

배성욱은 넘어지고서도 큰소리로 소리치며 버둥거렸다.

"어휴, 저 인간!"

강무열이 힐끔 쳐다보며 인상을 썼다. 둘은 계단을 통해 위층으로 올라갔다. 강무열은 사무실로 들어가려다 말고 계단 난간에 등을 기대고 서서 물었다.

"자료는 이게 전부인가?"

그는 잠시 후에 있을 기자회견이 영 신경이 쓰이는지, 들고 있던 A4용지 뭉치를 내밀어 보였다. 새벽부터 표상우에게 요청했던 자료였다.

"네. 맞습니다. 기자들에게는 일단 이 범위를 넘어서는 질문은 가급적 하지 말아달라고 당부는 하였습니다만, 돌발 질문도 틀림없이 있을 겁니다. 어떤 질문이 와도 이 자료 내용을 벗어나지 않는 게 좋습니다. 생중계라 대답은 간략하게 하는 게 좋을 것 같고…"

"나는 인터넷 수사에 관한 것은 재껴 놓는 게 좋을 것 같네. 민간인 사찰이다 뭐다 시끄러워서 말이야."

"누구나 알고 있는 사실을 부인하는 것은 더 우스운 꼴이 됩니다. 오히려 투명하게 밝히는 것이 좋고… 한 가지 더 말씀 드리고 싶은 것은……"

표상우가 말하다 말고 자료를 한 장 더 건넸다.

"이걸 받으세요. 적당한 기회에 김요순 범죄심리학 박사의 말을 인용해 주셨으면 합니다. 얼마 전에 의학 잡지에 썼던 것을 발췌했습니다. 물론 김 박사에겐 허락을 받았습니다. 이게 그 내용입니다. 한번 훑어보시지요."

강무열이 A4 용지를 받아들었다.

"인간의 목숨을 어떤 유희의 대상으로 삼는 범죄라면 범인은 성적으로 불만에 차 있거나 성적 불구일 수 있다…"

강무열이 중얼거리듯 읽다 말고, 이게 뭔가? 하는 표정으로 표상우를 힐끔 쳐다보았다.

"계속 읽으시죠."

"그 이유는 그가 인간이 누리는 보편적인 쾌락, 즉 성적 쾌락조차 느끼지 못하는 불감증을 가졌기 때문이며, 따라서 자신의 욕구를 위해 그것보다 더 자극적인 상황을 추구하게 되고………… 그는 살인을 통해, 보편적 쾌락 행위에서 얻지 못하는 배출의 욕망을 실현하는 셈이다. 이게 무슨 말인가? 왜 이런 내용을 인용하라는 거지?"

"범인도 틀림없이 신문을 읽고 인터넷을 뒤질 겁니다. 범인을 자극하라는 말이요."

표상우의 말에 강무열은 안경다리로 턱을 톡톡 두드리며 생각에 잠겼다.

"그래서 우리가 얻게 되는 것은 뭔가?"

"살인을 저지르고 납치를 하고 했으니 이제 한동안 놈은 잠잠할 것입니다. 술래가 눈에 불을 켜고 찾으러 다닐 테니 제 딴엔 꼭꼭 숨어야하겠지요."

"그래서 범인을 튀어 나오게 하자?"

"맞습니다. 놈에게 자극을 주는 기사가 나가게 되면 어떤 식으로든 반응을 할 것입니다."

"하긴 자기를 고자라고 하면 누구나 열 받겠지? 좋아. 일단 그렇게 가는 걸로 하세."

#

늦은 밤, 의자에 묶여 있던 고태균 박사는 지금 죽을 먹고 있다. 뜨거운 닭죽이다. 고태균 앞엔 조한곤이 테이블에 걸터앉아 핸드폰을 들여다보고 있다. 그는 얼굴에 우스꽝스러운 가면을 쓰고 있다. 빨간색 크레파스가 엉성하게 칠해진 도화지에 눈, 코, 입 구멍만 뚫은 가면이었다. 철문 옆에 엉거주춤 서 있던 신숙자는 고태균과 잠깐 눈이 마주치자 배시시 웃었다. 그녀의 손가락엔 빨간색 크레파스가 잔뜩 묻어 있다.

고태균은 죽을 먹으며 생각했다.

이건 최악의 상황이다. 저놈은 송요환 부부를 죽인 놈이 분명하다. 놈은 항상 스틱을 가지고 다닌다. 저걸 전기 충격기라고 한다지? 놈은 틈만 나면 저걸 휘두른다. 나는 저것에 맞아 여러 차례 정신을 잃었다. 이제 저것만 보아도 몸에 전기가 온다. 전기 감전 때문에 얼굴 여기저기가 물집이 잡히고 화상을 입었다. 처음 이곳에 올 때도 전기 쇼크에 의식을 잃었고 깨어 보니 의자에 묶여 있었다. 바닥에 볼트로 고정이 되고 등받이가 머리 위까지 솟아 있는 이런 의자는 시중에서 보지 못했다. 저 놈이 직접 만든 의자 같다. 의자에 손목과 팔꿈치와 가슴이 묶여 있다. 손목을 묶은 끈은 전선을 정리할 때 사용하는, 케이블 타이라고 부르는 플라스틱 끈이다. 끈이 얼마나 질기고 날카로운지 살을 파고들어 갈 지경이다. 허리와 무릎은 밧줄로 묶여 있다. 얼마 전 송요환 사건을 신문에서 보았는데, 그의 아내는 이런 케이블 타이에 목이 묶여 질식했다고 쓰여 있었다. 전기 충격기와 케이블 타이만 보더라도 저 놈은 의심할 나위 없이 그들 부부를 살해한 자가 분명하다.

그런 생각들이 밀려오자 너무 암담했다. 그래서 고태균은 애써 다른 방향으로 생각해 보았다.

어쩌면 저놈은 송 교수 부부를 살해한 범인을 흉내 낸 모방 범죄자일 수 있다. 살인을 한 번도 해 본 적 없는 마음 약한 잡범인지도 모른다. 그저 돈이 목적인지 모른다. 돈 액수를 높이기 위해 이렇게 무시무시한 방법을 쓰는 것인지 모른다.

그런 생각을 하자 조금 기분이 좋아지는가 싶었지만. 그러나 불안하기는 역시 마찬가지였다. 그는 닭죽을 떠먹으며 다시 생각했다.

나는 지금 몸과 마음이 만신창이가 되었다. 나는 점점 약해지고, 또 악해지고 있다. 나는 첫날부터 바지를 더럽히고 있다. 조금 전에도 그랬다. 생리적 현상이라 어쩔 수 없는 것이지만 그러나 이건 치욕이다. 놈은 어쩌면 내게 그런 인간 이하의 치욕을 느끼게 하려는 것인지 모른다. 그렇다면 다행이다. 그것으로만 끝낸다면, 그게 전부라면 이런 치욕쯤이야 백 번도 견딜 수 있다. 지금 내가 오물을 깔고 앉은 채 밥을 먹을 수 있는 것도 그래서이다.

놈은 무슨 이유인지 매번 가면을 쓰고 들어왔다. 그래서 나는 그의 얼굴을 한 번도 보지 못했다. 우스운 것은 그가 쓰고 있는 가면이 너무 엉성해 보인다는 점이다. 빳빳한 도화지에 눈과 코와 입만 대충 뚫었고, 더 가관인 것은 그 가면에 사자나 나비 등이 그려져 있었다. 서툰 유치원생들 그림 같다. 혹시 얼굴을 가릴 것을 찾다가 방 안에 굴러다니는 종이를 발견하고 즉석에서 구멍을 뚫어 만든 것은 아닐까?

하지만 그 가면은 절대 우습지 않았다. 오히려 지금까지 보아왔던 가면 중에서 제일 섬뜩했고 소름이 끼쳤다.

저놈 말고, 머리가 허연 노파 하나가 더 있다. 어딘지 조금 모자라 보이는 듯한 저 노파에게 놈은 엄마라고 부른다. 어머니가 옆에 있다는 점이 얼마나 다행한 일인가. 설마 자식이 어머니 보는 앞에서 무슨 일을 저지르려고.

조금 전 놈이 내게 처음으로 말을 걸었다. 그의 어머니로 보이는 노파가 쟁반에 닭죽을 들고 들어왔던 때였다.

"힘듭니까?"

목소리는 소름 끼치도록 맑았다. 말투로 보아서는 30대 중반

쯤으로 보였고, 이런 범죄를 일으키리라고는 상상도 하지 못할 만큼 침착한 목소리였다. 나는 힘을 내어 큰 소리로 물었다.

"저… 저에게… 실례지만… 왜 이러는 겁니까, 선생은 누구신지요."

그러나 입에 재갈이 물려 있어 내 발음은 이상한 소리가 되어 나갔다. 나는 천천히 또박또박 다시 발음했다.

"저에게 왜 이러시는 건지요? 제가 무슨 잘못이라도…"

내 말에 화가 난 것일까? 그가 뒷주머니에서 가위를 꺼내 들었다. 양날이 선 날카로운 가위였다. 그는 그것을 내 얼굴에 갖다 대었다. 차가운 금속이 내 볼에 닿았다. 송요환처럼 입을 자르려 하는 것이라는 생각에 나는 비명을 지르며 온 몸을 비틀었다.

싹뚝!

내 입을 묶고 있는 줄이 잘렸다. 나는 잠깐 어리둥절했지만 곧 상황을 알아차렸다. 입에서 줄이 풀려나가자 침 범벅이 된 체크무늬 행거칩이 나왔다. 내 양복포켓에 있던 행거칩을 입에 쑤셔 넣었던 모양이다.

나는 그동안 숨 한번 못 쉬어 본 사람처럼 어깨가 들썩이도록 숨을 몰아쉬었다. 그는 내 목과 오른팔에 묶인 줄도 잘라냈다. 손목에 동그랗게 살이 패여 피가 비쳤다. 다시 그 맑은 목소리가 가면 뒤에서 흘러 나왔다.

"말을 하라고 재갈을 푼 게 아니라 밥을 먹으라고 푼 것입니다. 지금부터 한 마디라도 지껄인다면 다시 묶겠습니다."

그는 테이블을 내 앞으로 끌어다 놓고, 어머니에게서 쟁반을 받아 그 위에 올려놓았다.

이놈의 말을 따르는 게 좋다. 지껄이지 말라는 말만 빼면 놈의 말투는 무척 정중한 편이지 않은가. 놈은 비교적 이성적인 성격 같다. 말이 통할 것 같다. 하지만 이런 놈은 오히려 다루기 까다로운 것도 사실이다. 놈이 이성을 잃지 않게 하는 게 중요하다.

그리고 나는 무엇보다 지금 배가 고프다. 전기에 여러 차례 감전된 데다가 하루 반나절 넘게 물 한 모금 없이 묶여 있었기 때문에 나는 거의 탈진한 상태다. 첫째 날부터 지금까지 물만 마셨다. 그가 음식을 만들어 왔지만 그때는 감전되었던 목이 부어 물도 넘기기가 쉽지 않았다. 게다가 음식 냄새가 왜 그리 역한지 쳐다보지 않았다. 하지만 시간이 흐를수록 배고픔을 참기 어려웠다.

그는 뜨거운 죽을 후후 불며 지금까지 자신에게 일어났던 일을 하나하나 떠올렸다. 하나도 놓치지 않고 기억하기 위해, 생각나는 것들을 머릿속에 적어 가고 있는 중이다.

밥은 미음에 가까운 죽에 닭고기 살을 발라 넣은 것이다. 시중에서 파는 죽이 아니다. 그렇다면 손수 닭죽을 끓였다는 것인데, 배고픈 자를 위한 배려가 느껴져 살짝 감동할 뻔했다.

그는 곁눈으로 조한곤을 슬쩍 훔쳤다.

놈은 왜 가면을 썼을까? 내게 보여서 안 되는 이유라도 있는 것일까? 내가 아는 얼굴일까?

그러나 그가 가면을 썼다는 것이 얼마나 다행인가! 이 상황에서 놈의 맨 얼굴을 보는 일은 무척 위험한 일이다. 놈의 얼굴을 보는 순간 나는 죽을 수 있다!

범죄자의 눈과 마주치는 것, 그것은 자신을 위험에 빠트리는 짓이라는 것을 정신과 전문의인 고태균은 누구보다 잘 알고 있었다. 그는 죽을 떠 넣으며 의자 다리를 내려다보았다. 그동안 계속 흔들어 대어서 볼트가 제법 많이 올라왔지만 조한곤은 알아차리지 못한 것 같았다.

#

국과수 안내소에서 표상우가 만나러 왔다는 말을 전해들은 손병구는 가운 주머니에 손을 넣은 채 1층까지 내려왔다. 표상우는 손병구를 따라 건물로 들어갔다. 신혜연은 자동차 주차를 하느라 따라 들어오지 못했다. 표상우는 차에서 잠깐 기다리라고, 이층 난간에서 손짓을 했다.

"날이 왜 이리 더운지. 제 사무실은 좀 나을 겁니다."

손병구가 사무실의 문을 열었다. 표상우는 손병구와 두어 차례 인사를 나눈 적이 있었다. 머리칼이 눈부시도록 백발인 손병구는 서른이 갓 넘은 젊은 박사였고, 하덕교의 대학 동기이기도 했다.

"하덕교 정말 악착같은 친구예요. 대학 기숙사에서 같은 방을 썼던 적이 있었는데 그 친구, 밤에 소등을 해도 혼자 컴퓨터에 모포를 씌우고 게임을 하고 그랬거든요. 엊그제는 다짜고짜 이걸 먼저 해 달라고 조르는 거예요. 간단한 작업이었기에 망정이지… 일단 좀 앉으시지요."

손병구가 의자를 권하고 냉장고에서 콜라 캔을 꺼냈다.

"부랴부랴 작업해서 결과가 나오긴 했는데…"

표상우가 콜라를 마시는 동안 손병구는 의자를 돌려 컴퓨터의 자료들을 인쇄했다.

"이게 하덕교 형사가 가져온 송요환 치아에서 긁어 온 입 냄새 샘플 사진입니다."

"입 냄새 샘플요?"

"송요환 사체 양쪽 어금니를 닦아 온 것인데, 여기 동그라미친 부분을 확대한 게 이쪽 사진입니다. 신기하게도 거기 뭔가가 있었습니다."

"뭐가 나왔다고요?"

표상우의 눈이 번쩍 커졌다.

"이게 뭔지 아십니까? 뭐로 보이시나요?"

꾸불꾸불하고 통통해 보이는 벌레를 확대한 사진 같았다.

"벌레 아닌가요?"

"벌레처럼 보이시죠? 저도 처음엔 벌레인 줄 알고 깜놀했습니다. 범인이 끼고 있던 장갑의 일부입니다. 섬유조직이지요. 하지만 거기서 어떠한 DNA도 발견되지 않았습니다. 조직의 두께라든가 꼬임 정도를 볼 때 시중에서 파는 작업용 장갑 같은데, 특이한 것이 하나 있습니다."

"특이한 거라니요?"

"그 장갑에 묻어 있었던 것인지는 확실치 않지만, 약간의 오일성분이 함께 검출됐습니다. 오일은 오일인데, 일종의 폐오일이예요. 기름때 같은 거지요. 송요환 서재에 남아 있던 발자국에서 나온 기름과 유사한 성분이었습니다."

"발자국에서도 기름이 나왔나요?"

"인천 남동서에서 발자국에 묻은 미세 흙가루들을 긁어왔지요. 거기서는 꽤 많은 오일이 검출되었습니다."

"정확히 어떤 오일인지 알 수 있을까요?"

"자동차 엔진 오일이나 기계유 같은 생각이 듭니다. 오래 찌들어 시꺼메진 오일요."

"신발과 장갑에 그런 오일이 묻었다는 건, 그런 곳을 돌아다녔거나 그런 환경에 처한 사람이라고 볼 수 있겠군요."

"그럴 가능성이 큽니다."

"천룡저수지에서 수거한 증거품들은 어떤가요? 꽤 여러 개였는데."

"아, 그거요…… 맞는 비유인지 모르겠지만 소문난 잔치에 먹을 게 없다는 말이 떠오르더군요. 증거품들이 많아 좋긴 했는데 단서가 될 만한 건 거의 없거든요. 일단 담배꽁초는 범인이 장난을 친 거라 제쳐 놓았고…"

"장난을 친 거라면?"

"담배꽁초는 여기저기서 모은 게 분명합니다. 꽁초에 침을 묻히거나 꽁초를 씹거나, 뭐 그런 흡연 습관도 다 다르고 담배 종류도 다릅니다. 또 거기서 채취한 지문과 타액 역시 한 사람의 것이 아니었습니다. 그건 뭘 말하는 걸까요?"

손병구가 콜라를 한 모금 넘기고 다시 말을 이었다.

"수사에 혼선을 주려고 여기저기서 주워 모았다가 현장에 버린 것이라는 얘기지요. 코펠과 폴대에 묻은 혈흔도 사람의 것이 아닙니다. 물고기도 헤모글로빈이 있어서 붉은 피를 가진 것도 있지만, 사람의 피와는 차이가 있지요."

표상우는 알 것 같다는 표정으로 고개를 천천히 끄덕였다.

"물고기의 피가 왜 여기저기 묻어 있을까? 요즘 넷플릭스 범죄물 시청률이 엄청나다는데, 그래서 수사 당국이 점점 괴로워지는 모양입니다. 범인들을 더욱 영악하게 만드니까. 경찰들 엿이나 먹어라 하면서 장난도 치고, 그러나……"

손병구는 말을 하다 말고 유리 칸막이로 된 실험실에서 뚜껑이 달린 투명 비커를 가져왔다.

"그러나 제 아무리 날고 기는 범인이라도 현장에 아무것도 전혀 안 남길 수는 없지요. 이 맑은 액체가 뭔지 아십니까? 이게 바로 현장에서 수거해 온 냄새나는 놈입니다."

"아, 대변이군요."

"맞습니다. 대변의 덩어리가 커서 정보가 쑥쑥 나올 것이라 생각하겠지만 사실 이건 무척 힘든 작업이에요. 냄새 때문이 아니라, 대변엔 사실 DNA가 들어있지 않거든요."

"DNA가 들어있지 않다고요?"

"네. 똥엔 전혀 들어 있지 않고 이놈이 대장을 통과할 때 대장의 DNA가 대변의 표면에 묻는 정도죠. 이게 범인의 것이 확실해야 할 텐데 말이죠."

손병구가 서류를 건넸다. 표상우가 천천히 들춰 보자, 손병구는 콜라를 마시며 표상우의 옆모습을 마음 놓고 바라보았다.

희끗희끗한 머리칼이 이마 위에서 헝클어져 있었다. 가늘고

긴 눈매와 꾹 다문 입술이 고집스러워 보였지만, 외모와 달리 부드럽고 따뜻한 사람이라는 게 하덕교의 말이었다.

현장마다 출동하지 않아도 될 법한 위치인데도 여전히 몸 사리지 않고 뛰어다닌다고, 그래서 부하직원이 조금 피곤한 편이라고 하 형사가 귀띔을 해 주었다.

몇 해 전, 고등학교에 입학한 첫째 딸아이를 교통사고로 잃고 나서부터 더 심해졌다는 말도 덧붙였다. 뺑소니 사건이었다고 했다. 범인을 잡지 못한 채 시간이 흘러 현재는 미결로 분류되었지만, 표상우는 아직도 틈만 나면 딸아이의 사고 현장 부근을 배회한다고 했다. 그 사건 이후 3년이라는 시간이 지나는 동안 그가 웃는 걸 한 번도 본 적이 없다고 했다.

"이 자료는 인천남동서에도 한 부 보내야 하는데⋯⋯"

표상우가 자리에서 일어서며 말했다.

"아, 그렇군요. 그건 복사해서 보내겠습니다."

"번번이 고맙고 수고가 많네요. 박사님 덕분에 제가 늘 마음이 놓입니다."

"별 말씀을요. 다음부터는 제가 자료를 보내드릴 테니 직접 오시지 마세요. 간단한 것들은 메시지로 보내드려도 되겠죠?"

표상우가 인사를 하고 연구실을 나올 때, 뒤에서 손병구가 부르는 소리가 들렸다. 복도 저쪽에서 손병구가 핸드폰을 든 손을 치켜들고 흔들었다.

"이거 흘리신 거예요. 버리신 거예요?"

"아, 이런 정신머리하고… 고맙습니다."

표상우는 머리를 긁적이며 핸드폰을 건네받았다. 건물 밖으로 나오자 주차장에서 대기하고 있던 신혜연이 물었다.

"결과가 나왔나요? 조금 전엔 하 형사님과 통화했는데요, 지난 번 일일게시판에 올라왔던 혐오 사진 아이피 추적이 되었다네요. 주소 나왔는데 부평의 한 피시방이랍니다."

"결과도 나왔는데 잘됐군. 뭔가 이것저것 잘 풀리는 것 같네. 아, 덥다. 에어컨이 왜 이리 미지근해."

표상우는 자동차에 오르며 손바닥으로 부채질을 했다.

"벌써 3시네. 네비에 안성 문화회관 찍어 봐. 거기로 가자고. 거기 사무장을 만나기로 했거든."

"몇 시에 만나기로 했죠?"

"4시까지 갈 수 있겠나? 그 이후엔 행사가 있어서 곤란하대."

"네비엔 4시 5분에 도착이라고 나오지만 열심히 뛰어가면 40분 정도밖에 안 걸려요. 제가 기마부대 출신이잖아요."

신혜연은 표상우의 고개가 휙 꺾이도록 급속하게 액셀러레이터를 밟았다.

＃

고태균이 식사를 마치자, 조한곤은 잠깐 나가더니 커피를 가지고 다시 들어왔다. 그는 여전히 그 빳빳한 도화지 가면을 쓰고 있고, 둘둘 만 신문지를 들고 있었다.

"식사를 마쳤으니 커피타임을 해야겠죠? 커피 드려."

조한곤의 말투와 행동은 여전히 부드럽고 예의 바랐다. 그의 어머니가 컵에 든 커피를 고태균의 테이블에 올려놓았다.

"고맙습니다."

고태균이 공손하게 말했다. 커피는 크림과 설탕이 믹스된 것이었다. 평소에는 좋아하지 않는 커피였지만 오랜만에 카페인 냄새를 맡자 몸이 어서 달라고 아우성이었다. 그는 뜨거운 커피를 후르륵 소리를 내며 맛보았다.

"오늘 신문인데 한 번 읽어 보시죠."

조한곤이 신문을 내밀었다. 어떤 기사만 오려 낸 신문지 한 장이었다. 바깥소식에 목말랐던 그는 잠시 주저하다가 받아 들고 얼른 글자들을 읽었다.

그는 참담함을 금할 길이 없었다. 신문은 1면이었고, 거기 고태균 본인의 이야기가 실려 있었다. 〈악마에게 납치된 의사, 미궁 속으로〉라는 헤드라인 아래에 그의 얼굴 사진이 실려 있었다. 기사는 서울의 한 정신과 의사가 괴한으로부터 납치된 지 닷새가 지났지만 수사 당국에선 이렇다 할 단서조차 찾지 못하고 있다는 내용이었다. 경찰은 이번 사건이 지난 달 28일 살해된 송요환 부부 사건과 연관된 것으로 보고 있으며, 사회에 강한 불만을 가진 자의 소행으로 보인다고 말했다, 라는 식의 내용으로 이어졌다.

하단엔 제복을 입은 경찰 사진이 실려 있었다. 그 아래에 〈기자회견을 하고 있는 안성경찰서장 강무열〉이라고, 사진 설명이 되어 있었다. 기자 회견 내용 역시 도로 검문검색을 강화하고 인터넷 수사를 진행하고 있으며, 도심지 내에 설치된 CCTV를 분석중이라는 식의 뻔한 내용 일색이었다. 게다가 맨 아래엔 범인의 몽타주까지 실려 있었지만, 이건 정말 한심한 수준이었다. 무슨 만화 캐릭터처럼 그려진 그림도 그렇고, 나이 30대 초반, 키는 170센티 전후, 260밀리미터의 운동화를 신고 있다고, 설명되어 있었다.

그건 틀린 말이었다. 얼굴을 아직 보지 못해 확실하진 않지만 범인은 적어도 서른 초반은 넘은 것 같고, 키는 그보다 조금 커 보이지 않은가. 이런 답답한 경찰 같으니라고! 그는 기사를 읽으며 부아가 치밀어 올랐다.

경찰서장이란 사람은 범인이 연쇄살인범일 가능성이 높다는 말도 했는데, 그 내용을 볼 때 가슴이 턱 막히기까지 했다. 저놈 역시 이 신문을 읽었을 텐데, 이걸 읽으면서 얼마나 화가 났을까?

한술 더 떠서 경찰서장은 범인은 보편적인 성적 쾌락조차 느끼지 못하는 성적 불구일 가능성이 높다고 지껄이기까지 했다. 그로 인해 납치나 살인 같은 비정상적인 쾌락을 추구하려는 사이코패스로 볼 수 있다는 말로 자신의 말을 갈무리했다. 오, 맙소사!

밝게 비추기 시작한 한 줄기 빛이 순식간에 꺼져 버린 기분이었다. 이걸 어떻게 해야 하는가. 어떻게 이 난관을 헤쳐 나가야 하는가!

그는 슬쩍 조한곤을 훔쳐보았다. 가면을 쓴 조한곤은 붉은 코팅이 된 작업용 장갑을 끼고 있고 전기 충격기를 옆구리에 끼고 있었다. 전기 충격이의 손잡이가 잡기 좋게 고태균 쪽을 향해 있었다. 그의 오른손은 커피를 마시도록 결박하지 않은 상태였다. 그걸 보자 갑자기 가슴이 뛰기 시작했다. 저것만 손에 넣을 수 있다면… 그때였다.

"이거 빼앗을 생각은 안하는 게 좋아요. 사용법이 좀 까다롭거든요."

고태균은 움찔했다. 그는 다시 눈을 내리깔고 얌전히 커피를 마셨다.

저 놈은 왜 내게 왜 커피까지 주는 것일까? 벌써 여러 날이 지났는데. 만일 죽일 생각이라면 벌써 죽이지 않았을까? 그가 커피를 다 마실 때까지 기다리고 있을 작정인지 조한곤은 반대편 테이블에 걸터앉아 핸드폰을 만지작거리고 있었다.

조한곤은 손가락으로 화면을 넘겼다. 핸드폰 화면에 한 여자의 얼굴이 보였다. 송요환의 부인 윤희선의 얼굴이다. 눈을 감은 윤희선의 얼굴 위에 작은 화살표가 그려져 있다.

그는 고개를 들어 고태균이 허튼 짓을 하지 않는지 확인하고 그 화살표를 클릭했다. 윤희선이 움직이기 시작했다. 그녀는 두 손으로 목에 묶인 케이블 타이를 풀려고 몸부림을 쳤다. 피가 몰린 얼굴은 괴상하게 부풀어 올랐고 관자놀이엔 퍼런 힘줄이 튀어나왔다. 입이 벌어지고 혀가 쑥 빠진 채 컥컥댔다. 풀어헤친 가운 앞섶으로 그녀의 흰 젖가슴이 보였다. 젖가슴이 출렁댔다. 카메라는 서서히 아래쪽으로 이동하는 중이다. 그녀의 가운 앞섶이 오줌에 젖어 갔다.

그때였다.

"야, 이 악마새끼야!"

옆에서 송요환의 목소리가 들리자 조한곤은 동영상을 스톱시켰다.

여기서부터 3, 4분까지의 영상은 잘라 내고 싶다는 생각이 들었다. 윤희선이 죽어 가는 모습을 핸드폰에 담고 있는데 전기에 마비된 송요환이 죽을힘을 다해 달려든 것이다. 얼굴은 피투성이에 두 팔을 강시처럼 뻣뻣하게 세우고 달려드는 송요환 때문에 조한곤은 핸드폰을 놓쳐 버리고 말았다. 그래서 거기서부터는 영상이 뒤죽박죽이 되고 말았다.

피투성이의 송요환의 얼굴이 잠깐 비치고 책들이 빽빽한 책꽂이가 스쳐 지나가고 조한곤의 얼굴도 빠르게 지나치다가 책상 모서리를 비춘 채 턱 멈춰 섰다. 그리고 괴상한 소리들만 들렸다. 뭔가 깨지고 부서지는 소리, 비명소리… 번쩍이는 퍼런 불빛. 그리고 맨 마지막에 송요환의 신음 같은 소리가 들렸다.

"살- 려-줘."

그리고 곧 잠잠했다. 하마터면 위험한 순간이었다. 송요환은 생각보다 질긴 인간이었다. 2단계 충격을 맞고도 덤벼들었다. 밀고 밀치다가 뭘 잘못 건드렸는지 조한곤이 전기 충격기에 감전이 되고 말았다. 팔이 마비되어 뒤로 주춤 물러서자 송요환이 기회를 놓치지 않고 조한곤을 밀어 넘어뜨렸다. 가까스로 정신을 차리고 발로 턱을 차 버린 후 3단 버튼을 눌러 주저앉혔다.

조한곤은 편집 버튼을 눌러, "악마새끼야"에서부터 소파에 등을 기댄 채 축 늘어진 송요환의 모습까지 잘라 냈다.

윤희선의 동영상은 남겨 두기로 했다. 동영상을 찍어 오기 정말 잘했다. 이 영상을 볼 때마다 조한곤은 숨이 막힐 것 같다. 여자의 몸을 실제로 본 것은 그때가 처음이었다. 컴퓨터로 지겹도록 보아왔던 여자의 몸과는 달랐다.

실제 여자의 몸에서는 냄새가 났다. 풀 냄새 같고 젖 냄새 같고 피 냄새 같기도 한 그것은 세상에 태어나 처음 맡아보는 냄새였다. 피부는 말랑말랑했고 부드러웠고 따뜻했다. 장갑 낀 손에 그 체온이 고스란히 전해져 왔다. 그는 장갑을 벗었다. 그리고 젖가슴 위에 손을 가져가 살결을 만지려다가 멈칫했다. 만질 수가 없었다. 몸에 지문이 남길까 봐서가 아니었다. 그는 자신의 손으로 이 여자의 몸을 만져서는 안 된다는 생각이 퍼뜩 들었다. 왠지 자신의 손이 더럽게 느껴진 순간이었다.

그는 장갑을 다시 꼈다. 그리고 숨이 끊어진 윤희선의 옷매무시를 매만져 주고 헝클어진 머릿결을 가지런하게 쓰다듬었다. 부릅뜬 눈은 감겨 주었다. 쑥 빠져나온 혀를 밀어 넣고 입을 다물어 주었지만 혀는 잠시 후에 다시 빠져나왔다. 그는 바닥에 떨어진 단추를 줍고 실내를 정돈했다. 그리고 윤희선의 젖은 속옷을 가지고 나오다가 공원 나뭇가지에 걸어 놓았다. 거기에 걸어 둔 것은 특별한 이유는 없고, 갑작스럽게 그러고 싶어서였다.

#

자동차가 고속도로를 달리는 동안 표상우는 좌석에 등을 기대고 눈을 감았다. 뭔가가 잡힐 듯 잡힐 듯 하며 잡히지 않는 기분이었다. 뭔가가 자꾸 꼬여 가는 느낌도 들었다.

이건 단순한 게임이 아니다! 교수 부부를 살해하고, 또 정신과 의사를 납치하고, 발자국과 자신이 사용한 낚싯대와 텐트는 물론 대변을 남기고, 어금니에 손가락을 물린 범인이라니!

그러나 경찰은 정작 아무것도 알아내지 못하고 있다. 우리가 찾아낸 것은 놈이 의도적으로 흘린 흔적들뿐이다. 그 흔적들이 믿을 만한 것인가? 납치라면 으레 돈과 관련이 있기 마련이고, 그래서 대부분 일정 기간이 지나면 범인이 먼저 나타나 자신의 요구 따위를 지껄이기 마련인데, 이건 완전 감감무소식이니…

게다가 사람이 많은 곳에서 버젓이 운전기사 행세까지 한 것을 보면 놈의 대담성은 혀를 내두를 정도다. 혹시 범인이 하나가 아니라 둘 이상이지 않을까? 만일 둘 이상이라면? 누가 누군가에게 살인이나 납치를 의뢰하는 것은 아닐까? 이대로는 안 된다. 수사 방식을 바꿔야 할 필요가 있다······

흔들리는 차 안에서 깜빡 잠이 든 표상우는 신혜연이 깨우는 소리에 눈을 떴다.

"벌써 다 왔나?"

"십여 분 전에 도착했는데 너무 달게 주무시는 것 같아 안 깨웠습니다. 여기 안성문화회관 주차장입니다."

"어, 고마워."

표상우는 자동차에서 내려 기지개를 켰다. 좌석에 기댔던 셔츠가 땀으로 축축했다. 자갈이 깔린 주차장엔 자동차들이 서너 대 서 있었다. 문화회관은 그리 크지 않았지만 외관을 대리석으로 치장해 무척 고급스럽고 튼튼해 보였다. 유럽풍으로 멋을 낸 지붕 아래에 CCTV가 설치되어 있었다.

1층은 좌우로 복도가 나 있고 커다란 문이 달린 홀이 있었다. 대리석 바닥을 걷는 구두 소리가 복도를 타고 울렸다.

똑똑!

신혜연이 사무실 문을 노크했다.

"어서 오십시오. 사무장 이준식입니다."

정장 차림의 머리가 반쯤 벗겨진 사무장은 웃음기가 없는 얼굴에 수심이 가득했다.

"이번 사건으로 걱정이 많으시겠군요. 혹시 그날 고태균 박사

강의 이전의 CCTV 자료도 보관되어 있나요?"

표상우가 물었다. 신혜연은 소파 한쪽에 앉아 핸드폰의 메모장을 켜고 버릇처럼 빠르게 엄지를 놀렸다.

"아쉽게도 용량이 가득 찼을 경우 오래된 것부터 자동 삭제되고 새로운 영상이 저장되는 시스템입니다."

"그날 행사를 마친 고 박사님이 자신의 승용차에 오를 때 배웅은 누가 했습니까?"

"박사님과 친분이 있는 닥터들과 저희 직원들이 했습니다. 주차장 앞에서 악수를 나누고 있을 때 주차장에 대기하고 있던 자동차가 와서 멈췄는데, 제가 뒷문을 열어 드렸고 박사님은 우리에게 손을 흔들며 오르셨습니다. 자동차는 곧 떠났죠. 그게 저희가 본 마지막 모습이었습니다."

"자동차 운전을 하던 사람을 보지 못했나요?"

"늦은 밤인데다 헤드라이트가 켜져 있어서 운전석은 보이지 않았습니다. 그리고 운전기사에게 특별히 신경 쓸 일도 없고, 만일 보았더라도 그가 범인인지 운전자인지 어떻게 알겠습니까. 옆에 같이 있었던 분들도 같은 의견입니다."

"그렇겠지요."

"아 참, 그게 참고가 될지 모르겠는데, 그날 주차관리원이 행사 전날 낯선 차 한 대가 주차장에 잠깐 들어왔던 적이 있답니다. 그쪽은 직원들 전용 주차장인데… 기름때가 덕지덕지 묻은 낡은 트럭이었다더군요. 관리원이 어디서 왔느냐고 물었더니 고물을 내놨다고 해서 왔다고 했답니다. 그런 거 없다고 했더니 욕을 하며 쌩 나가더라는 겁니다."

"기름때요?"

기름때라는 말에 표상우의 눈이 번쩍 떠졌다.

"네. 지저분한 트럭 같다더군요."

"주차장 쪽엔 CCTV가 없나요?"

"관리원 말대로라면 CCTV가 보이지 않는 쪽이었다더군요."

"주차관리원을 만나 뵐 수 있을까요?"

"오늘 비번일 텐데… 2인 1조로 근무하거든요. 제가 연락해서 시간 되는 대로 연락드리라고 하겠습니다."

사무장은 형사들과 주차장으로 나왔다. 표상우는 지붕 아래 설치된 카메라의 각도와 주차장을 유심히 살펴보고 자동차에 올라탔다. 머릿속에 기름때가 묻은 듯 자꾸 신경이 쓰였다. 기름때, 기름때라…

#

"맛있게 잘 마셨습니다."

고태균이 커피 잔을 내려놓으며 말했다. 조한곤은 대꾸 없이 테이블에 엉덩이를 걸치고 앉아 자신의 핸드폰만 들여다보고 있다.

고태균은 곁눈으로 조한곤의 어머니를 훔쳐보았다. 유난히 흰 머리칼에 볼이 홀쭉하고 눈이 큰 선량해 보이는 노인이었다. 시골 할머니들이 즐겨 입는 분홍색 셔츠에 헐렁한 몸뻬바지를 입고 있고, 맨발에 낡은 슬리퍼를 신고 있었다. 겁이 많은 것인지, 수줍음 때문인지 고태균의 얼굴도 쳐다보지 못하고 철문 앞을 서성거렸다.

"하고 싶은 말이 있습니까?"

조한곤의 목소리가 들렸다. 고태균은 당황했지만 곧 마음을 추스르고 침착한 소리로 말했다.

"하고 싶은 얘기라기보다는… 그런데 선생님은 기독교인이시지요? 음성이 맑으셔서 그런 생각이 저절로 듭니다."

"음성이 맑으면 기독교인입니까?"

조한곤이 가면 뒤에서, 공손한 말투로 되물었다. 도화지에 뚫린 두 개의 구멍 속에서 까만 두 눈이 반짝였다. 오늘은 고양이 가면이었다.

자신의 말에 반응을 보이자 고태균은 기분이 좋아졌다. 이 기회를 놓쳐서는 안 된다!

"음성이 맑으면 꼭 기독교인은 아니지만, 기독교인이 음성이 맑은 경우는 많습니다. 외모나 음성은 내면의 거울이기도 하니까요. 혹시 물을 좀 마실 수 있을까요? 달콤한 커피를 마셨더니 갑자기 물이 마시고 싶군요."

그는 좀 느긋해지기 위해서 덤덤하게 말했다. 침착해야 한다, 침착해야 한다!

조한곤은 테이블에 놓인 물병을 집어 들었다. 컵에 날벌레가 한 마리 빠져 허우적대자 컵에 든 물을 바닥에 휙 뿌렸다. 그리고 어머니에게 물을 새로 갖다 달라고 말하면서 손짓으로 물을 마시는 시늉을 했다. 정식 수화 같지는 않았다. 고태균은 그의 어머니라는 사람이 귀가 어둡거나 말을 못 하는가 보다 하고 생각했다.

"침대 옆에 있는 내 가방도 가져와."

조한곤이 소리치자 어머니가 다시 고개를 끄덕이고 계단을 올라갔다. 귀가 어두운 게 아니다. 말은 멀쩡히 알아듣지만 말을 잘 하지 못하는 것 같았다. 둘만 남으니까 갑자기 분위기가 어색하고 긴장이 되어 고태균은 얼른 아무 말인가를 꺼냈다.

"어머니신가요? 언뜻언뜻 뵈었는데 모습이 아주 온화하십니다. 연세가 어떻게 되시는지요?"

이런 평범한 얘기를 많이 나누는 것이 좋다. 범인과 친해지자!

그러자 조한곤이 픽 웃었다.

"나 설득하려고 하지 마요. 우리 엄마 나이는 알아서 뭐하게요?"

분위기가 갑자기 싸해졌다. 당황한 고태균은 무슨 말이라도 해야 할 듯싶어 더듬으며 말했다.

"어머니께서 무척… 선해 보이십니다."

"선한 게 눈으로 보인다? 그럼 악한 것도 보이겠군요."

조한곤이 대답 없이 시큰둥한 목소리로 되물었다. 말투는 점잖았다.

"꼭 그렇진 않지만 대개 구분이 된다고 봅니다. 그건 누구나 쉽게 구분할 수 있습니다. 쉬운 예를 들어 볼까요? 지금 엄마의 젖을 먹고 잠든 어린 아이가 선합니까, 악합니까? 선하지요? 바로 그것입니다. 선은 그렇게 저절로 눈에 보이기 마련입니다."

정신과 전문의답게 온화하고 부드러운 말투였다. 그러나 조한곤도 지지 않고 도화지 속에서 물었다.

"그렇다면 악은 어떤 모습입니까?"

아, 이 질문은 왠지 위험하다!

"물론 악도 선해 보일 때가 있습니다. 우리나라 살인자들 중에도 겉모습은 온화해 보이는 사람이 더러 있습니다.… 가령, 남편을 잔인하게 살해한 고윤정이라든가… 하지만 그런 표정은 거짓으로 꾸며진 가면에 불과하지요…"

그렇게 말을 해 놓고 고태균은 왠지 자신이 말을 잘못하고 있다는 걸 알았다. 이런 말을 하려는 게 아니었는데 당황하다 보니 말이 자꾸 헛나가고 있었다. 명색이 정신과 전문의인데 이런 작자에게 쩔쩔매고 있는 자신이 한심스러웠다. 그는 덧붙였다.

"그렇지만 대부분 악은 추하기 마련입니다. 내면의 추함은 어떤 식으로든 얼굴이나 목소리로 나타나기 마련이지요."

"추한 건 악이라는 말로 이해해도 됩니까?"

"꼭 그렇지는 않지만 악이 추한 건 사실입니다."

그때 어머니가 물병과 가방을 들고 들어왔다.

조한곤은 컵에 물을 따랐다. 고태균은 고맙다는 표시로, 벌컥 벌컥 소리가 나게 물을 마셨다.

"물맛이 좋군요."

분위기가 나쁘지는 않다. 계속 이런 식이라면, 이 방에서 나갈 수 있으리라는 기대를 해도 괜찮다. 만일 일이 잘 풀린다면, 이번 일에 대해서는 절대 비밀로 부칠 것이라고 그는 생각했다. 모두 다 잊을 수 있다. 암, 잊고말고!

"그런데 궁금한 게 하나 있습니다. 왜 저를 이 방에 가두신 건가요? 끼니 밥 챙겨주고, 이렇게 관리하기가 쉬운 일이 아닐 텐데."

그는 용기를 내어 물었다. 그때 자신을 바라보고 있던 신숙자와 눈이 잠깐 마주쳤다고 느꼈다. 신숙자는 수줍어하듯 고개를 숙이고는 한 손으로 입을 가리며 소리 없이 웃었다. 왠지 약간의 치매가 있거나 모자라거나 둘 중에 하나일 거라는 생각이 들었다. 그러나 아니었다. 어머니는 인지가 다소 부족할 뿐 절대 비정상은 아니었다.

"여기 이 동영상 버튼 누르면 돼. 그대로 우리를 찍어."

조한곤이 핸드폰을 넘겨주자 어머니는 고개를 끄덕였다. 어머니는 핸드폰을 들어 고태균의 얼굴을 겨냥하고 버튼을 눌렀다. 가슴이 철렁했다.

"동영상은 왜……"

"며칠 동안 안성시내에 경찰이 쫙 깔려 있었습니다. 어제부터는 조금 뜸해져서 이젠 당신을 내보내기로 했죠."

고태균은 눈이 번쩍 뜨였다. 고맙다는 말이 저절로 나왔다. 그러나 그것도 잠시, 그는 자기 눈을 의심해야만 했다. 조한곤이 가방에서 물건들을 꺼내 놓기 시작했다.

망치와 톱과 바늘과 펜치, 드릴…… 톱날과 펜치엔 뭔가 말라비틀어진 것들이 달라붙어 있었다. 새까맣긴 했지만, 드문드문 털도 붙어있는 것으로 보아 그것들은 어떤 유기물들의 살점 같았다. 주둥이가 좁은 병 따위에 뭔가를 부을 때 사용하는 깔때기와 검은 액체가 든 플라스틱 통도 꺼냈다. 그 옆에 전기 충격기도 놓았다. 조한곤은 그것들을 그의 앞에 죽 늘어놓았다.

"이 중에서 하나를 고르십시오."

순간 이것이 뭘 의미하는 것인지 그는 알아차렸다.

"왜… 왜 이러시는 건지요."

"당신이 입을 함부로 놀린 죄입니다."

고태균의 눈이 커졌다.

"언젠가 당신이 텔레비전에 나와 떠드는 것을 본 적이 있습니다. 범죄자들의 심리에 대해 떠드는 프로였지요."

조한곤의 어머니는 동영상을 찍으며 그들 옆으로 천천히 다가왔다.

"추한 게 악이라는 말에 상처를 받으신 건가요? 사과드립니다. 그것은, 그것은 제 말이라기보다는 대본에 쓰여 있는 말입니다. 방송이란 것이 원래 그렇습니다."

"그날, 무슨 악마의 피라는 말을 하지 않았나요?"

"그건… 그건 악마의 피라는 얘기가 아니라 선과… 악에 관한 것이었습니다. 그냥, 그저 종교나 철학에 관한 것이었습니다.…"

"계속해 보시죠."

"그건… 인간에겐 누구나 가인과 아벨의 피가 흐른다, 그 중 가인의 피를 더 많이 가진 사람은 자기도 모르게, 자기도 모르게 악마 같은 짓을 저지르게 마련이다… 아마 그런 내용이었을 겁니다."

"지옥은 그런 자들을 위한 몫이다, 라는 말도 한 걸로 알고 있는데."

"선생께서 어떤 내용을 들으셨는지 모르지만, 그건, 그건 어떤 얘기든 간에 제 말이 아닙니다. 방송 작가의 말이지요. 그리고 그게… 그런 것들이 선생님과 무슨 연관이 있다고 이러시는지요."

"악마는 태어나기 이전부터 만들어지는 것이며, 외형상으로 악마상이라는 것이 존재한다. 우리나라의 전과자들, 특히 살인자의 눈빛을 보면 그게 무슨 말인지 알 수 있게 된다.…"

"그, 그건……"

"하지만 그 말 때문에 당신을 데려온 것은 아닙니다. 당신은 사라져야 마땅할 많은 인간 중에서 재수 없게 선택된 것뿐."

조한곤이 중얼거리듯 말하며 죽 소리가 나게 가방 지퍼를 열었다.

"요즘은 너무들 떠들어 대. 텔레비전에서 유튜브에서, 페북, 블로그, 트위터에서. 누구든지 다 아무 말 대잔치란 말이야."

그는 가방에서 A4용지 대여섯 장을 꺼내 놓았다.

"당신이 떠든 말들을 정리해서 인쇄한 것입니다. 악마는 선천적이다. 노예든 귀족이든 이미 정해져 나온다, 그게 핵심이지. 인터넷을 쳐 보면 당신이 지껄인 말이 어마어마하게 많이 뜨던데, 그딴 건 지겨워서 뽑아오지도 않았습니다."

조한곤이 가면을 벗었다. 고태균은 본능적으로 고개를 숙였지만 이미 그의 얼굴을 봐 버린 후였다. 얼핏 마주친 그의 얼굴은 어른이라기보다는 소년 같았다. 피부는 까무잡잡하고 갸름하며 눈썹이 무척 진한 것이 대체적으로 섬세하고 지적인 인상이었다. 눈빛은 어딘지 차갑고 비정해 보였다.

"내 아버지는 사형수요. 사람을 셋이나 죽인."

고태균은 가슴이 철렁했다. 아버지가 사형수란 말 때문이기도 했지만 조한곤의 말투가 갑작스럽게 변해 있었기 때문이었다. 조금 전까지만 해도 신사답고 예의 바르던 말투는 사라지고 거의 반말 투로 바뀌었다.

"나는 살인자의 아들이고. 그러니 나는 태어날 때부터 악마의 피가 흐르고 있겠지. 내 얼굴이 어떻소?"

"나는 보지 않았습니다. 보지 못했습니다."

"조금 전에 내 눈과 마주쳤잖아!"

목소리가 얼마나 단호하던지 고태균은 체념을 할 수밖에 없었다.

"당신은…… 전혀 악마가 아닙니다. 그리고 내가 한 말이 사실이라 하더라도 그건… 그건 당신과는 전혀 상관없는 것이지요. 부친께서 사형수라는 말은 충격입니다. 어떤 사연이 있는지 모르지만…… 내가 그 영혼을 위해 기도하겠습니다."

고태균은 자신의 무릎을 내려다본 채 더듬더듬 말하다 말고 고개를 들어 조한곤을 바라보았다. 환자의 눈을 바라보는 것은 의사의 기본 된 동작이며 신뢰를 주는 기술이었다. 조한곤의 검은 눈도 자신을 바라보고 있었다. 허공에서 시선이 엉켰다. 새까맣고 호기심 많은 촉촉한 눈망울이었다. 고태균은 그 동안의 경력답게 눈길을 피하지 않고 부드러운 눈빛을 보내며 침착하게 말했다.

"음… 당신의 몸은 좀 야위었군요. 지적이고 섬세해 보입니다. 눈썹과 눈동자는 검고… 그건 악마와는 전혀 상관없는, 오히려 선량한 사람이라는 증거일 수 있습니다. 이성적이라는 것은 인간적이라는 뜻이지요. 그리고 꼭 하고 싶은 말이 하나 있는데 두렵지만… 두렵지만 그러나 하겠습니다."

침착하게 말을 했지만 목소리는 떨리고 있었다. 눈엔 습기가 차고, 어느 순간부터 조한곤의 눈을 보지 않고 그의 갸름한 이마만 바라보고 있다는 것을 알았다.

"내가 했던 어떤 말로 사람에게 상처가 되었다고 해서, 이렇게까지 벌을 받는 것은 안 된다고 생각합니다. 벌은 법이 주는 것이고, 법으로 안 된다면 하늘이 내리는 것입니다…"

그는 어느새 자기도 모르게 고개를 숙이고 울먹이고 있었다.

"그리고, 어떤 죄를 지었더라도, 벌 이전에 먼저 다른 것으로도 충분히 만회하고 용서를 받을 수 있다고 생각합니다. 이를테면 합의 말입니다."

그는 고개를 번쩍 들었다.

"내가 지난 일주일간 곰곰이 생각해 보았습니다. 내가 당신을 위해 할 수 있는 일이 무엇인지…… 그래서, 그래서 나는 찾아냈습니다! 당신이 원한다면, 원하기만 한다면 당장이라도 5억 원의 돈을 가질 수 있을 겁니다. 5만 원 권 빳빳한 현찰로요. 그게 내 전부라 그 이상은 힘이 듭니다. 하지만 나를 풀어주기만 한다면…"

"얼마 전에 내게 악마새끼라고 욕을 한 교수가 있었소. 악마새끼라고… 그래서 내가 그의 입을 찢었지. 양 손을 입 속에 넣고 이렇게…"

조한곤이 양 손으로 뭔가를 확 벌리는 시늉을 하다 말고 어머니가 동영상을 잘 찍고 있는지 보았다. 어머니는 계속해서 핸드폰으로 그 둘의 모습을 찍고 있었다.

"그의 입을 찢은 건 악마새끼라는 욕 때문이기도 하지만, 많은 사람들의 요구 때문이기도 했소. 그가 지껄인 말에 입을 찢고 싶다는 분노의 댓글이 수십 개나 됩디다."

조한곤은 잠시 말을 멈추고 숨을 한번 크게 쉬었다.

"이유? 이유는 없어. 난 내가 잘 할 수 있을까, 내가 사람을 잘 죽일 수 있을까, 시험해 보고 싶었을 뿐. 이를테면 워밍업이었지."

고태균의 몸이 부들부들 떨렸다.

"내가 무슨 목적이 있어서 그를 해친 게 아니라는 얘기야. 나는 그와 점잖게 음악에 대해 얘기를 해 보고 싶었는데, 그 교수 성깔이 보통내기가 아니라서 일이 커진 거지. 엄마, 이쪽에서도 찍어!"

조한곤이 말하다 말고 어머니에게 왼쪽을 가리켰다. 신숙자가 동영상을 찍으며 천천히 왼쪽으로 다가왔다. 노인네가 무슨 영화 촬영을 하듯이 허리를 옆으로 비트는 희한한 자세로 조심조심 자리를 옮겼다.

"사실 나의 타켓은 당신이 아니야. 당신은 송요환처럼 하나의 실험용일 뿐."

"아… 잠깐, 잠깐!… 지금 생각이 났는데, 8억까지도 가능할 것 같습니다. 제 집사람 명의로 시골에 작은 땅이 하나 있습니다. 그것도 드리겠습니다. 8억이면 정말 큰돈입니다. 그 돈이면…"

그가 말하다 말고 눈을 치켜뜨고 몸을 쭉 뻗었다. 조한곤이 전기 충격기를 들이밀며 스위치를 눌렀기 때문이다. 고태균은 잠시 경련을 일으키기까지 했다. 휴대폰 카메라가 그런 고태균의 얼굴로 천천히 다가왔다. 조한곤은 케이블 타이로 오른팔을 묶었다. 고태균이 전기쇼크가 풀렸는지 눈을 뜨며 훌쩍였다.

"제발 이뤄지 맛이오."

그의 목소리는 늘어진 테이프에서 흘러나오는 것 같았다.

"지금 당장 결정하지 않으면 내가 결정할 수밖에. 나는 이걸로 하겠소."

조한곤이 검은 액체와 깔때기를 집어 들었다. 조한곤의 어머니는 조금 물러서서 아들의 손에 든 검은 액체를 카메라에 잡았다.

"여긴 우리 아버지가 운영하던 철공소요. 지금은 이렇게 폐허가 되었지. 나는 지금 바로 옆에서 작은 카센터를 운영하고 있고. 이건 거기서 가져온 엔진 오일인데, 마지막으로 기회를 주지. 이 기회를 걷어 차 버린다면 나는 당신 위장을 검은 오일로 채울 수밖에 없소."

"이러지 마시오. 이러면 안 됩니다."

고태균이 몸을 뒤틀며 소리쳤다. 그새 쇼크가 풀렸는지 발음이 정확해졌다. 조한곤이 엔진 오일 통의 뚜껑을 열고 깔때기를 집어 들었다.

"아아! 잠깐, 잠깐, 잠깐만… 결정했소. 나는 바늘이오. 바늘로 하시오. 대신 이걸로 끝냅시다. 이렇게 한다 하더라도 내가 당신에게 10억을 주겠소. 오오, 제발!"

조한곤은 더 이상 대꾸 없이 질겨서 잘 끊어지지 않는 나일론 줄을 바늘 코에 꿰었다.

#

    일요일 오전, 교회 예배당 안에 조용한 성가가 울려 퍼지고 있다. 1, 2층의 넓은 좌석이 신도들로 가득 차 있다. 얼마 전 새로 건축을 한 탓에 실내는 밝고 고급스럽다. 천장에 달린 커다란 십자가 모형의 샹들리에서 밝은 빛이 쏟아져 내리고 있다.

    조한곤은 맨 뒷좌석에 어머니와 나란히 앉아 있다. 그는 말끔한 와이셔츠에 양복 차림이지만 손가락과 손톱엔 새까만 기름 때가 끼어 있다. 그 손에 푸른빛이 도는 유리로 된 작은 고양이 인형이 쥐어져 있다. 그는 그 인형을 계속해서 만지작거렸다.

    옆에 앉은 신숙자 역시 깨끗한 옷차림에 머리도 단정했다. 표정은 평온했다. 그녀는 눈을 지그시 감은 채 노랫소리를 듣고 있지만 조한곤은 성가대를 지휘하는 문주석의 손동작을 유심히 바라보고 있다. 이 교회에서 어린 시절을 다 보낸 조한곤은 지휘자 문주석을 잘 알고 있었다. 그는 이 교회 목사의 아들이었다. 지휘자의 손동작에 맞춰 조용히 흐르는 성가 소리를 들으며 조한곤은 열두 살 무렵, 어머니와 교회 옆 작은 방에서 지내던 때의 기억 한 컷을 떠올렸다.

    늦은 밤, 교회 복도를 타고 노랫소리가 흘러나오고 있다. 그 노랫소리를 따라 어린 조한곤이 복도로 걸어갔다. 그는 예배당 문밖에서 한참을 서성이며 노래를 들었다. 노래는 잠시 이어지다 끊어지고 다시 들려오곤 했다. 조한곤은 궁금증을 참지 못해 예배당의 문을 살짝 열었다. 환하게 불빛이 비치는 예배당에서 교복을 입은 문주석이 노래를 부르고 있었다. 피아노 앞에 앉은 중년의 남자가 문주석의 노래를 듣고 있었다. 문주석은 대학 입시를 앞두고 성악 레슨을 받고 있는 중이었다. 오랫동안 레슨을 받아와서인지 그는 제법 성악가다운 발성이다. 문주석이 노래를 부르다가 문틈에서 엿보고 있는 조한곤을 발견했다. 그는 노래를 멈추고 인상을 썼다.

"너 뭐야!"

그날 일을 회상하던 조한곤은 손에 주무르던 유리고양이를 꾹 움켜쥐었다. 어느새 성가가 끝나고 문창준 목사가 단상에 올라 마이크 앞에 서 있었다.

"할렐루야!"

목사의 반쯤 벗겨진 머리가 천장의 조명에 유난히 번들거렸다. 고개를 들고 문창준을 바라보는 조한곤의 눈이 예사롭지 않다.

그날 밤, 텔레비전 화면에 문창준 목사가 보이고 있다. 신숙자는 상 위에 스케치북을 펴 놓고 앉아 색칠 공부를 하며 문창준을 보고 있다. 그녀가 즐겨보는 의사와 박사, 교수, 목사 등이 건강과 부부생활에 대해 조언을 해 주는 프로였다. 문창준 목사는 6개월 전부터 그 프로에 고정으로 출연하고 있었다. 그는 지금 부부들이 서로 어울랑 더울랑 사는 방법에 대해 떠들고 있었다.

"아무리 신혼이어도 그렇지 화장도 안 하고 이빨도 안 닦은 아내를 어느 남편이 예쁘다고 어화둥둥 해주겠냔 말이야. 마지못해 둥가둥가 하는 척하다가 휙 집어 던지고 말지!"

문창준이 설교 때와 마찬가지로 그 특유의 반말로 호통을 치듯 말하자 스튜디오가 웃음바다가 된다.

"지금 목사님 말투가 개그맨 박민수와 닮지 않았나요?"

사회자의 말에 또 한 번 웃음소리가 들렸다.

조한곤은 전혀 웃지 않았다. 그는 굳은 표정으로 손에 쥔 유리 인형을 계속해서 만지작거렸다. 상 앞에 앉아 텔레비전을 보는 신숙자는 헤실헤실 웃고 있다. 커다란 나비 날개에 분홍색을 칠하며.

\#

몽골인 이르덴은 오토바이를 타고 고갯길을 넘고 있다. 비가 부슬부슬 내려 헬멧 글라스에 빗방울이 맺히고 있다. 비옷을 입긴 했지만 이르덴은 무릎과 소매가 다 젖었다. 오토바이 뒤엔 낡은 승용차 한 대가 뒤따라오고 있다. 진천에서 안성으로 구불구불 넘어오는 이차선 국도는 오가는 자동차가 별로 없었다. 정리가 되지 않은 도로변은 풀이 우거지고 멀리 축사와 집들이 드문드문 보였다. 내리막길을 한참 달리자 도로 옆에 〈펑크, 세차, 광택〉이라는 작은 입간판이 나왔다.

이르덴은 오토바이의 속도를 줄이고 입간판이 서 있는 자동차 정비소로 들어갔다. 뒤따라오던 승용차도 정비소 앞에 멈춰 섰다. 정비소의 집기들을 정리하던 조한곤이 오토바이를 세우는 몽골인을 힐끗 쳐다보았다.

"안녕하세요? 오토바이 라이트가 나갔는데 지금 고칠 수 있어요?"

이르덴이 헬멧을 벗으며 물었다. 콧수염을 기른 그는 한국말 발음이 별로 좋지 않았다. 조한곤은 대꾸 없이 폐오일 깡통을 휙 집어던지고 오토바이를 살펴보았다.

"지난번 그 오토바이가 아니네요?"

"아, 지난번 오토바이는 내 거고 이건 저 친구 겁니다. 고칠 수 있어요?"

이르덴은 자동차 안의 뚱뚱한 여자 몽골인을 가리키며 말했다. 조한곤이 무표정한 얼굴로 몽골인들을 한 번씩 바라보다가 부속 박스에서 전구를 꺼냈다.

"금방 되죠?"

"잠깐이면 됩니다."

조한곤이 오토바이를 손보는 동안 이르덴은 차양 아래 쭈그리고 앉아 몽골 여자와 담배를 피웠다. 비는 계속해서 내리고 있다. 정비소 차양에 떨어지는 빗소리가 유난히 컸다.

잠시 후 오토바이와 자동차는 정비소를 떠나 국도변을 달렸다. 완만한 내리막길이 계속해서 이어졌다. 과속 방지턱을 넘고 조금 더 내려가자 삼거리가 나왔다. 오토바이와 자동차는 우측 길로 핸들을 틀었다. 산모퉁이를 돌자 〈안성자원〉이라고 쓰여 있는 변기욱의 찌그러진 컨테이너가 나왔다.

이르덴은 고물상 바깥에 오토바이를 세웠다. 자동차도 그 뒤에 멈춰 섰다. 이르덴은 늘 해 오던 익숙한 동작으로 열쇠를 꺼내어 고물상의 문을 열었다.

"기욱이 형님 없네?"

이르덴이 몽골어로 말했다.

"점심때라 어디 밥 먹으러 간 거 아니야?"

자동차 안에서 여자가 말했다.

"오늘 여기 있겠다고 했는데, 어딜 간 거야!"

이르덴은 툴툴대며 휴대폰을 꺼내 전화를 걸었다.

"전화도 안 받고."

그는 오토바이를 고물상 안으로 끌고 들어갔다.

"왜 개가 안 보이지?"

이르덴은 대문 입구에 있는 개집을 힐끗 쳐다보다가 녹이 뻘겋게 슨 철근 옆에 씌워 둔 천막을 들추었다. 각양각색의 고급 오토바이들이 줄 맞춰 서 있었다. 이르덴은 그것들을 세어 보았다.

"몇 대야?"

여자가 물었다.

"오늘 것까지 열아홉 대."

이르덴은 오토바이를 바라보며 잠시 생각에 잠겼다. 앞으로 한 대만 더 있으면 변기욱이 트럭에 싣고 인천항으로 배달할 것이다. 출항 예정 날짜는 다음 달이었다. 컨테이너가 오토바이로 다 채워지면, 중국에서 몽골로 배달하는 운송업자가 연락을 해주기로 했다. 이르덴은 조만간 이 지긋지긋한 한국을 떠날 예정이었다. 그동안 불법노동자로 얼마나 눈치를 보며 불안하게 살아왔던가! 이제 오토바이 20대와 함께 몽골로 돌아가 가족과 행복하게 살 생각을 하니 마음이 뿌듯하기까지 했다.

천막을 잘 덮어 놓고 밖으로 나오려던 이르덴은 고물상을 한 바퀴 돌아 보았다. 빈병이라든가 철근 토막 따위들 속에서 생각보다 쓸 만한 것들이 자주 나오곤 했다. 얼마 전엔 전자레인지와 전기스토브도 건졌다. 침대 머리맡에 두고 쓰고 있는 탁상용 스탠드도 여기서 구한 것이었다. 형처럼 지내고 있는 변기욱은 마음이 좋아 그딴 것들은 얼마든지 가져가라고 하지만, 사실은 거저가 아니었다. 이르덴의 오토바이를 보관해 주는 조건으로, 수익의 1/3을 나눠 주기로 한 것이다. 어쨌거나 이런 것은 한국말로 누이 좋고 매부 좋은 것이라고 변기욱이 말해 주었다.

고물상을 나오려는데 펑크 난 자전거 바퀴 옆에 운동화 한 짝 떨어져 있었다. 사이즈를 보니 변기욱의 신발은 아니었다. 전에도 변기욱 신발을 얻어 신은 적이 있는데, 그의 신발은 이거보다 한 치수 더 컸었다.

거의 새것 수준이고 이르덴이 신으면 딱 좋을 사이즈라 나머지 짝이 있을까봐 주위를 둘러보았다. 있었다. 종이 더미가 들어 있는 차양 아래에 똑같은 신발이 떨어져 있었다. 빗물에 젖어 신어볼 수 없지만 사이즈를 확인하니 260mm, 이르덴 발에 딱 맞았다.

그는 신발을 들고 고물상을 나와 문을 걸었다. 그리고 대기하고 있는 차에 올라타서 운전을 하는 여자에게 자랑하듯이 말했다.

"좋은 거 하나 건졌네. 완전 새 거야. 얼릉 가자."

#

표상우가 밖에서 저녁을 먹고 들어오자 문화회관 주차관리원으로부터 전화가 왔다는 메모가 붙어 있었다. 표상우는 수화기를 들고 버튼을 눌렀다.

"다녀가셨다는 말을 듣고 전화 드렸는데요."

"잘 하셨습니다. 그날 직원 전용 주차장에 들어온 낯선 트럭을 보셨다고요?"

"네. 그런데 그런 차들이 종종 있어서 그게 사건과 연관이 되는지는 잘 모르겠습니다."

"어떤 차였지요?"

"1톤 포터 더블 캡이었습니다. 청색이구요. 조금 낡아 보이는 차였어요."

"기름때가 묻었다는 얘기를 들었는데요."

"기름땐지 뭔지 시꺼먼 때가 잔뜩 묻긴 했어요. 운전하던 사람도 얼굴이 까무잡잡했어요. 텔레비전 같은 고물을 내놨다고 해서 왔다는 겁니다. 그런 거 없다고 했더니 욕을 하고는 그냥 가버리더라고요. 그런데 제가 그 트럭 사진을 찍은 게 하나 있습니다. 혹시나 해서 찍어 뒀는데 찾아보고 있으면 보내드리겠습니다."

표상우는 수화기를 놓고 두 손을 머리 뒤로 가져가 깍지를 끼웠다.

기름때, 기름때라…

그렇게 중얼거리고 있는데 사무실 문이 열렸다.

"어휴, 다들 퇴근했는데 집에 안 가고 뭐하십니까?"

표상우는 양손에 비닐봉지를 들고 엉덩이로 문을 열고 들어오는 배성욱 기자를 보고 눈을 찡그렸다. 이 시간에 저 인간이 왜 또 오지?

"출출하실까 봐 순대하고, 표 형사님 좋아하는 돼지껍데기 사왔습니다. 오랜만에 얼굴 뵈니 반갑네요."

배성욱이 비닐봉지를 책상 위에 올렸다. 음식 냄새가 진동을 했다.

"반갑긴 뭐가 반갑나!"

"뭐 그리 퉁명스러우세요? 금방 퇴근하실 거면 기다렸다 술이나 한잔 대접할까요?"

"나 요새 술 안 마시고, 밥도 먹었고 지금은 엄청 바빠서 짜증도 나네. 안 보이나? 이 산더미 같은 서류들."

"쉬엄쉬엄 하시지 뭐가 그렇게 바쁘십니까? 그런데 고태균 건은 범인 DNA가 나왔다는 소리도 들리던데 이왕이면 제게도 좀 나눠 주고 그러세요."

"누가 그딴 소릴 하나?"

"다 들리는 소리가 있습니다. 용의자 팔뚝에 문신이 있다고도 하던데."

"나는 용의자 팔뚝은커녕 남자인지 여자인지도 못 봤어. 얼른 가, 나 바빠."

표상우가 다시 키보드를 두드리며 말했다.

"아휴, 이젠 막 쫓아내시네. 잠깐만 이거나 먹고 가자니까요."

배성욱이 비닐봉지에서 먹을 것들을 주섬주섬 꺼내 놓았다.

"며칠 전 골프연습장 윤 사장님이랑 저녁을 먹었거든요. 윤 사장님이 그러시더라고요. 표 형사님 성격이 화끈해서 좋다고. 요즘 자주 만나시나 봐요?"

배 기자의 말에 표상우는 아무 말 않고 컴퓨터 화면을 노려보았다.

"윤 사장 요새 그 골프장 주차장 확장 공사하는 것 때문에 골치 아파 죽겠다고 얼마나 엄살을 떠는지."

이 인간이 슬슬 본색이 나오는군. 이젠 내가 윤 사장과 무슨 약점 잡힐 만한 일을 했다고 넘겨짚을 차례겠지. 이 인간을 어찌지? 표상우는 슬슬 화가 났다.

"골프장 입구에 가건물로 하나 올린 게 완전히 계륵이 되었다면서요. 이러자니 돈이 나가고 저러자니 규정 위반이고… 표 형사님도 그 소리 들으셨죠?"

"이봐. 배 기자. 나 정말 엄청 바쁘거든. 이거 줄 테니까, 얼른 나가. 안 나가면 내가 꺼지라고 할지도 몰라."

표상우가 정색을 하며 책상 위에 꺼내 놓은 순대를 비닐봉지에 담아 배성욱의 손에 들려주고 막무가내로 등을 떠밀었다.

"아, 이거 너무하시는 거 아니에요?"

웃던 얼굴이 점차 굳어진 배성욱이 팔에 비닐봉지를 끼운 채 표상우를 바라보았다.

조한곤은 리프트에 검은색 승용차를 들어 올렸다. 첫눈에 봐도 고급스러운 자동차다.

"아휴, 좀 치우면서 살아라. 여기가 쓰레기장이냐 카센터냐!"

자동차를 맡긴 문주석이 구두에 기름때가 묻을까 봐 조심조심 걸으며 말했다. 정비소 바닥은 코팅을 한 듯 시꺼먼 기름에 절어 있고 바닥엔 네모나고 길쭉한 구덩이가 파여 있다. 리프트 대용의 하체 점검 피트인데 지금은 사용하지 않아 구덩이 여기저기엔 깡통과 폐부품들이 널려 있다.

"치워 봤자 뭐해요. 손님도 없는데."

오늘 조한곤의 말투는 싹싹하다.

"이러니 손님이 없지. 요샌 문 걸어 잠그고 영업도 안 하데? 어디 갔었어?"

"아뇨. 그냥 쉬고 싶어서 쉬었어요."

"맨날 쉬기만 하고, 그러고 언제 돈 벌래? 엔진 오일 교환하고 세차하고 반딱반딱 광내는 거 알지?"

"말 안 해도 안다니까요. 그런데 목사님은 오늘도 방송 녹화가 있나요?"

"오늘 아니고 내일. 매주 수요일엔 방송국에 가신다고 보면 돼. 그 방송 보나?"

"가끔 보긴 해요. 엄마가 좋아하시거든요. 목사님 텔레비전에서 보면 너무 멋지시던데요."

조한곤이 자동차 아래에 폐엔진 오일을 담는 큰 통을 가져다 놓으며 대답했다.

"그렇지? 내가 봐도 텔레비전 모습이 더 좋아 보이셔. 요즘 아버지가 방송 때문에 신이 나셨어. 새벽마다 헬스도 나가시고 옷도 멋스럽게 입으시고. 요즘 한창 인기잖아. 특별히 신경 써서 광을 내 줘. 목사님은 자동차 지저분한 거 엄청 싫어하거든. 신숙자 집사님은 어디 가셨나?"

"밭에 나갔을 거예요. 사무실에 에어컨 틀어 놨으니까 들어가 계세요."

문주석은 사무실로 들어갔다. 사무실엔 TV가 켜져 있었다. 그는 텔레비전을 끄고 먼지가 더께로 앉은 사무실 창문 너머를 내려다보았다. 철공소 옆 텃밭에 신숙자가 땡볕에 앉아 풀을 뽑고 있는 게 보였다. 털이 복슬복슬한 강아지가 옆에서 장난을 치고 있었다. 그 광경을 내려다 본 문주석은 의자에 털썩 앉아 테이블에 발을 올렸다. 테이블 유리판 아래에 작은 사진이 한 장 끼워져 있었다.

젊은 아버지와 어머니가 어린 조한곤을 안고 웃고 있었다. 문주석은 유리를 들추고 사진을 꺼내 가까이서 보았다. 사진이 조금 어색하게 느껴진 것은, 어머니는 몰라도 조한곤의 아버지 조형구는 생전 웃지 않던 사람이었기 때문이다. 눈썹이 진하고 눈이 폭 꺼진 그가 웃는 모습을 문주석은 한 번도 보지 못했다. 그런데 사진 속에서 조형구는 이를 활짝 드러내며 웃고 있었다. 그 사진 위로 몇 가지 기억들이 스치고 지나갔다. 손가락 하나 없이 뭉툭한 손, 육중한 철공소의 기계들, 활활 타오르던 불길…

조형구가 운영하던 철공소는 당시 안성 일대에서 가장 컸다. 지금 문주석이 앉아 있는 카센터 옆의 낡은 건물이 바로 그 철공소였다.

문주석은 어렸을 때 교회 사람들을 따라 철공소에 왔던 적이 있었다. 어린 문주석의 눈에 철공소는 무시무시해 보였다. 육중한 쇠바퀴에 걸려 있던 두꺼운 가죽 벨트와 쇠를 깎는 기계들과 쇳조각과 철근들……

들리는 말로 조형구 집사는 쇠를 깎는 기계에 손가락을 잃었다고 했다. 그래서 그의 오른손은 손가락 하나 없이 뭉툭했다.

그러나 그는 그 뭉툭한 손을 내밀어 사람들과 악수도 하고, 노래를 부를 땐 손뼉을 치며, 한마디 쯤 남아 있는 손가락에 침을 발라 성경책을 넘기곤 했다.

그는 교회에 나오기 전엔 돈밖에 모르는 사람이었다고 했다. 그러나 주님을 만나고 나서부터 새사람이 되었다고, 문창준 목사는 설교 때마다 칭찬했다. 돈밖에 모르던 사람이 이제는 주님밖에 모르는 사람으로 변했다고 했다. 하나님을 영접한 후부터 그의 얼굴에서 빛이 났고 철공소는 눈에 띄게 번성하였다고 했다.

그러던 그가 사람을 죽였다. 그것도 다섯 명이나!

당시 교회엔 부속 건물로 작은 기도실을 하나 두고 있었다. 스티로폼 패널로 만든 조립식 건물이었는데, 그 안에서 다섯 사람이 기도를 하고 있었다. 조형구는 무슨 이유에서인지 그 건물에 기름을 붓고 불을 질렀다.

교회에 들이닥친 경찰과, 수갑을 찬 채 끌려가던 조형구와, 고래고래 소리치던 피해자 가족들의 절규를 문주석은 지금도 생생히 기억하고 있었다.

조한곤의 어머니 신숙자에 대한 기억도 생생했다. 그 당시 아이들은 착하고 말을 못하는 그녀를 바보라고 놀리곤 했다. 아이들의 놀림에도 웃기만 하던 그녀는 눈이 마주쳐도 웃고 누가 욕을 해도 웃고 기도를 하면서도 웃었다. 남편 조형구가 잡혀갈 때도 웃었다. 사람도 잘 쳐다보지 못하고, 웃는 것도 수줍어서 한쪽 손으로 입을 가리고 소리 없이 웃곤 했다.

조형구가 잡혀 가고 나서 문창준 목사의 배려로 조한곤은 어머니와 교회의 창고 옆 작은 방에 기거하게 되었다. 예배당 청소는 물론이고 목사 집의 빨래며 밥이며 허드렛일을 하며 살게 된 것이다.

"아버지……"

누가 시켜서도 아닌데 어린 조한곤은 문창준 목사를 그렇게 불렀다. 물론 문주석에게는 형이라고 불렀다. 당시 어린 조한곤은 아이들에게 살인자의 아들이라고 놀림을 받았다. 아이들은 조한곤의 아버지가 사람을 철공소 분쇄기에 갈아 죽이고, 그 가루를 닭 모이로 준다는 말을 하고 다녔다.

조한곤은 말을 심하게 더듬었다. 사람들의 눈을 쳐다보지도 못하고 심하게 수줍음도 탔다. 사람들은 그가 어머니를 닮았기 때문이라고 수군거렸다. 하지만 말은 더듬었지만 조한곤은 그의 아버지처럼 손재주가 좋았고, 특히 노래를 잘했다. 지금도 잊혀지지 않는 것이 그의 노래였다.

문주석은 고등학교를 다닐 때 성악 레슨을 받았다. 그는 매일 집과 교회를 오가며 노래를 불렀다. 그날도 레슨을 마치고 교회에 들렀다. 늦은 밤이었지만 예배당에서 한 번 더 연습하고 집에 가려던 참이다.

교회 문을 열던 문주석은 동작을 멈추었다. 교회 안에서 노랫소리가 흘러나오고 있었다. 소년의 목소리였다. 그 곡은 그 즈음 문주석이 한창 연습하던 노래였다.

변성기가 지나지 않은 가냘픈 소년의 목소리가 어두운 예배당을 울릴 때, 문주석은 놀라지 않을 수 없었다. 남성이라고 하기엔 여성스럽고 여성이라고 하기엔 남성적인 톤이 짙은, 마치 카운터테너 같기도 한 소년의 노래는 문주석의 몸에 소름을 돋게 했다. 바로 조한곤의 목소리였다.

조한곤은 음악을 배운 적이 없었다. 당연히 성악 발성이나 이태리어 발음도 알지 못했다. 교회에서 문주석이 부르는 것을 몇 번 보았을 뿐이다. 그런데도 그는 음정과 박자는 물론 가사 역시 흠 잡을 데 없으리만큼 훌륭했다. 교회 옆, 작은 방에 기거하면서 빨래며 밥이며 허드렛일을 하는 집사의 아들이, 어깨너머로 노래를 배워 혼자 부르고 있던 것이다.

넋을 잃고 노랫소리를 듣고 있던 문주석은 손에 들려 있던 책이 바닥에 툭 떨어졌다. 그 소리에 놀란 그가 노래를 멈추고 뒤를 돌아보았다. 문 앞에 누군가가 서 있는 것을 본 그는 화들짝 놀라 달아나기 시작했다.

"기다려, 기다려!"

문주석은 그날 일을 생각하며, 때 절은 정비복을 입고 작업하고 있는 조한곤을 힐끔 쳐다보았다.

"참, 아깝단 말이야…"

\#

새벽부터 하늘이 꾸물꾸물하더니 오후 들어 급기야 비가 쏟아지기 시작했다. 배성욱은 카메라 가방을 안고 주차장으로 뛰었다. 자신의 낡은 소나타 승용차에 올라타고 나서야 휴우, 하고 한숨을 쉬었다.

머리칼이 다 젖었지만 기분은 나쁘지 않았다. 점심 무렵 성모병원 인근 식당에서 밥을 먹던 참이었는데, 기사거리 하나가 구급차에 실려 왔다. 구급차를 보는 순간 본능적으로 수저를 놓고 뛰어나갔다. 병원은 이래서 좋았다. 가끔 이렇게 뜻밖의 물건이 굴러들어오곤 했다. 교사가 수업 중에 학생에게 맞아 갈비뼈에

금이 간 사건이었다. 수업 태도가 불량한 학생들을 훈계하던 중에 학생들이 갑자기 교사를 폭행했다는데…

이 사건은 쓰기 나름이었다. 학부모라는 고정 독자가 있으므로 적당히 살을 붙이면 떠들썩한 이슈가 될 만한 재료였다. 입심이라면 대한민국 학부모가 제일 아닌가.

그러나 병실 침대에서 링거를 꽂고 앉은 교사는 침묵으로 일관했다. 눈썹을 조이고 입을 꾹 다문 채, 넋 나간 표정으로 병실 슬리퍼만 바라보았다. 교사 입장에서 기사를 써 주겠다고 아무리 설득해도 입을 열지 않더니 결국 담요를 뒤집어쓰고 누워 버렸다.

배성욱은 카메라를 꺼내 담요를 덮어 쓴 교사를 몇 방 찍었다. 사진을 찍으며 '사건을 덮어 버리고 싶은 교사…' 라는 제목으로 써도 괜찮으리라는 생각을 했다.

그는 손수건으로 머리칼을 닦고 자동차에 시동을 걸었다. 자동차가 낡은 데다 LPG차량이라 가끔 시동이 잘 걸리지 않았다. 아무래도 조만간 소형차라도 새 것으로 바꾸어야겠다고 생각하며 윈도브러시를 켜고 안성경찰서로 차를 몰았다.

오후가 되자 비는 더 거세졌다. 신호등 앞에서 좌측 깜빡이를 넣고 있는데 옆 차선에 서 있던 자동차가 클랙슨을 울렸다. 차창을 열었더니 정지선에 나란히 서 있던 옆 차의 운전사가 두 손바닥을 꾹꾹 누르는 손짓을 하고 떠났다. 타이어가 펑크났다는 소리 같았다. 아니나 다를까, 내려서 보니 조수석 타이어가 금방이라도 주저앉을 듯 바람이 빠져 있었다. 난감했다. 가까운 카센터가 어디 있지?

그는 보험회사를 부를까 생각하다가 핸들을 돌려 유턴을 했다. 멀지 않은 곳에 작은 정비소가 있는 것을 본 적이 있었다. 그리로 차를 몰았다. 안성에서 진천으로 넘어가는 그 길은 야트막한 언덕과 구불구불한 산길을 넘어야 하기 때문에 차량 통행이 적었다. 게다가 그 옆쪽으로 직선 길이 나고 나서부터는 거의 죽은 도로나 마찬가지였다. 자동차 정비소는 그 도로의 언덕쯤에 있었다. 마을과는 조금 떨어져 있고 인근에 집들도 없었다. 멀리서 볼 때도 무척이나 허름한 3급 정비소였다. 입구에 〈펑크, 세차, 광택〉이라고 대충 휘갈겨 쓴 입간판이 서 있었다.

펑크 정도는 때울 수 있겠지? 배성욱은 빗줄기를 뚫고 그곳을 향해 천천히 다가갔다. 정비소 옆으로 허름한 양철지붕 건물과, 시골에서 흔히 볼 수 있는 옥상이 있는 2층 벽돌집이 나란히 붙어있었다.

가까이서 보니 양철지붕 아래에 페인트로 〈00철공소〉라고 쓰여 있었다. 철공소 앞에 무슨 글자가 더 있는 듯 보였지만 너무 오래된 탓에 글자는 지워져 보이지 않았다.

트럭을 리프트에 올려놓고 하부 작업을 하던 조한곤은 흰색 자동차 한 대가 깜박이를 켜고 서서히 다가오는 것을 보았다. 그는 앞 유리창에 붙어 있는 경찰서 출입증을 보았다. 조수석엔 카메라와 일간지들이 놓여 있었고, 도어트림엔 A4용지들이 끼워져 있었다.

"아휴, 웬 놈의 비가 이리 오지? 타이어 펑크 때울 수 있지요?"

배성욱은 비에 젖은 머리칼을 손바닥으로 털어내며 물었다.

"펑크라면 뭐 금방 때우죠."

"와, 여기 엄청 오래되어 보이네요."

배성욱이 신기한 듯 두리번거렸다. 바닥에 길쭉하고 네모 난 구덩이가 파여 있었다. 오랜만에 보는 리프트 대용 하부 점검 피트여서 배성욱은 이곳저곳 눈길이 갔다. 바닥은 코팅을 한 듯 시커먼 기름에 절어 있었고, 빈 깡통들과 폐부품들이 여기저기 뒹굴고 있었다.

"여기서 오래 했나 봐요?"

기자다운 궁금증을 참지 못하고 물었지만 조한곤은 대꾸가 없었다. 말없이 자동차를 차양 안으로 이동시켜 대형 잭(jack)을 집어넣고 자동차 한쪽을 들어 올려 바퀴를 떼어 냈다.

무뚝뚝한 주인장을 바라보던 배성욱은 담배를 피워 물고 주위를 어슬렁거렸다. 양철 차양으로 떨어지는 빗소리가 좋았다. 기자 생활을 하고부터 그의 눈은 달라졌다. 그는 카메라가 초점을 잡듯 사물을 바라보는 버릇이 있었다. 그리고 뭔가 특이하다 싶으면 찰칵 소리가 나게 찍어 머릿속 하드에 저장해 두곤 했다.

여기서도 마찬가지였다. 파이프와 각관을 이용해 틀을 짜고 슬레이트 철판으로 지붕을 덮은 이 카센터를 그는 카메라의 눈으로 유심히 살펴보았다. 사무실로 쓰고 있는 작은 공간은 농가 주택의 벽면을 개조해서 만든 것 같았다. 벽돌집 2층의 방 한 간이 사무실인 셈인데, 그 옆쪽은 카센터 주인의 주거공간인 듯 보였다.

조한곤은 떼어 낸 바퀴에 스프레이 비눗물을 뿌렸다. 펑크가 났으면 공기방울이 보글거리며 올라오기 마련인데, 아무리 비눗물을 뿌려도 공기가 새는 곳이 없었다. 이런 건 구멍이 났다기보다 휠과 타이어가 접촉되는 부분에 틈이 있을 수 있는 것이어서 그는 물이 든 커다란 통에 타이어를 담갔다. 공기방울이 보글거리며 올라왔다.

"이건 펑크가 아닌데요?"

"그럼 뭐죠?"

"휠에 금이 갔어요. 여기 보세요. 여기 공기방울 보이죠? 이 틈에서 바람이 빠져나오는 거예요."

"그럼 휠을 때워야 하나요?"

"이건 땜을 해도 금방 나가요. 휠을 교체하는 수밖에 없어요."

"이 타이어에 맞는 휠이 있나요?"

"새것은 비싼 데다 주문을 해야 하기 때문에 오래 걸리고, 재생 중에 맞는 게 있을 것 같은데, 찾아볼까요?"

"찾아봐 주세요. 어차피 차도 중고인데요 뭐. 시간이 얼마나 걸리나요?"

"맞는 게 있으면 잠깐이면 됩니다."

의외로 친절한 사람이라고 배성욱은 생각했다. 목소리도 부드럽고 맑았으며, 잠깐 마주쳤던 눈은 무척이나 반짝거리는 사람이었다.

타이어가 잔뜩 쌓인 곳으로 걸어갔던 조한곤은 잠시 후 낡은 타이어를 굴리며 돌아왔다.

"이게 맞겠는데요? 같은 휠이에요."

조한곤이 휠과 타이어를 분리하는 동안, 배성욱은 정비소 안을 서성였다. 웬 공구들이 이렇게 많은지. 벽에 걸려 있는 모양도 종류도 가지각색인 작업 도구들을 구경하다가 구석에서 뭔가를 하나 발견했다. 기름에 젖은 수건과 깡통과 고무매트 따위가 뒤엉켜 있는 그 틈에서 삐죽하게 솟아 나와 있는 그것을 보는 순간 그는 갑자기 눈이 커졌다.

그것은 케이블 타이였다. 송요환의 아내 윤희선의 목에 감겨 있었던 그 케이블 타이… 한 달 전 송요환 부부에 대한 기사를 쓸 때 배성욱은 케이블 타이에 대해서 잠깐 언급을 했었다.

〈질기고 묶기 쉬운데다가 수갑처럼 빠질 염려가 없기 때문에 요즘 범죄 현장에 자주 등장하는 도구가 되었다……〉

그런 내용을 쓰긴 했지만 배성욱은 사실 이렇게 눈앞에서 보기는 처음이었다. 게다가 이건 4~50센티나 되는 대형 타이였다. 팔다리는 물론 목도 충분히 묶을 수 있을 만큼 큰 것이었다.

그는 고무매트를 슬쩍 들추어 보았다. 매트 아래 비닐봉지가 있었고 그 안에 케이블 타이가 가득 들어 있었다. 그걸 보자 가슴이 뛰기 시작했다. 그는 곁눈으로 조한곤을 훔쳐보았다. 조한곤은 타이어를 탈착기에 올리고 익숙한 동작으로 작업하고 있었다. 그는 조심스럽게 손을 뻗어 케이블 타이를 몰래 하나 당겨 뽑았다.

타이어 휠을 바퀴에서 분리해 낸 조한곤은 퉤! 소리가 나게 침을 뱉었다. 뒤돌아서 작업하는 동안 앞쪽 기둥에 걸려 있는 작은 거울로 배성욱을 쳐다보았다. 가뜩이나 자동차 앞 유리에 붙은 기자증이 영 신경에 거슬리는데, 이것저것 만지며 훑어보기까지 하다니. 구석에 처박아 둔 케이블 타이 봉지를 치우지 않은 것이 후회스러웠다. 조금 전엔 여기저기 기웃거리던 기자가 그걸 하나 조심스럽게 뽑는 걸 보고 만 것이다. 기자는 케이블 타이를 하나 꺼내어 만져 보다가 자기 목에 슬그머니 감아 보기까지 했다.

'이런 게 왜 자동차 정비소에 있을까?'

배성욱은 고개를 갸웃거렸다. 목에 감아도 충분한 길이였다. 이걸로 목을 조인다면 끊어 내지 않고는 절대 풀 수 없을 것 같았다. 물론 이런 정비소에서도 쓰려면 쓸 수 있는 물건일지 모르지만, 그렇다고 여기서 자주 쓰는 물건도 아니라는 생각이 들었다. 주위를 돌아보아도 케이블 타이로 묶어 놓은 것들은 없어 보였다. 그는 슬그머니 뒤를 돌아보았다. 카센터 주인은 컴프레서로 타이어에 바람을 주입하고 있었다.

'설마……아니겠지?'

배성욱은 케이블타이 하나를 몰래 바지 주머니에 집어넣었다.

그때였다.

"저기요."

조한곤의 목소리에 배성욱이 화들짝 놀라 뒤를 돌아다보았다. 손에 스패너를 든 조한곤이 뒤에 서 있었다. 가슴이 철렁 내려앉았다.

"이 자동차 큰일나겠는데요?"

조한곤이 걱정스럽다는 말투로 말했다.

"뭐가 또 문제가 있나요?"

"가스가 새잖아요. 냄새 안 나나요? 여기 좀 보세요."

조한곤이 자동차 트렁크를 열었다. 가스 냄새가 훅 끼쳤다.

"이거 개조한 차 맞죠? 이거 엄청 위험하게 작업했네."

배성욱은 조한곤이 가리킨 트렁크를 들여다보았다. 구석에 커다란 LPG통이 보였다.

"이 가스선이 이렇게 공기 중에 노출되면 가스가 100퍼센트 새기 마련입니다. 가스 충전은 언제 하셨나요?"

"오늘 아침에 했는데…"

"이미 가스가 새서 트렁크에 꽉 찬 상태입니다. 트렁크가 아예 가스통이네요. 이건 정전기 스파크만 일어나도 엄청난 폭발이 일어납니다."

"그래도 가스차는 3중 안전장치가 되어 있어서 잘 안 터진다고 하던데……"

"그건 이런 차를 만들어 파는 사람들이 하는 말이고요. 얼마 전 강원도에서 가스차 폭발한 거 모르시나요? 기자시니까 그 폭발력의 위력이 얼마나 되는지 잘 아실 텐데…"

"그럼 어떻게 해야 하지요?"

"여기 세이프티 밸브 패킹이 낡아서 헐거워졌어요. 이건 압력 안전장치인데, 이게 이상이 있으면 아주 위험해요. 하체에 전기선도 너덜거려서 당장 손보지 않으면 자동차가 운행 중 멈출 수 있어요. 혹시 이 자동차 시동 잘 걸리나요?"

"가끔 안 걸릴 때도 있었어요. 전기선 때문에 그런가요?"

"그럴 수도 있어요."

"손보는 데 얼마나 걸리나요?"

폭발 위험이 있다는 말에 배성욱은 잠깐 겁을 먹었다. 그리고 안 보는 척하며 조한곤의 표정을 살폈다. 그는 여지없이 그 맑아 보이는 눈을 반짝이며 전혀 이상 없는 말투로 말했다.

"이삼십 분이면 충분합니다. 사무실에 들어가 텔레비전 보고 계세요. 최대한 빨리 해 드릴 테니까."

조한곤은 작업하고 있던 트럭을 리프트에서 내려 도로변에 세웠다. 그리고 소나타를 띄워 올렸다. 자동차가 서서히 올라가자 뻘겋게 녹슨 하체가 드러났다. 날이 어두워 조한곤은 조명을 켰다. 그리고 자동차 아래에 꾸부정하게 서서 자동차 하체를 점검하기 시작했다.

배성욱은 벽에 있는 전등 스위치를 올리고 사무실로 들어 갔다. 유리 탁자 하나와 의자 두 개가 놓여 있었고 구석엔 텔레비전이 있었다. 탁자 유리 아래엔 작은 사진이 한 장 끼워져 있었다. 엄마와 아빠가 어린 아들을 품에 안고 활짝 웃고 있는 사진이었다. 정비소 주인의 어렸을 적 얼굴 같았다.

텔레비전 옆엔 커피믹스와 온수기가 있었다. 그는 종이컵에 커피를 하나 탔다. 그리고 서성이며 주위를 둘러보았다. 벽에 작은 거울이 하나 붙어 있었다. 거기에 비친 자신의 모습이 오늘따라 멋져 보였다. 비에 젖어 이마로 흘러내린 머리카락이 얼굴을 돋보이게 하고 있었다. 지금 자신의 모습이 문득 아까운 생각이 들어 그는 핸드폰을 꺼내 비 오는 창문 밖을 배경으로 '셀카'를 몇 방 찍었다.

이곳이 점점 더 궁금해졌다. 창문 옆으로 방화 철문이 달려 있었다. 아마 카센터 주인이 거주하는 벽돌집으로 연결되는 문인 것 같았다. 이곳이 2층이니 1층은 아마 반지하층이 될 것 같았다. 배성욱은 핸드폰을 켜 시간을 확인했다.

7시 40분.

예상했던 것보다 시간이 오래 걸리고 있었다. 배성욱은 자동차 밑에서 쉴 새 없이 손을 움직이는 남자를 바라보다가 창가로 가서 담배를 피워 물었다.

빗줄기는 더 거세져 있었다. 간혹 번개가 치고 멀리서부터 천둥이 울었다. 도로의 가로등 불빛에 철공소가 잘 내려다보였다.

가까이서 보니 엄청 큰 건물이었다. 한쪽 벽은 도로 축대에 가려져 버렸고 반대편 쪽은 텃밭 쪽으로 향해 있었다.

저 낡은 건물은 왜 허물지 않지? 어떤 보상이나 지가(地價) 상승을 노리고 뚝심 좋게 버티고 있는 집일까?

철공소 건물 아래쪽으로도 길이 있는지, 그쪽에 흰색 차량이 비를 맞으며 서 있었다. 코란도라는 오래된 차종 같았다. 그 차 옆으로는 더 낡아서 굴러갈 것 같지도 않은 5톤 트럭이 방치되어 있었다. 배성욱은 빗줄기에 가려져 잘 보이지 않는 코란도 차량의 번호를 유심히 보았다.

〈49 머 60……〉

♯

"여기 뒷자리 번호가 뭐 같아?"

표상우가 모니터를 가리켰다. 모니터 위에 사진 한 장이 올라와 있다. 군청색 포터2인데 화질이 좋지 않다. 종일 영상분석실을 들랑거리던 표상우는 아예 모니터 앞에 자리를 마련하고 앉아 사진을 들여다보고 있다.

"앞 번호는 83번인 건 알겠는데…"

옆자리에서 다른 화면을 점검하고 있던 하덕교가 건너와 마우스를 움직였다. 몇 번이고 화면을 확대하고 줄여 봐도 앞자리 번호 외엔 알 수 없었다.

"화질이 나빠서 도저히 식별이 안 되는데요. 이게 문화회관 주차 관리원이 보내온 사진이죠?"

"맞아. 그날 혹시나 해서 핸드폰으로 찍어 둔 거라는데, 그나마 이거라도 있으니 얼마나 다행이야. 군청색 포토2라는 건 확실히 알았잖아. 근데 번호가 영…"

"앞 번호 83도 사실 85인지 88인지 불분명해 보여요."

"83에 가장 가까워."

"저는 88로 보이는데요?"

"뒷번호는 아예 안 보이지?"

"식별 불가예요. 일단 인근 CCTV 수거해서 군청색 포터2 가려내고 하나하나 맞추는 수밖에 없겠는데요. 아니면 안성, 천안, 진천 일대에 등록된 포터 차량들 모두 확인해 보거나."

"화물차 등록 번호는 좀 다르지?"

"맞습니다. 화물차는 80에서 100 사이 번호로 등록되는데, 이거 어마어마하게 많겠는걸요."

"그 일대의 CCTV 메모리는 아까 신 형사가 다니며 복사해 왔네. 잠깐 훑어봤지만 한두 대가 아니야. 이런 시골엔 승용차보다 트럭 수가 더 많다는 건 알지?"

"요샌 등록된 차들 전산화가 되어 있어서 별로 어렵지 않습니다. 그런데 이 차가 확실하긴 한가요?"

"확실한지는 잡아 봐야 알겠지. 고 박사가 납치되기 전에 회관 근처를 어슬렁거렸다는 점, 트럭에 기름때가 묻었다는 점에 주목할 필요가 있어."

"기름때라면?"

"하 형사가 생각하는 바로 그거야. 놈은 기름때를 여기저기 흘리고 다녀."

"알았습니다. 오늘 야간 조들과 합세해서 작업 들어가겠습니다. 내일 일요일인데, 팀장님은 오늘 일찍 들어가시지요."

"하 형사야말로 당장 퇴근하게. 아직 신혼인데 집사람에게도 점수를 따야하지 않겠어?"

"그렇잖아도 아까 전화했습니다. 내일은 일찍 퇴근하기로 약속을 했어요. 오늘 야간엔 안성 외각 도로를 한번 둘러보려고 합니다."

"그나저나 하늘에 구멍이라도 났나? 웬 비가 이리 오지?"

표상우가 목에 수건을 얹고 화장실로 들어가며 중얼거렸다.

#

죽죽 쏟아지는 빗줄기 때문에 차량번호 뒷자리는 끝내 알 수 없었다. 배성욱은 창문 너머로 담배꽁초를 휙 버렸다. 그리고 사무실 탁자 앞에 앉아 신문을 펼쳤다. 탁자 밑에 여러 종류의 신문들이 쌓여 있었다. 날짜가 지난 여러 신문 중에 그가 몸담고 있는 신문사의 신문도 보였다. 그는 자신이 쓴 기사가 있나 찾아보았다.

〈악마에게 납치된 의사, 미궁 속으로〉

얼마 전 안성 경찰서장의 기자회견 내용은 바로 그가 쓴 기사였다. 그러나 그 내용이 발행된 신문은 있지만 그 기사가 보이지 않았다. 그날 신문은 맞는데 그가 썼던 기사만 사라진 것이다.

왜 그 기사만 없지? 자세히 보니 그 기사를 가위나 칼로 일부러 잘라 낸 것 같았다. 물론 신문이야 어떤 이유에서든 찢을 수도 있고 없앨 수도 있지만, 그러나 그 내용 한 장만 사라진 것이 좀 이상하다는 생각이 들었다.

자동차 하체에 늘어진 전기선을 정리하던 조한곤이 리프트 아래에서 나와 손을 탁탁 털었다.

"다 되었습니다. 한번 나와서 보세요."

배성욱은 신문을 접고 나와 자동차로 다가갔다.

"생각보다 오래 걸리네요."

"손 볼 곳이 많아서 그랬습니다. 하체에 전기선이 너덜너덜 늘어진 것 고쳤고, 여기 패킹 교환했습니다. 이거 보세요. 이 패킹이 낡아서 찢어졌잖아요. 이젠 가스가 새지 않을 겁니다. 이 도어락도 잘 안 잠겨서 손봤습니다."

조한곤은 도어락 버튼을 눌렀다 뗐다 하다가, 자동차를 후진시켜 도로를 향해 세웠다.

"운행하시다 이상 있으면 연락 주십시오."

배성욱은 깍듯이 인사까지 하는 조한곤에게 수고했다는 말을 하고 차를 출발했다. 카센터 분위기가 묘하고 의심스러워도 주인은 점점 호감이 가는 느낌이었다. 정확히 말하면 호감이라기보다 호기심이라고 해야 옳을 것이다. 캐내면 뭔가 딸려 나올 것 같은 이 느낌은 기자만이 알 수 있는 것이었다.

날이 개면 다시 한 번 들러 봐야지. 물론 조금 전에 몰래 주머니에 넣어 둔 케이블 타이가 윤희선의 목에 감긴 그것과 같은 제품이라면, 형사들을 대동하고 와야겠지?

그는 주머니 위를 더듬어 케이블 타이를 만져 보았다. 왠지 가슴이 싸하게 설렜다. 비는 그치지 않았다. 와이퍼를 3단으로 켜도 빗물이 씻기지 않을 만큼 퍼부어 대었다. 자동차가 거의 없는 도로였지만 내리막길이라 그는 브레이크를 밟으며 천천히 내려갔다. 가로등이 하나 없어 자동차 라이트에만 의지해야 했다. 억센 빗줄기에 도로가 희뿌옇게 보였다. 빗방울은 위에서도 내리고 바닥에서도 뿜어 올라오는 것 같았다. 500미터쯤 왔을 때 과속방지턱이 있었다. 그는 천천히 브레이크를 밟았다.

그때였다. 과속방지턱을 넘은 자동차의 시동이 스르르 꺼졌다. 뭐야! 배성욱은 키를 돌렸다. 시동이 걸리지 않았다. 다시 돌렸다. 걸릴 듯 걸릴 듯하면서도 시동은 걸리지 않았다. 난감했다. 간혹 시동이 안 걸린 적은 있어도 운행 중 시동이 꺼진 것은 처음이었다.

아까 그 카센터를 부를까, 하다가 고개를 저었다. 그는 보험회사를 부르려고 핸드폰 전화번호를 뒤적이다가 손가락을 멈췄다. 뭔가 불길한 생각이 스쳤다. 혹시?… 얼른 백미러를 보았다. 어두운 거울 속에 작은 불빛이 보였다. 불빛은 점점 다가오고 있었다. 트럭 같았다. 그는 다급하게 표상우에게 전화를 했다. 하지만 신호만 갈 뿐 전화를 받지 않았다.

"제발 좀 받아라, 이 늙은이야!"

그는 신경질적으로 한 차례 더 신호를 넣다 말고 얼른 메시지 창을 열었다. 백미러의 불빛이 점점 더 커졌다. 배성욱은 아까 봐 두었던 코란도 자동차 번호를 써 넣으려고 했다. 그러나 머릿속이 하얘져 아무것도 생각나지 않았다.

뭐였지? 뭐였더라? 그는 허둥거렸다. 손가락도 부들부들 떨렸다. 아무 글자라도 써야 할 것 같아 얼른 자판을 눌렀다. 하지만 뭐라고 썼는지 자신도 알 수가 없었다. 게다가 뭘 잘못 눌렀는지 조금 전 찍었던 '셀카' 사진이 창에 떴다.

자동차 뒤에 트럭이 다가와 멈춰 섰다. 배성욱은 얼른 도어락 버튼을 눌렀다. 그러나 웬일인지 버튼은 움직이지 않았다. 그때 덜컹, 소리가 나며 도어가 열렸다. 배성욱은 얼른 손가락을 더듬어 메시지 전송 버튼을 눌렀다. 검은 비옷을 입은 조한곤이 불쑥 얼굴을 들이밀었다. 비옷에서 뚝뚝 빗방울이 떨어졌다.

"무슨 일 있으십니까? 기자님?"

"시동이 갑자기, 시동이……"

배성욱이 무슨 말인가를 하려는데 눈앞에 퍼런 불빛이 튀었다. 그는 몸을 쭉 뻗으며 경련을 일으켰다.

"새로 만든 건데 성능이 괜찮네?"

조한곤은 손에 든 전기 충격기를 내려다보며 중얼거렸다.

"계획에 없던 건데 어쩔 수 없네요, 기자님. 주머니에 이걸 넣지만 않았어도 이렇게까지 하지는 않았을 텐데."

그는 배성욱의 왼쪽 바지 주머니에서 케이블 타이를 당겨 꺼냈다. 전기쇼크로 뻣뻣해진 배성욱이 눈을 부릅뜨고 뭐라고 악을 쓰자 조한곤이 다시 한 번 전기 충격기를 옆구리에 찔러 넣었다. 배성욱의 어깨가 툭 퉁겨 오르며 온 몸이 뻣뻣해졌다.

"아까는 내가 거짓말을 좀 했습니다. 사실 LPG차량은 폭발이 잘 일어나지 않거든요. 누군가가 손을 보기 전엔 말이죠. 하지만 폭발이 일어난다면 어마어마하다는 말은 사실이죠."

조한곤은 팔을 길게 뻗어 배성욱의 주머니에서 핸드폰을 꺼내고, 운전석 아래의 전선을 만졌다. 그리고 키를 돌려 시동을 걸었다. 시동이 잘 걸렸다. 그는 운전석 아래에서 뭔가를 잡아당겼다. 밸브가 달린 주름 파이프였다. 밸브를 열자 자동차 안으로 슉슉슉 소리를 내며 LPG 가스가 들어오기 시작했다.

눈을 뜬 배성욱이 가스가 새는 소리를 듣고 비명을 질렀지만, 마비가 풀리지 않아 몸을 움직일 수 없었다. 그는 차렷 자세로 앉은 채 괴상한 비명을 질렀다.

"으흐흐!"

조한곤은 손가락으로 철컥, 시가 잭을 눌렀다. 그리고 손을 뻗어 기어를 넣자 자동차가 천천히 출발했다. 자동차가 삼거리쯤에 이르렀을 때 배성욱은 감전이 풀렸다. 얼른 정신을 차리고 다리를 뻗어 브레이크를 잡았지만, 그때 빨갛게 달궈진 시가 잭이 딸깍, 튀어나오며 가스와 스파크를 일으켰다. 자동차는 거대한 폭음과 함께 폭발했다.

#

앰뷸런스와 소방차의 헤드라이트가 어지러운 빗줄기를 비추고 있다. 사고 현장은 처참했다. 불빛 속에 흉측하게 찌그러진 자동차 한 대가 인도의 가로수를 들이받고 멈춰서 있었다. 차체 일부는 찢겨나가 도로 여기저기 나뒹굴고 있고 불은 이미 꺼졌지만 아직도 희뿌연 연기가 빗줄기 속으로 흩어지고 있었다.

구급대원들이 들것 위에 사체 조각들을 하나하나 수습하기 시작했다. 먼저 사건 현장에 달려온 서운지구대 경찰과 구급대원들이 도로 이곳저곳을 살폈다. 멀리서 경찰차 한 대가 시그널 라이트를 켜고 다급히 달려왔다.

"무슨 사고지요?"

하덕교와 이윤근이 우산을 펴고 내리며 물었다. 늦은 밤, 사고 현장 인근을 지나다 폭음을 듣고 급히 핸들을 틀어 달려온 것이다.

"자동차 폭발 사고입니다."

지구대 소속 경찰이 대답했다.

"추돌이 아니라 폭발 사고라고요?"

"네. 파편이 10여 미터까지 날아간 것으로 보아 단순 추돌사고는 아닌 것 같습니다."

"LPG차량인가요?"

"어두워 식별하기 어렵지만 구형 소나타로 확인되었습니다. 가스차량인지는 조사가 필요할 것 같습니다."

"사망자는 몇 명입니까?"

"아직 파악이 안 되고 있습니다만 운전자 추정 1명이 확인되었습니다."

하덕교는 주위를 둘러보았다. 자동차 불빛이 닿지 않는 곳은 어두워 아무것도 보이지 않았다. 굵은 빗줄기 속에서 작은 랜턴 불빛들이 여기저기를 비추고 있었다. 야간이라 출동한 인원이 몇 명 안 되었고 폭발 충격으로 사체가 흩어져 수습하는 일이 여간 힘들어 보이지 않았다. 게다가 이렇게 비까지 내리니.

"자동차 진행 방향이 어느 쪽이죠?"

"저기 언덕에서 내리막길 쪽으로 스키드마크가 찍혔어요."

경찰이 가리킨 곳은 꾸불꾸불하게 산으로 향해 있는 도로였다.

"이 길 너머가 진천이죠?"

"네. 맞습니다. 천안 입장면을 지나서 34번 국도와 만나는 도로입니다."

"달리던 차량이 폭발할 수도 있나요?"

"엔진이 과열되어 기름 탱크에 불이 옮겨 붙을 수는 있지만 흔한 일은 아닙니다. 만일 그럴 경우엔 운전자가 탈출할 시간이 있는 편이지요.”

“그렇겠군요.”

“저는 음주운전에 무게를 두고 있습니다.”

지구대 경찰이 말했다.

하덕교는 이윤근과 차를 타고 폭파된 차량이 이동했을 도로로 올라갔다. 제법 가파른 도로는 가로등 하나 없이 어두웠다. 도로변은 수풀이 우거진 야산이고, 간혹 비닐하우스와 축사들도 눈에 띄었다. 도로는 구불구불하게 산길로 이어졌다. 이렇다 할 만한 특이한 상황 같은 것은 보이지 않았다.

왜 밤중에 이런 길로 다닌 거지?

자동차는 산길을 한참 오르다가 유턴을 했다. 천천히 언덕을 내려오며 이곳저곳을 살폈다. 도로 갓길 아래쪽은 포도밭 같았다. 길가에 포도를 파는 좌판들이 드문드문 있지만, 지금은 철이 아니라 지저분하게 방치되어 있었다.

조금 더 내려가자 버섯요리 음식점과 점집과 〈펑크, 세차, 광택〉이라고 입간판이 놓여 있는 작은 자동차 정비소도 보였다. 정비소 옆은 이층 벽돌집이었다. 그 옆으로 커다란 양철지붕도 보였다. 지붕이 뻘겋게 녹이 슬고 여기저기 허물어진 것으로 보아 지금은 운영하지 않고 방치된 건물 같았다.

“조금 천천히 가 봐. 저기 축산가?”

하덕교가 차창을 내리며 물었다.

"지금은 운영하지 않고 방치된 철공소입니다. 옛날에 여기, 이 일대에서 제일 컸던 걸로 알고 있습니다."

이윤근이 차를 세우며 대답했다.

"자동차 정비소가 붙어 있네?"

"3급 자동차 정비소인데, 오일 교환이나 펑크 같은 간단한 것만 수리하는 것 같더라고요."

"이런 데서 영업이 되려나?"

하덕교가 중얼거리듯 말하며 철공소 지붕을 바라보았다. 양철지붕 위엔 환기를 목적으로 만든 듯한 작은 고깔지붕이 하나 있었다. 그 옆쪽으로 비가 새지 않도록 덮어 놓은 파란 비닐 시트가 자동차 불빛에 금속처럼 번들거리고 있었다.

하덕교는 자동차에서 내려 정비소 쪽으로 걸어갔다. 양철지붕과 맞붙어 있는 벽돌집 창문으로 가 안을 힐끔 들여다보았다. 집 일부를 개조하여 한쪽은 자동차 정비소로 사용하고 있는 것 같았다. 불이 켜져 있거나 안에 사람이 있다면 뭔가 물어볼까 했지만 문은 굳게 잠겨 있었고 불은 꺼져 있었다.

＃

"팀장님. 찾았습니다."

야간조 박 형사의 들뜬 목소리가 인터폰 저쪽에서 들려왔다.

"종합운동장 앞 사거리 CCTV에 용의 차량 포터2, 차량 넘버 확인되었습니다."

표상우는 수화기를 놓고 얼른 영상자료실로 건너갔다.

모니터에 군청색 포토2가 올라와 있었다. 운전자와 번호판까지 뚜렷하게 보이는 사진이었다. 차량 넘버는 82모 8394였고, 뒷자리에 사람을 태울 수 있는 더블캡이었다. 차창에 얼핏 보이는 운전자는 머리가 반쯤 벗겨진 중년 남자였다.

"이거 보세요, 오른쪽 범퍼에 흰색 페인트 살짝 묻은 것, 시꺼멓게 때가 낀 것까지 주차관리원이 찍은 사진하고 똑같습니다. 이거랑 비교해 보세요."

박 형사가 컴퓨터 모니터 창을 반으로 나눠, 차량 한 대를 더 띄웠다.

"틀림없군. 보름쯤 걸릴 줄 알았는데, 의외로 빨리 나왔네, 곧바로 차적 조회해 봐."

표상우가 애써 흥분을 감추며 담담한 어조로 말했다. 머릿속에 잔뜩 끼어 있던 기름때가 말끔히 닦아지는 기분이었다. 드디어 용의자의 얼굴을 확인할 시간이 온 것인가!

책상 위에 있는 전화벨이 요란하게 울렸다. 박 형사가 수화기를 들었다.

"어, 박 형사, 나 하덕곤데 차적 조회 하나만 해 줘. 소나타 12 무 8654. 운전자는 사망이고 신원 확인 안 돼."

"소나타 12 무 86…"

박 형사가 수화기를 턱과 목 사이에 끼우고 자동차 번호를 메모했다.

표상우는 다시 한 번 모니터 속의 포터2를 바라보았다. 의외로 일이 쉽게 풀리고 있는 느낌이었다.

"서운 사거리에서 교통사고가 났습니다. 사망사고랍니다."

박 형사가 말했지만 표상우는 대꾸하지 않았다. 그는 포터 차량 차주의 신원이 확보된 후의 과정을 머릿속에 그리고 있었다. 일단 영장 신청하고 차주의 주거지를 덮치는 것이 급선무였다. 내일 새벽이라도 당장!

표상우는 핸드폰을 확인했다. 아까 배성욱 기자에게 전화가 와서 받지 않았더니 사진 한 장과 메시지를 보내왔다. 사진은 비에 젖은 앞머리가 이마에 흘러내린 배 기자의 얼굴 사진이었다.

뭐야, 왜 자기 사진을 보냈지? 메시지를 확인한 표상우는 다시 한 번 고개를 갸웃거렸다. 사진 아래에 이렇게 쓰여 있었다.

〈예삐-ㄴㅏㄹ처ㅓ〉

이게 뭔 말이야. 메시지를 잠시 들여다 본 그는 핸드폰을 주머니에 넣었다. 뭘 잘못 누른 모양이었다. 아니면 다른 사람에게 보낼 걸 잘못 보냈거나. 지난번에 경찰서에서 내쫓았더니 계속해서 배 기자는 표상우에게 삐딱하게 굴었다. 엊그제 계단에서 만났을 때는 인사도 안하고 지나가고, 표상우가 나타나면 후배 기자들에게 뭐라 큰소리로 화를 내곤 했다. 어쩌면 이 메시지도 관심을 끌기 위한 그 일환인지 몰랐다.

시간은 어느새 자정이 넘고 있었다. 표상우는 캐비닛 뒤에 있는 사물함으로 걸어갔다. 며칠 잠을 못 자 피곤이 몰렸다. 포터 2 차량의 차적이 조회되는 대로 현장을 급습하려면 조금이라도 눈을 붙이는 게 좋을 것 같았다. 사물함에 넣어 둔 추리닝을 꺼내려던 때였다.

"팀장님!"

박 형사가 다급하게 뛰어 들어오며 소리쳤다.

"큰일났습니다. 자동차 사고 차량 주인이 배성욱 기자로 확인되었습니다. 차량번호 소나타 8654…… 이 차, 배 기자 차량 맞습니다."

"배 기자가 사망을 했다고? 조금 전에도 내게 메시지가 왔는데?"

표상우는 얼른 주머니에서 핸드폰을 꺼내어 배 기자가 메시지를 보낸 시간을 확인했다. 다섯 시간 전이었다.

"이럴 수가 있나!"

표상우가 손바닥으로 얼굴을 쓸 때 하덕교가 문을 벌컥 열고 들어왔다. 하덕규 역시 배기자의 소식을 듣고 뛰어왔는지 숨이 턱까지 차 있었다.

"이거, 보통 사건 아닙니다. 팀장님, 이거…… 이거, 그 사건과 연관이 되어 있어요. 틀림없이, 틀림없이 그놈 짓입니다."

하덕교의 젖은 머리와 옷에서 빗방울이 뚝뚝 떨어지고 있었다. 표상우는 아무 말도 하지 않고 의자에 털썩 앉았다. 아까 전화를 받지 않은 게 큰 실수 같았다. 정황상으로 보아 배 기자가 전화를 할 즈음, 그에게 무슨 일이 있었던 게 틀림없었다. 그는 뭔가를 알아 내고 전화를 했던 것이다. 또 야식이나 함께 먹자는 전화 같아서 받지 않았는데… 사건을 맡으며 이렇게 참담해 본 적은 없었던 것 같았다. 어떤 거대한 덫에 걸렸거나 범인의 농간에 놀아나고 있는 기분이었다.

하덕교도 두 팔을 엇갈려 팔짱을 낀 채 말 없이 창밖을 내다보았다. 지지부진하던 수사가 모처럼 활기를 띤다고 좋아했는데, 돌연 다시 미궁에 빠지다니. 미궁이 아니라 수렁에 빠져 허우적대고 있는 기분이었다. 놈은 배성욱이 이번 수사진들과 가깝게 지내고 있다는 사실을 알고 있는 것 같았다. 형사들 주변 인물을 제거함으로써 어떤 경고를 하는 것인지도 모른다. 다음은 네 차례야! 하며.

지금까지의 행적으로 보아 납치된 고태균의 신변도 역시 장담할 수 없다. 놈을 최대한 빨리 검거하지 않는 한 또 다른 피해자가 발생할 수 있다. 그리고 놈은 아주 가까이에 있다!

"폭발한 자동차는 정밀 분석이 필요할 것 같다고 119에서 연락이 왔습니다. 낮에 잔여 파편들 수거하기로 했습니다. 시신은 수습해서 성모병원으로 이송했다고 합니다."

박 형사의 담담한 목소리가 들렸다.

#

새벽 5시 50분. 비는 그쳤지만 하늘은 여전히 무겁게 내려앉아 있었다. 안성천변을 따라 운전을 하는 신혜연은 삼거리에서 직진했다. 교량을 건너고 한참을 더 가자 좌측에 〈안성자원〉이라고 쓰여 있는 낡은 컨테이너가 보였다. 변기욱이 운영하는 고물상이었다.

"여기 맞습니다."

신혜연이 고물상 울타리 건너편에서 천천히 브레이크를 밟았다.

"맞아, 그 트럭이 있어!"

차창을 내다보던 하덕교가 낮게 말했다. 안성자원 울타리 안에 컨테이너와 그 트럭이 있었다. 안성 문화회관에서 찍혔던, 그 기름때 묻은 트럭. 82모 8394. 번호도 정확히 일치했다.

신혜연은 문 닫은 포도 가판대 앞에 주차를 했다.

"어떡할까요? 그냥 들이닥치죠."

"신 형사는 차 돌려 놓고 대기하고 있어. 내가 시작하면 그때 움직여."

하덕교는 재킷 속의 홀스터를 조이고 38구경 리볼버를 확인했다. 강력 범죄의 유력한 용의자인 만큼 총기를 사용할 확률이 높았다. 그는 챙모자를 바싹 당겨쓰고 고물상을 향해 걸었다. 주위는 어두웠지만, 가로등 불빛에 사물을 분간할 수 있었다. 고물상으로 다가갈수록 컨테이너에 달라붙은 그의 그림자가 점점 작아지며 뚜렷해졌다.

그는 울타리를 따라 걸었다. 혹시 개가 있으면 곤란할 수 있어 돌을 하나 집어 울타리 안으로 던졌다. 돌이 어딘가에 부딪치며 둔탁한 소리를 냈다. 잠시 기다려도 개 짖는 소리는 들리지 않았다.

울타리는 파이프와 비계, 거푸집 따위로 얼기설기 세워 놓은 탓에 넘어 들어가기가 쉽지 않았다. 게다가 밤에 비까지 내려 파이프가 미끄러웠다. 그는 파이프를 잡고 흔들어 보았다. 흙이 젖은 탓인지 땅에 박아 놓은 파이프가 흔들렸다. 그 파이프를 계속해서 흔들자, 의외로 가로질러 놓은 거푸집에 틈이 생겼다. 그 거푸집을 손으로 잡아당겨 벌린 후 겨우 그 틈으로 들어갔다.

먼저 트럭 앞으로 다가갔다. CCTV에서 보았던 모양과 색깔과 차량 번호, 모두 일치했다. 다른 게 있다면 CCTV에서 보았던 것보다 자동차가 깨끗해 보인다는 것이었다. 밤새 내렸던 비 때문일 것이다. 손가락으로 범퍼를 문질러 보았다. 역시 시꺼먼 기름때가 묻어나왔다.

표상우와 하덕교는 송요환의 어금니에서 기름때가 나온 점, 그 기름 성분이 폐유일 가능성이 높은 점에 주목했다. 장갑이나 발자국에 그런 기름때를 묻히고 다닌다면 그런 일에 종사하는 사람일 확률이 높으니까. 더군다나 이 차량은 그날 고태균이 강연하던 날 문화회관을 어슬렁거린 차가 아닌가.

지난 밤 차적 조회를 통해 차량 소유자와 거주지를 확인하고, 해당 인물의 전과를 조회해 보았다. 폭력과 강도, 절도 등 모두 열세 차례의 범죄 경력이 나왔다.

"이런 자에게 심증이 안 갈 수 없겠지?"

잠 한숨 자지 못한 표상우가 조용히 말했다.

폭력, 강도, 절도 전과를 가진 범죄자들의 끝은, 그래야 구색이 맞는다고 생각해서인지 대부분 살인으로 귀결되는 경우가 많다. 살인을 먼저 저지르는 것보다, 폭력이나 강도를 거친 후 살인을 하는 경우가 많다는 얘기다.

운전석 도어를 당겨 보았지만 당연히 열리지 않았다. 손바닥으로 빛을 가리고 차창에 얼굴을 댄 채 운전석과 조수석을 들여다보았다. 먼지가 끼고 지저분하다는 것 외에 특이한 사항은 보이지 않았다. 뒷좌석은 옷가지와 장갑과 펜치와 톱 같은 물건들이 잔뜩 뒤엉켜 있었다. 동그랗게 뭉쳐 놓은 장갑도 보였다. 손바닥 부분이 붉은 실리콘으로 코팅된 작업용 장갑이 분명했다. 시중에서 흔하게 팔리는 저것은 송요환 부부의 범행 현장에서도 사용되었던 장갑이었다. 뒷좌석에 걸쳐 놓은 개구리복 잠바는 겨울용 같았다. 용의자의 체격에 비해 조금 작은 사이즈라는 생각이 들었다.

컨테이너 앞엔 슬리퍼 겸용 신발이 하나 놓여 있었다. 그 옆으로 중국집 그릇과 술병들이 놓여 있었다. 컨테이너 창문은 어두웠다. 벽에 귀를 대어 보았다. 간간히 코 고는 소리가 들렸다.

창문 너머에 지금 용의자가 잠자고 있다. 송요환 부부를 죽이고, 고태균을 납치하고, 그리고 배 기자까지 살해한 혐의를 가진 놈이다. 납치된 고태균의 행방은 여전히 오리무중인데, 살아 있다면 어딘가에 가둬 두었을 것이 분명했다.

그는 손으로 울타리를 짚으며 크고 작은 물건들이 쌓인 곳으로 천천히 걸었다. 발에 걸렸는지 유리병이 부딪치는 소리가 들려 얼른 몸을 낮췄다. 잠시 움직이지 않고 기다렸다가 다시 조심스럽게 발을 옮겼다.

녹슨 철근과 플라스틱 물건들이 차곡차곡 정리되어 있었다. 고물상이 꽤 넓은 편이라 가로등 불빛이 닿지 않는 곳이 많았다. 먼저 사람을 가둘 만한 공간이 있는지를 살펴보았다. 철근 옆에 비닐로 차양을 하고 샌드위치 패널 따위로 칸막이를 한 공간이 보였다. 칸막이벽을 따라 천천히 이동하는데 얼굴에 뭔가가 달라붙어 재빠르게 몸을 숙였다. 거미줄이었다. 손바닥으로 얼굴을 쓸어 내고 다시 천천히 움직였다.

칸막이 안쪽은 종이류를 쌓아 두는 공간 같았다. 맨 구석은 제법 큰 공간이 있었지만 어두워서 보이지 않았다. 그곳에서 엄청난 악취가 풍겼다. 하덕교는 그것이 단백질이 썩는 냄새라는 걸 단박에 알았다. 뭔가 느낌이 확 와닿았다. 발을 옮기려는데 시멘트 바닥에 물컹한 뭔가가 밟혔다. 얼른 발을 들어 올린 후 라이트를 켰다.

"윽!"

그는 비명을 질렀다. 구석 공간, 시멘트 바닥에 널려 있는 것은 뭔가의 사체가 분명했다. 얼른 물러서서 라이트를 비췄다. 뼈와 살이 보였다. 푹 파인 가슴은 갈비뼈가 둥그렇게 감싸고 있고 그 속에 수많은 벌레들이 꿈틀거리고 있었다. 뾰족한 입의 살점은 다 썩어 없어지고 날카로운 이빨이 드러나 보였다. 남아 있는 누런 털로 보아 개의 사체 같았다. 퍼뜩 짚이는 것이 있어, 허리를 숙이고 개의 머리뼈 부분을 관찰했다. 손으로 썩은 살점을 더듬었다. 머리뼈 위쪽에 드릴 구멍 같은 것이 있을까 기대했지만 그런 흔적은 찾을 수 없었다.

그는 나무 기둥에 손을 쓱쓱 문지르고 칸막이를 나왔다. 더 지체할 필요가 없다. 곧바로 들이닥치는 거다!

컨테이너 문 앞으로 다가간 그는 재킷을 열어 옆구리의 홀스터를 복부 쪽으로 당겼다. 유사시에 권총을 빠르게 꺼내들기 위해서였다. 놈이 그동안 찾아 헤매던 범인이 맞는다면 놈은 호락호락 당하지 않을 것이다.

컨테이너 문 앞엔 철재 계단이 있었다. 신발이 놓인 맨 위까지 세 계단이었다. 그는 이를 꾹 물고 핸드폰을 꺼내 신 형사에게 메시지를 보냈다.

〈행동 개시〉

메시지를 받은 신혜연은 자동차에서 내려 천천히 고물상을 향해 걸었다.

하덕교는 문을 두드리기 전 문 앞에 놓인 신발을 들어 보았다.

고무로 만든, 여러 개의 구멍이 뚫린 슬리퍼 겸용 신발이었다.
밑창을 들여다보았다. 범행 현장에서 사용한 신발은 아니었다.
잠시 망설이던 하덕교의 손이 문을 두드렸다.

똑똑똑.

대답이 없었다.

"변기욱 씨."

이름을 부르며 다시 문을 두드렸다. 여전히 아무런 대답이 없
었다. 그러나 창문 너머로 들리던 코 고는 소리가 뚝 멈추었다.
그는 조금 크게 문을 두드렸다.

쿵쿵쿵…

"변기욱 씨."

잠시 후 안에서 중얼거리는 소리가 들렸다.

"뭐야, 썅."

"변기욱 씨 맞으시죠?"

다시 조용……

하덕교도 아무 말 하지 않았다.

담요를 걷어차고 일어난 변기욱은 인상을 쓰고 앉았다가 허
공에 '시바'를 연발하며 옷을 입었다. 문 옆에 놓아 둔 운동화를
신고 끈을 조였다. 직감적으로 이게 뭔 상황인지 알아차렸다. 이
런 꼭두새벽에 문을 두드리는 인간은 딱 한 부류다. 어떻게 냄새
를 맡았을까?

"경찰입니다. 잠깐 나와 주시지요."

잠시 후 문이 열리는 소리가 났다.

딸깍.

하덕교는 계단 아래로 한 걸음 물러섰다.

"뭐요?"

변기욱이 문틈으로 살짝 고개를 내밀었다. 비쩍 마르고 지저분하게 수염을 기른 얼굴이었다.

"경찰입니다."

하덕교가 경찰증을 보여 주었다.

변기욱은 어이 씨, 뭐라고 중얼대며 천천히 나왔다. 하덕교는 그가 운동화를 신고 있는 것을 보았다.

"변기욱 씨, 두 손 올리고 나와 주십시오. 잠깐 확인할 것이 있으니까 천천히 내려… 두 손 올리란 말이야! 이 새끼야!"

하덕교가 말하는 중에 변기욱이 발로 철문을 냅다 걷어찼다. 하덕교가 재빠르게 피하는 순간 변기욱이 계단을 풀쩍 뛰어 달아나기 시작했다. 하덕교가 뒤쫓기 시작했다. 변기욱은 어두운 고물상 안으로 들어갔다. 고물상 내부의 위치를 잘 아는 그는 펄쩍펄쩍 뛰며 장애물을 요리조리 빠져나갔다. 하덕교는 몇 차례 쇠붙이에 정강이를 부딪치며 뒤따랐다.

"거기 서, 이 새끼야!"

변기욱은 어두운 울타리에 뛰어올라 달라붙어 있었다. 하덕교가 뒤늦게 달려갔지만 그는 이미 울타리를 풀쩍 뛰어넘었다. 변기욱이 몸을 일으켜 세울 때 머리에 뭔가 둔탁한 것이 부딪쳤고, 이어 곧바로 오른팔이 꺾였다. 신혜연이 무릎으로 뒷목을 누르고 팔을 비틀어 꺾어 수갑을 채웠다.

"말하기 싫으면 입 닫고 묵비권을 행사할 수 있고, 거시기가 꼴리면 변호사도 살 수 있습니다요. 이 좆만 한 새끼야."

신혜연이 질긴 비계를 씹듯 힘주어 말하며 무릎으로 얼굴을 세게 짓눌렀다.

♯

신숙자는 감금실을 청소하고 있다. 의자에 묶여 있던 고태균은 보이지 않는다. 그가 묶여 있던 의자는 부서져 한쪽에 널브러져 있고, 끊어진 케이블 타이들이 바닥에 뒹굴고 있다. 바닥 여기저기엔 피 얼룩이 보인다. 신숙자는 케이블 타이 조각들을 주워 쓰레기봉투에 담고 대걸레로 바닥을 쓱쓱 문질렀다. 털이 복슬복슬한 강아지가 움직이는 대걸레를 따라다니며 왈왈 짖어댔다.

감금실 바깥, 철공소 안에서는 용접 불꽃이 튀고 있다. 조한곤은 용접을 할 때면 기분이 좋다. 용접면을 얼굴에 쓰면 눈앞은 아무것도 보이지 않는다. 세상은 온통 까맣고, 용접 불꽃만 반딧불처럼 반짝인다. 살인을 하는 순간도 그렇다. 이 세상의 빛은 다 사라지고 오로지 죽음만이 그 앞에서 반짝인다. 죽음이 불꽃처럼 피어난다. 그 불꽃이 얼마나 아름다운지, 그 불꽃이 얼마나 흥분시키는지, 그것은 오로지 살인을 경험해 본 사람만이 알 수 있는 것이다.

불꽃이 점점 사그라지자 그는 용접봉을 새것으로 갈았다. 이제 손잡이 부분만 용접하면 완성이다. 지난번 쓰던 전기 충격기는 고장이 나 버렸다. 아끼던 충격기였는데!

사흘 전 고태균의 입술을 바늘로 꿰맬 때였다. 망치와 톱, 펜치와 바늘과 폐오일 중에서 바늘을 선택해 놓고 나서, 그는 잠시 후회하는 눈치였다.

조한곤이 바늘에 나일론 줄을 꿸 때부터, 의자에 묶인 몸을 비틀고 고함을 지르기 시작했다. 급기야 입술에 바늘 한 땀을 찔러 넣는 순간 "으악!" 비명을 지르며 자리에서 벌떡 일어섰다.

의자가 엉덩이에 붙은 채 들리고 말았다. 그동안 얼마나 흔들어 댔는지 바닥에 고정한 볼트가 빠져 버린 것이다. 너무 갑작스러운 일이라 조한곤이 어찌 손 써 볼 틈도 없이, 그가 엉덩이에 붙은 의자를 휘둘렀다. 그 순간 테이블 위에 놓아 두었던 전기 충격기가 바닥에 떨어졌다.

엉덩이에 의자를 단 고태균은 말처럼 펄쩍펄쩍 뛰다가 그를 덮쳤다. 조한곤의 몸은 의자 다리 사이에 깔리고 말았다. 빠져나오려고 버둥댔지만 고태균은 죽을힘을 다해 의자와 몸으로 그를 짓눌렀다.

조한곤은 의자 다리에 목이 조여 켁켁거렸다. 바닥에 떨어진 전기 충격기를 향해 손을 뻗었지만 손끝은 충격기에 닿을 듯 말

듯, 부르르 떨렸다. 온 힘을 다해 짓누르는 고태균의 목에 핏발이 섰다. 그런 고태균을 바라보는 조한곤의 눈에도 핏발이 섰다. 조한곤의 눈이 조금씩 초점을 잃는 순간이었다.

퍽!

둔탁한 뭔가가 간단이 바스러지는 듯한 소리와 함께 고태균이 잠시 동작을 멈추었다가 의자와 함께 옆으로 쓰러졌다. 고태균의 뒤에 신숙자가 서 있었다. 그녀의 손엔 망치가 들려 있었다. 망치에 피가 뚝뚝 떨어지고 있었다.

조한곤은 손으로 목을 잡고 컥컥거리며 자리에서 일어섰다. 신숙자는 아직도 분이 풀리지 않은지 의식이 이미 달아난 고태균을 나일론 슬리퍼를 벗어 짝짝 소리가 나게 때렸다.

그때의 충격으로 고장이 났는지 전기 충격기가 작동이 되지 않았다. 버튼을 눌러도 직직거리기만 할 뿐 스파크가 일지 않았다. 그래서 그건 분해하여 버렸다. 늘 그렇듯이, 언덕 아래 삼거리 우측에 있는 변기욱의 고물상에 휙 집어 던졌다. 그 고물상에 버린 이유는 변기욱이 오토바이를 훔쳐 모으는 것을 알고 있기 때문이다. 가끔 몽골인 한 놈이 정비소에 오토바이를 끌고 와 이것저것 수리를 부탁하곤 했다. 그렇게 손봐 준 것만 해도 열 대가 넘었다. 그런데 그 오토바이들이 고물상에 보관되어 있었다. 언젠가 개가 하도 짖어대기에 그 개를 처리하려고 고물상 담을 넘었다가 우연히 보게 되었다. 나란히 줄맞춰 서 있는 고급 오토바이들을 보는 순간 와! 소리가 저절로 나왔다. 요새 안성 일대에 오토바이 절도가 기승을 부린다더니, 여기가 소굴이었구나!

남의 물건을 훔치는 것은 정말 나쁜 짓이다. 그에 응당한 벌을 받아야 마땅하다!

그 고물상 쪽 길은 CCTV가 없었다. 차를 타고 가다가 울타리 너머로 휙 집어 던지기가 편했다. 게다가 고물상 주인의 트럭은 그의 트럭과 같은 차종이었다. 여러 가지 이로운 것들이 많을 듯해서 범행에 쓰였던 신발이라든가 장갑 따위들을 늘 그곳에 버려 왔다.

지난번 전기 충격기는 성능은 좋긴 했지만 길이가 너무 짧았다. 자칫 방심하면 되레 당할 수도 있다. 그래서 새로 만들고 있는 중이다.

엊그제 기자에게 테스트를 했을 때, 작동은 잘 되었지만 스틱 부분을 좀 더 길게 보완할 필요가 있다는 생각이 들었다. 너무 짧으면 목표물에 바싹 다가가야 하는 단점이 있다. 너무 가까이 가게 될 경우 자신이 위험할 수도 있다.

이번 것은 길이가 1미터나 되었다. 너무 길면 휴대하기가 불편할 수 있다. 그래서 착착착 접으면 30센티 정도로 줄게 만들었다. 게다가 이번은 안전장치를 만들었다. 안전장치는 그가 생각해 낸 아이디어였는데, 유사시에 위기를 탈출할 수 있는 획기적인 아이템이었다.

스타트라고 쓰여 있는 그 버튼은 전기 충격기를 잡고 있는 사람을 감전시키는 버튼이었다. 이를테면 페이크 버튼이다. 실제 스타트 버튼은 손잡이 맨 아래에 있다.

이 버튼을 누르는 자는 죽게 되리라!

그는 만족한 듯 허공에 대고 번쩍번쩍 전기를 쏘아 대었다. 그러다가 무슨 생각이 났는지 주위를 두리번거렸다.

"댕댕아! 이리와 봐! 형이 좋은 거 보여 줄게."

감금실에서 강아지가 쪼르르 달려왔다. 조한곤은 강아지를 번쩍 집어 올려 쪽 소리가 나게 입을 맞췄다.

"어휴, 우리 댕댕이. 밥 많이 먹었쪄? 오늘 형이 만든 거 어떤지 한번 봐 줄래?"

조한곤은 강아지를 테이블 위에 올렸다. 그리고 전기 충격기를 들어 강아지를 향해 단추를 누르려 할 때였다.

"어흐흐, 아대, 아대!"

신숙자가 달려오며 손을 휘저었다. 강아지가 낑낑거리며 꼬리를 쳤다.

"엄만 참."

조한곤이 아쉽다는 듯 쩝, 입맛을 다셨다.

＃

"아, 정말 모른다니까 그러네!"

변기욱은 혐의를 강력히 부인했다. 해장국을 배달하여 먹이고 구슬려도 대답은 한결같았다. 자신은 송요환 부부와 고태균과 배성욱을 알지도 못할 뿐더러, 그들을 살해할 아무런 이유가 없다는 것이다.

"내가 왜 사람을 죽이냐고요! 내가 그동안 나쁜 짓은 많이 한 놈이지만, 사람은 절대 죽이지 말자, 그런 철칙을 가지고 사는 놈이라고요. 나 정말 아니라니까!!"

그는 애원조로 말하다가 소리를 지르다가, 그게 안 되면 자기 성질에 못 이겨 의자와 함께 뒤로 벌렁 나자빠지기도 했다. 하덕교는 그런 변기욱을 말없이 바라보다가 사진 한 장을 휙 집어 던졌다.

"내가 지금 사람을 죽였다고 묻는 게 아니잖아요. 이 사진 뭐야, 문화회관 사전답사 아니었어요?"

"아니라니까 그러네. 아까도 얘기했잖습니까. 그날 문화회관에서 전화가 왔어요. 못 쓰는 오디오하고 스피커 내놨다고. 그래서 그거 수거하러 갔던 거라고."

"그러니까 핸드폰 내놔 봐요. 어디서 전화를 했는지 확인을 해야 하잖아요."

"핸드폰은 어제 잃어버렸다니까!"

"왜 날짜를 맞춰서 핸드폰을 잃어버려요?"

"정말이라니까 그러네! 어젯밤에 집에 오다가 잃어버렸다고!"

"변기욱 씨. 그딴 변명은 너무 뻔하고 식상하지 않아? 나를 보고 도망만 안 갔어도 믿어 주겠는데, 말과 행동이 전혀 안 맞잖아."

변기욱은 허공에 대고 "짜증 나"를 연발했다.

"어제 밤 어디에 있었는지도 밝히지 못하고 핸드폰도 잃어버리고 당신 말만 믿어 달라는데, 그걸 어떻게 믿겠어? 이런 식이면 서로 고달파지는 거 잘 알지 않나?"

"어쨌거나 사람 잘못 짚었다고! 다급해지니까 아무나 끌고 와서 막 족쳐 대는 모양인데, 지방 찐따 형사들은 이래서 안 된다니까."

하덕교가 서류철을 들고 취조실을 나왔다. 마침 자동차 사고 현장을 다녀온 표상우가 들어오며 물었다.

"뭐 좀 나온 게 있나?"

"말도 마세요. 한 시간 넘게 입씨름을 했지만 아무 진전이 없어요. 아예 배를 째라는 식이니."

"제 인생이 달려 있는 사건이니만큼 쉽게 불지는 않겠지. 하지만 일단 놈은 우리 손아귀에 있으니 우리가 갑이야. 놈을 애태우는 것도 우리고 구슬리는 것도 우리야. 지금 신 형사가 고물상 수색영장 들고 나갔네. 돌아올 때 됐는데. 차근차근 풀자고."

표상우가 젖은 머리를 손수건으로 닦으며 말했다.

"또 비가 오나요? 아참, 저놈 머리카락과 구강세포는 채취했습니다. 일단 현장에서 나온 DNA와 대조하는 게 먼저인데, 저렇게 고집 피우고 얄밉게 굴어 자꾸 성질이 납니다. 사건 현장은 어떻습니까?"

"감식반들 나가서 1차 수색했네. 혹시 배 기자 기사는 올라왔나?"

"자동차 사고 기사는 올라왔습니다. 운전자는 아직 신원미상으로 되었고요."

"다들 알아서 하겠지만 철저하게 입단속들 하라고 지시하게. 사망자가 배 기자인 걸 알면 아마 뒤집어질 거야."

"그래도 조만간 알려질 텐데요."

"조금이라도 시간을 벌자는 거지. 지금 알려지면, 여기 전쟁터 같아서 무슨 일이나 하겠어? 아까 신 형사에게 자동차 기름때와 고물상 내 기름 흔적들도 수거해 오라고 지시했네. 고물상에서 더 나올 만한 것들이 뭐가 있을까?"

"전기 충격기가 발견되지 않는다면 그걸 직접 제작했다는 단서를 찾아야겠죠. 전선이라든가 회로 따위, 그게 아니면 설계도라든가… 아 참, 그리고 거기 죽은 개의 사체가 있었습니다."

"개의 사체?"

"네. 작은 칸막이 안에 개가 죽어 썩어 가고 있었습니다."

표상우는 으흠, 하고 생각에 잠겼다.

"인천 송 교수 집 강아지가 생각이 나서 더듬어 봤는데, 어두워서 잘 보이지 않았지만 머리에 드릴 구멍 같은 것은 발견되지 않았습니다. 저는 이따가 성모 병원에 들러 배 기자 사체 확인을 좀 하려고 하는데, 가는 길에 고물상 들러 개의 사체도 다시 확인해 보겠습니다.

"애아빠 될 사람이 끔찍한 것들만 찾아서 보고 다니는군."

"저놈은 어떡할까요?"

하덕교가 일어서자 표상우가 말했다.

"증거 찾을 때까지 일단 유치장에 집어넣어. 그런데 하 형사, 다리는 왜 그래? 왜 절어?"

"어제 놈을 쫓다가 철근에 부딪쳤습니다. 무르팍이 살짝 나갔어요."

"병원에 가 봐야 하지 않아?"

"그냥 버티려고 했는데, 성모병원에 가는 김에 두어 바늘 꿰매고 와야겠어요. 아 참, 팀장님. 아까 그거 다시 한 번 보여 주시지요. 배 기자가 보냈다던 메시지요."

밖으로 나가려던 하덕교가 뒤돌아서며 말했다.

"알겠네. 핸드폰으로 보내 줄게."

#

탕탕탕!

총소리가 들렸다. 하덕교는 권총을 잡은 두 손을 몸에서 멀리 떨어뜨리고 방아쇠를 당겼다. 총소리와 함께 코끝에 화약 냄새가 스쳤다. 같은 사로에 선 표상우와 신혜연 역시 두 팔을 쭉 뻗고 양 발을 벌린 채 타깃을 향해 총을 쏘았다. 사람 모양의 타깃은 머리와 가슴, 낭심을 뺀, 팔과 허벅지와 종아리 부분에 동그란 과녁이 표시되어 있다. 실제 총이라는 점에서, 맞아서는 안 되는 부분에 총알이 박힐 때는 가슴이 섬뜩하기도 하다.

총을 실제로 사용하는 경우가 드물긴 하지만, 한 번 사용할 때는 생명과 곧바로 연관되는 것이기 때문에 경찰들의 사격 훈련은 꽤 진지한 편이다. 사격 점수가 인사에 반영이 되는 것도 실전에 사용될 때의 중요성 때문이기도 했다. 사격 훈련이 있는 날이면 교관이 늘 하는 말도 바로 그것이었다.

"이건 실제 상황입니다. 여러분의 손끝에 생명이 달려 있습니다. 정신들 똑바로 차리시고….."

하덕교는 비교적 잘 쏘는 편이었다. 지난 1/4분기 때 서내(署內)에서 3위를 했고 4/4분기 때는 2위를 했었다. 강력계에 배치되었던 때라 의욕이 하늘을 찔렀기 때문일 것이다. 게다가 그땐 표상우와 함께 대학생 A양의 살인범을 좇고 있었다.

지금 생각해도 A양 납치 사건은 아찔할 만큼 극적이었다. 2개월 동안 잠복 수사 끝에 현장을 덮쳤는데, 범인은 이미 살인을 저지른 상태였다.

딸과의 결혼을 반대했던 A양의 어머니를 끔찍하게 난도질했고, 그것을 저지하는 A양에게도 몇 차례 칼질을 한 뒤였다. A양은 여기저기 상처를 입은 상태였다. 범인은 죽은 어머니 옆에서 A양의 옷을 벗기고 피투성이가 된 몸에 올라타 헐떡이고 있었다.

베란다를 통해 그 집에 뛰어들어간 하덕교는 놈의 어깨 위에서 힘없이 흔들리는 A양의 두 무릎을 보았다. 무릎에서부터 흘러내린 핏방울이 발가락에 매달렸다가 뚝뚝 떨어져 내리고 있었다. 놈의 벗어젖힌 넓은 등짝에도 핏물이 번들거렸다. 총을 든 형사가 들이닥치자 놈은 죽어가는 A양을 방패삼아 하덕교를 압박했다.

"총 내려 놔! 씹팔."

흥분한 범인은 벌거벗은 채 A양의 목에 칼을 들이대며 소리쳤다. 출혈이 심한 A양은 똑바로 서지 못하고 상체를 앞으로 축 늘어뜨렸고, 범인은 그런 A양의 몸을 추슬러 일으켜 세우곤 했다.

"칼 내려 놔!"

언제 들어왔는지 하덕교의 뒤에서 표상우가 소리쳤다. 두 형사는 앞뒤에 서서 똑같은 자세로 총을 겨누었다.

"가까이 오지 마! 총 안 내려놓으면 찌를 거야. 다 죽일 거야!"

어려 보이는 범인은 칼을 A양의 목에 더 바싹 갖다 댔다. 정말 찌를 기세였다. 흐트러진 머리칼 사이로 보이는 A양의 얼굴은 거의 의식이 없어 보였다. 하덕교는 총을 내려놓아야 하는지 망설였다. 표상우 역시 총을 든 손에 힘이 빠졌다. 인질을 살리기 위해서는 내려놓아야 한다, 내려놓아야 한다……!

"총 내려놓으라고!"

범인이 칼을 고쳐 잡고 소리쳤다.

하덕교가 천천히 허리를 굽혀 바닥에 총을 내려놓았다. 표상우도 범인에게 눈을 고정한 채 천천히 총을 내려놓았다. 그때였다. A양이 다시 힘없이 상체를 축 늘어뜨렸다. 범인의 벌거벗은 오른쪽 상체가 훤히 드러났다. 정확한 타깃이 열리던 그 순간 총을 내려놓던 두 형사의 몸이 재빠르게 움직였다. 두 발의 총성이 울렸다. 표상우와 하덕교가 동시에 총을 쏜 것이다. 범인이 뒤로 나자빠졌다. 두 형사가 재빠르게 A양에게로 달려갔다.

범인은 오른쪽 상체, 팔과 몸통이 만나는 부분에 두 발의 총알이 박혔다. 그 두 발의 간격은 불과 3센티도 채 되지 않았다.

A양은 병원으로 옮겼으나 안타깝게도 출혈이 심해 숨졌고 놈은 목숨을 건졌다. 놈은 무기징역을 언도받고 현재 항소 중이었다.

탕, 탕, 탕…

방아쇠를 당기며 하덕교는 살인자를 생각했다. 사람을 죽이는 순간, 그 놈도 손끝에서 피 냄새를 맡을까? 하루 종일 피해자의 비명을 들을까?

사격 훈련이 있는 날은 하루 종일 귀에서 총소리가 들리고 손끝에서 화약 냄새가 났다. 소음방지 귀마개를 해도 총소리는 얇은 귀청을 강하게 때리곤 했다. 그는 화약 냄새가 싫지 않았다. 살인자도 어쩌면 피 냄새를 싫어하지 않을 것이라는 생각이 들었다. 혹시 피 냄새를 맡고 싶어 살인을 저지르는 것은 아닐까.

오늘 하덕교는 일곱 차례 사로에 서서 타깃의 허벅지와 팔과 종아리에 40여 발의 총알을 박았다. 그런데 한 번의 실수가 있었다. 마지막 총알이 우습게도 타깃의 목에 정확히 박히고 말았다.

"완전히 골로 보내셨구만."

사로 뒤에서 짙은 선글라스를 쓰고 허리에 양 팔을 차고 섰던 교관이 끌끌 혀를 찼다.

강력계 팀이 모두 한 사로에 섰기 때문에 사격은 일찍 끝났다. 오전 시간 내내 잡혀 있던 사격이어서 시간이 많이 남았다. 사격장에서 멀지 않은 곳에 예비군을 상대로 하는 휴게소가 있었다. 사격이 끝나는 대로 거기로 모이라는 표상우 팀장의 지시가 있었다. 하덕교는 마지막 사격이 끝나고 약실 내에 눌러붙은 탄피를 꺼내는 데 시간이 조금 지체되었다.

하덕교가 휴게소로 들어섰을 때 형사들 대여섯 명이 모여 차를 마시고 있었다. 표상우는 출입구 쪽에 등을 돌리고 앉아 있었다. 모두들 표정이 굳어 있는 것이 분위기가 썩 좋아 보이지 않았다. 오늘 사격에 대한 이야기가 오갈 줄 알았는데, 변기욱 얘기가 한창이었다.

"확실하다니까요. 어제 사진도 보셨겠지만 그놈 고물상이 완전히 범죄 소굴이에요. 철근하고 핸드폰도 수십 개나 나왔잖아요. 모두 절도예요. 그거 모아서 중국이나 몽골에 내다 팔면 목돈이 된대요. 게다가 결정적인 것은 오토바이들입니다. 요즘 안성 시내 오토바이 절도사건, 엄청 심하잖아요. 피해액만 해도 수

억대라고 하던데. 순순히 불 때까지 족쳐야 한다니까요."

신혜연이 손짓을 하며 열변을 토했다.

"오토바이는 엄청 큰 건이야. 우리가 대물을 잡은 게 확실해. 하지만 살인은 아니야."

표상우가 그렇게 말하는 이유를 하덕교는 알고 있었다. 몇 차례 변기욱을 취조하고 나서 그 역시 그런 생각을 가지고 있었다. 다른 건 몰라도 이번 사건과는 무관하다는 것은 확실해지고 있었다. 그러나 신혜연은 달랐다.

"느낌이 있다니까요. 장물이나 절도한 물건들을 쌓아 놓은 이유는 들어가더라도 살인 말고 절도로 들어가자는 거지요."

"그 말도 일리가 없는 것은 아니야. 그럴 가능성을 배제해서는 안 될 거고. 일단은 놈의 자백보다는 증거를 찾는 게 중요해. 고물상을 더 샅샅이 다 뒤져 보라고. 근데 오토바이들은 변기욱 그놈 것이 아니라고 했지?"

표상우가 하덕교에게 고개를 돌리며 물었다.

"몽골인 이르덴이란 놈 것이라고 합니다. 몽골에 보내기 위해서 하나 둘 사 모은 거랍니다. 하지만 변기욱이 그 놈 몫도 분명 있을 것입니다. 그래서 아마 그 몽골인 놈과의 통화기록 때문에 핸드폰도 버린 것 같고."

하덕교가 핸드폰을 켜서 몽골인의 이름을 확인하며 말했다.

"오토바이를 사 모았다고?"

"변기욱이 그놈도 자기가 말하면서도 웃긴지, 돈 주고 산 것은 아닐지도 모른다고 덧붙이더군요. 하여튼 자기는 물건 보관한 죄밖에 없다는 거예요. 장물보관죄가 호락호락하지 않다는 걸 알 텐데도 말예요."

"이르르가 어디 있다고?"

"변기욱이 말로는 일죽면에 있는 몽골클럽에 가면 만날 수 있다고 했습니다."

"하여튼 아까도 말했지만 하 형사하고 신 형사는 오늘 어떻게 해서든 이르르 그 놈 데려와."

"이르덴입니다."

"아무튼!"

표상우가 마시다 만 커피를 들고 일어섰다.

"이런 날 식사비라도 나오면 좋을 텐데 말이야, 어이, 점심들은 각자 알아서들 해결하고. 이 형사 어디 있어?"

이윤근이 주차장 쪽에서 '저 여기 있습니다,' 하며 손을 번쩍 들어 올렸다.

"각자 자기 위치로 가고, 상황은 즉각 보고해 줘. 나는 이 형사랑 잠깐 갈 데가 있어."

표상우가 주머니에서 선글라스를 꺼내 쓰며 이 형사 자동차로 걸어갔다.

#

몽골클럽은 버스터미널과 멀지 않은 곳에 있었다. 일죽면의 재래시장을 지나 몇 차례 골목을 꺾어져 들어가는 낡고 후미진 건물이었다. 신혜연은 건물 건너편에 차를 세웠다. 지하로 들어가는 계단 위에 악취가 나는 화장실이 있고 출입문 위에 낯선 알파벳이 쓰여 있었다.

"여기 맞지?"

"확실합니다. 일죽면에 몽골식당은 여기 하나뿐입니다. 일죽면 우회 도로에 이르덴으로 추정되는 인물이 오토바이를 타고 지나가는 것이 몇 장 찍혔습니다. 아참, 그놈 신원 확인이 안 된다고 출입국관리소에서 연락이 왔는데 받으셨습니까?"

"아까 나도 받았어. 취업비자로 왔다가 불법으로 눌러앉은 게 맞아. 일단 들어가 보자고."

하덕교는 몽골글자가 쓰여 있는 지하로 내려갔다. 실내는 어두웠다. 벽 한쪽에 바가 있고 조명은 거기 하나뿐이었다. 트로트 비슷한 몽골음악이 흘러나오고 있었다.

바에 앉아 담배를 피우고 있던 서너 명의 남녀가 문을 열고 들어서는 낯선 두 형사를 바라보았다. 실내에서도 흡연을 하는지 전등 갓 아래 담배 연기가 꽉 차 있었다. 두 형사는 바를 향해 천천히 걸어갔다. 콧수염을 기른 남자가 몽골어로 뭐라고 떠들자 여자들이 깔깔대며 웃었다. 한국 놈들 같은데 여긴 왜 왔지? 배

고픈가? 그런 소리를 지껄였을 것이다.

"어휴, 담배연기! 여기 한국말 하는 분 있나요?"

신혜연이 바 쪽으로 다가가 물었다. 모두들 멀뚱멀뚱한 눈을 하고 아무도 대꾸 하지 않았다.

"제가 좀 하는데요."

바 안쪽에 앉아 남자들과 떠들던 뚱뚱한 여자가 말했다. 화장을 짙게 해서 나이 가늠이 힘든 여자의 한국어 발음은 의외로 좋았다. 식당 주인인 듯했다.

"지금은 음식이 안 되는데요. 맥주 드릴까요?"

"아뇨. 근무 중이거든요."

신혜연은 주머니에서 경찰증을 꺼내 보여 주었다.

"경찰이 여긴 무슨 일로…"

"혹시 여기 이르덴이란 사람이 자주 옵니까?"

이르덴이라는 말에 여자가 신 형사의 위아래를 훑어보았다. 콧수염 남자도 어깨 뒤로 고개를 돌려 힐끗 쳐다보았다.

"이르덴요?"

여자는 못 알아들은 척 되물었지만, 하덕교는 그녀가 재빠르게 머리를 굴리고 있다고 생각했다. 형사들에게 순순히 대답할 리가 없지.

"이르덴은 왜요?"

그녀는 갑작스럽게 모른다고 하기가 당황스러웠던지 억양 없는 말투로 되물었다.

"뭐 좀 물어볼 게 있어서요."

"이르덴 가끔 여기 오긴 하는데 언제 올지 몰라요. 내일이 될지 한 달이 될지."

여자는 보이지 않게 콧방귀를 뀌며 대답했다.

"여기 매일 들른다고 하던데."

"누가 그래요? 이르덴은 안성 안 살고 금왕 살아요. 그래서 어쩌다 가끔 한번 들르곤 해요. 저도 이름만 아는 사람이에요."

여자가 그렇게 말할 때 서너 명의 남자가 문을 열고 들어왔다. 그들은 몽골어로 시끄럽게 떠들고 거친 동작으로 테이블을 밀며 의자에 앉았다. 여자가 그들에게 무슨 말인가를 하자 그들 중 한 명이 냉장고에서 맥주를 꺼내다 마셨다.

"셀프 서비스니까 알아서 갖다 먹어라, 그런 말 같은데요?"

신혜연이 바 의자에 앉아 빙글 회전하며 하덕교에게 말했다. 그러자 주인 여자가 놀란 얼굴을 하고 물었다.

"어머, 몽골말을 아세요?"

"조금 들을 줄만 알아요."

신혜연이 능청스럽게 말하자, 한참 떠들던 그들이 곧 조용해졌다. 하덕교는 어떻게 해야 할까 잠깐 생각 중이었다. 주인 여자의 말이 맞는다면, 언제 올지 모르는 이르덴을 기다리고 있어야 하는지, 곧바로 철수를 해야 하는지…

콧수염 남자가 바에 다가가 여자에게 무슨 말을 소곤거렸다. 여자는 무뚝뚝하고 사무적인 말투로 뭔가를 한참 이야기하며 카운터 금고에서 지폐 몇 장을 건넸다. 하덕교는 그를 유심히 바라보았다. 그의 옷과 체형과 콧수염과 그리고 신발…

돈을 건네받은 남자는 가방을 둘러메고 홀을 나갔다. 잠시 후 하덕교가 자리에서 일어섰다.

"여기 화장실이 어디죠?"

"1층 계단 옆이에요."

여자가 대답했다. 하덕교는 빠른 걸음으로 1층으로 올라가 건물 밖을 두리번거렸다. 골목 끝 쪽에 아까 그 콧수염 남자가 걸어가고 있었다.

"어이, 이르덴!"

골목을 꺾어지려던 남자가 휙 돌아보았다. 남자는 하덕교와 눈이 마주치고, 약 2초 정도 움직임을 멈췄다.

"나야, 형이야. 형이랑 잠깐 얘기 좀 하자!"

하덕교가 손짓을 하며 느린 듯 빠른 걸음으로 걸어갔다.

그 짧은 순간, 상황을 알아차린 이르덴은 달아나기 시작했다. 이르덴은 무척 빨랐다. 하덕교가 골목 끝으로 달려갔을 때 그는 다른 골목으로 꺾어져 빠져나가고 있었다.

하덕교 역시 날렵하고 빠르게 그를 뒤쫓았다. 큰길로 나간 이르덴은 거침없이 찻길로 뛰어들었다. 신경질적인 자동차 경적 소리가 여기저기서 들리고 버스가 급브레이크를 밟았다. 하덕교도 찻길로 뛰어들어갔다. 승용차 한 대가 빠르게 스치며 지나갔다.

요리조리 빠져나가던 이르덴이 택시 위로 풀쩍 뛰어오르는 순간 하덕교도 몸을 날렸다. 둘이 택시 지붕 위에서 엉켰다가 도로에 나뒹굴었다. 자동차들과 사람들이 하나둘 몰려왔다.

두 남자는 바닥에 엉겨붙은 채 난투극을 벌였다. 덩치가 큰 이르덴은 몸으로 거칠게 밀어붙였고 하덕교는 재빠르게 몸을 피하며 수갑을 꺼내들었다. 몇 차례 엎치락뒤치락 하다가 드디어 하덕교의 무릎 아래, 이르덴의 팔이 뒤로 꺾였다.

"이르덴 맞지?"

하덕교가 수갑을 채우며 물었다.

"아니야. 이르덴 나 아니라고, 이르덴 누구야!"

"웃기지 마, 이르덴도 아닌 놈이 왜 돌아보고 왜 달아나?"

하덕교가 수갑을 채운 이르덴의 팔을 움켜쥐고 일으켜 세울 때 멀리서 신혜연이 숨을 헐떡이며 달려왔다.

＃

비가 올 듯 날이 잔뜩 흐려 있었다. 요즘은 하루건너 한 번씩 비가 오는 바람에, 저수지 옆 오이하우스 쪽으로 가는 길이 엉망이었다. 깬 자갈을 깔아 놓았지만 군데군데 물웅덩이가 있어서 여간 조심하지 않으면 안 되었다.

차 안에서 김밥으로 점심을 때운 오이택은 오이하우스로 들어가다 말고 저수지길 입구에서 차를 멈춰 세웠다. 길 반대편에서 구형 코란도 한 대가 천천히 진입하고 있었다. 좁은 길로 15톤 탑차가 들어서는 걸 보았을 텐데도 코란도는 멈추지 않고 슬금슬금 기어왔다.

"어쭈, 뭐야, 저거!"

오이택은 그 차가 지난번 이 길에서 만났던 그 자동차라는 것을 단박에 알았다.

"너 잘 만났다."

오이택도 멈추지 않고 계속 전진했다. 코란도 역시 지난번처럼 멈추지 않고 천천히 다가왔다. 두 자동차는 길 중간에서 만났다. 한쪽 옆은 논두렁이고 다른 한쪽은 산소였다. 피할 길이 없었다.

코란도는 핸들을 살짝 틀어 트럭 운전석 쪽을 향해 비스듬히 세웠다. 그 사이가 손바닥 하나 들어갈 정도밖에 되지 않았다.

코란도 차량의 운전석 차창이 스르륵 열리더니 퍼런 문신을 한 두꺼운 팔뚝이 나왔다. 이빨을 드러내고 으르렁거리는 호랑이 문신이었다. 코란도 운전자는 호랑이가 잘 보이도록 천천히 팔을 흔들었다.

차창 아래로 내려다 본 오이택은 픽, 웃음이 났다. 그는 천천히 왼손 셔츠 손목의 단추를 풀었다. 그리고 최대한 높이 걷어 올렸다. 용 문신이 새겨진 팔뚝이 나왔다. 어깨서부터 꿈틀거리며 내려온 용의 머리가 손등을 향해 입을 쩍 벌리고 있었다. 오이택은 퍼런 용을 차창 밖으로 내밀었다. 그리고 코란도 운전자가 잘 보이도록 천천히 흔들었다.

당장이라도 자동차에서 뛰어나올 기세였던 코란도 운전자는 웬일인지 내리지 않았다. 차창 밖에서 용과 호랑이가 서로 으르렁대고만 있었다.

오이택은 여유 있게 담배를 하나 피워 물고 핸드폰을 꺼냈다.

"안성경찰서, 강력계가~ 강력계가 어디 있더라?~"

그는 자신의 말에 음조를 붙여 흥얼거리며 핸드폰 주소록을 뒤졌다.

#

"여기서 다시 한 번 돌려."

자동차가 언덕으로 올라서자 표상우가 말했다.

"또요?"

벌써 세 번째 같은 자리를 맴돌고 있는 중이었다. 이윤근은 언덕 위 공터에서 다시 유턴을 했다.

"이상하단 말이야. 배 기자가 왜 그 늦은 시간에 이 길을 지나갔을까? 조금 천천히 가게."

이윤근은 속도를 줄였다.

"장 형사 말로는, 그날 배 기자가 아침에 경찰서에 들렀다가 나갔다고 했거든. 다른 기자들은 폭행 교사 만나려고 늦은 밤까지 병원 주위에서 죽치고 기다렸는데, 왜 배 기자는 먹잇감 놔두고 그 시간에 혼자 이 길을 달렸을까? 이 길 진천 가는 길 맞지?"

"맞긴 한데, 가는 길에 서운면도 있고 남안성 IC도 있습니다. 하지만 거길 가더라도 대부분 새로 난 길로 다니지 이 길로 안 다닙니다."

"이런 길 다니는 사람은, 새 길을 모르거나 한가하게 드라이브 즐기기 좋아하는 사람들이겠지… 만일 그렇다면 배 기자는 어느 쪽일까?"

"배 기자가 이 길을 모르지는 않을 겁니다."

"그렇다고 비 오는 밤에 혼자 드라이브를 하러 간 걸 아닐 테고…"

표상우는 활짝 열린 차창 너머 풍경을 바라보았다. 야트막한 산 아래 넓은 포도밭이 펼쳐져 있었다.

"도로가 포도밭보다 훨씬 높군 그래."

표상우가 중얼댈 때 신혜연으로부터 전화가 왔다. 신혜연은 숨을 헐떡였고, 목소리가 잔뜩 들떠 있었다.

"무슨 일이야?"

"그놈을 잡았습니다."

"그놈이라니? 몽골 놈 이르르? 차 좀 잠깐 세우게. 어이, 얘기해."

이윤근이 갓길에 차를 세웠다.

"고태균 납치 용의자, 그놈 말입니다."

"고태균 납치 용의자? 어떻게? 거기 어디야?"

"여기 지난 번 오이택 만났던 그 저수지 앞입니다. 이르덴 놈 잡아 오는 길에 오이택에게 연락이 와서 곧바로 이쪽으로 달려 왔거든요. 오이택의 트럭이 지난번 그 길에서 길을 막고 비켜 주지 않고 서 있더군요. 공교롭게도 지난번 그 길에서 둘이 또 맞닥뜨린 거예요. 그런데 놈도 무슨 배짱인지 트럭 앞에 차를 세우고 버팅기고 있더라고요. 지금 곧바로 연행하겠습니다."

"이르르는?"

"이르덴입니다. 그놈도 지금 잡아가고 있습니다."

"수고했네. 나도 곧 들어 갈거야."

표상우가 전화를 끊으며 이윤근에게 말했다.

"잘 됐네. 그놈을 잡은 모양이야."

"그놈이라니요?"

이윤근이 천천히 자동차를 몰며 물었다.

"몽타주 수배 중인 그놈 말이야. 이르덴도 잡고. 일이 하나하나 풀리고 있군. 조금 천천히 가게."

〈펑크, 세차, 광택〉이라고 입간판이 서 있는 정비소 앞을 지나칠 때 표상우가 말했다.

"잠깐만 차 세워 봐."

자동차 정비소를 살짝 지나쳐 차가 멈췄다. 표상우가 차에서 내려 정비소를 향해 걸어갔다. 멜빵 작업복을 입은 남자가 전기톱을 분해해 놓고 쇠붙이를 탕탕 두드리고 있었다. 경운기 부속과 낡은 예초기도 놓여 있었다. 남자의 옆에 어머니로 보이는 머리가 하얀 노인이 앉아 있었다.

"수고하십니다."

표상우 말에 조환곤은 고개를 힐끔 돌려 보았다.

"바쁘신가보군요. 저는 저 아래 경찰서에서 근무하는 표상우라고 합니다."

경찰이라는 말에 어머니가 자리에서 벌떡 일어났다.

"어어어, 어흐 무셔허!"

어머니는 허둥지둥 정비소와 붙어있는 집으로 들어갔다.

"어머니신가 본데, 왜 저러시죠?"

"몰라요. 낯선 사람을 보면 저래요."

남자는 표상우를 힐끔 쳐다보았을 뿐 관심 없다는 듯이 쇠를 두드렸다.

"자동차만 고치는 게 아니라 농기계들도 고치는군요?"

표상우는 공연히 머쓱해져서 주위를 둘러보았다. 정비소 한 가운데 길쭉하고 네모난 정비 구덩이를 보고 있는데 이윤근이 다가왔다.

"이거 오랜만에 보네. 이 형사는 이거 알아? 옛날엔 카센터들이 다 이랬다고."

"저도 옛날에 봤습니다. 제가 뭐 애들인 줄 아세요?"

표상우는 정비소 주인 옆에 쭈그리고 앉았다.

"자동차 고치시려고요?"

그제야 정비소 남자가 고개를 들어 용건을 물었다. 아주 잠깐,

표상우는 남자의 얼굴을 자세히 보았다. 몸에 살집이라곤 하나도 없이 얼굴이 갸름하고 눈썹이 유난히 검은 젊은 남자였다. 정비소를 오래 한 사람은 아니군. 아버지 것을 물려받았거나, 싼 값에 임대를 했거나…

"아니요, 자동차는 보다시피 멀쩡합니다."

표상우가 유쾌한 표정으로 말했다. 남자는 표상우를 다시 힐끔 보더니 대답 없이 전기 톱날을 교체했다. 입술을 지퍼처럼 꾹 다물고 있는 모습이 사람들과 말하는 것을 별로 좋아하지 않는 성격 같았다.

"혹시 엊그제 저 아래 자동차 폭발 일어난 거 아시는지요?"

"알아요."

"소리를 듣고 알았나요?"

"아뇨."

"소리가 어마어마했다는데…"

표상우의 묻는 말에 남자는 잠시 아무 말을 하지 않았다. 그러다가 두들기던 쇠붙이를 전기톱에 대보며 말했다.

"엊그제 교통과에서 다 조사하고 갔어요. 아는 대로 다 대답했고요."

"그러셨군요."

표상우는 자리에서 일어서며 다시 한 번 주위를 둘러보았다. 정비소는 어수선하고 바닥은 새까만 기름때에 절어 있었지만, 깡통이라든가 연장, 잡동사니들은 종류별로 모아둔 흔적이 보였다. 벽엔 자동차 재떨이를 쏟아 붓는 깡통과 수은이 군데군데 벗겨진 거울도 걸려 있었다.

"혹시 주변에 CCTV가 설치된 곳은 없나요?"

"없어요."

"그렇군요. 그나저나, 여긴 도로변이라 밤에 자동차 소리가 시끄럽지 않나요?"

표상우는 마침 헐렁해진 자신의 운동화 끈을 발견하고 그걸 조여 매며 물었다. 지나가는 참에 묻는 것이라는 느낌을 갖게 하기 위해서였다. 남자는 그딴 걸 왜 묻느냐는 듯이 힐끔 쳐다보고 망치를 두드려 대었다. 잠시 대답을 기다리다가 또다시 머쓱해진 표상우는 반대편 운동화 끈도 다시 맸다.

"여긴 저녁에 몇 시까지 하지요?"

"왜요?"

남자는 대답을 하기 싫은 건지 귀찮은 건지 쳐다보지도 않고 자기 일에만 몰두하며 되물었다.

"혹시 밤늦게까지 일을 하시면 이 앞을 지나치는 자동차들을 보지 않을까 해서요."

"저는 아무 것도 모르고 아무것도 보지 못했으니까 물어보나 마나예요. 지난번에도 그렇게 말했어요."

"그래도 혹시나 해서 묻는 겁니다."

"저녁엔 여섯시까지 하니까, 자동차 고치시려면 그 안에 오세요. 근데 가끔 안 할 때가 많아요."

"아, 그렇군요. 예, 알겠습니다. 하여튼 일하시는 중에 실례가 많았습니다."

표상우가 인사를 하고 자동차로 걸어갈 때 뒤에서 남자가 소리쳤다.

"아, 엄마 왜 그래. 뭐가 무서워. 그냥 나와도 돼."

돌아보니 머리가 하얀 어머니가 사무실에 숨어 훔쳐보고 있다가 슬금슬금 나오고 있었다.

"뭐 별 특이한 점은 없는데요. 자동차 소리는 왜 물어보셨어요? 엊그제 교통과에서 여기 나왔었는데요."

이윤근이 시동을 걸며 물었다.

"그냥 외진 곳에 카센터가 있어서 한번 구경한 거지. 주인장 얼굴도 좀 보고."

"주인장 얼굴은 왜요?"

표상우는 대답 없이 창밖을 내다보았다. 운동화 끈을 매는 척하며 검지 끝에 묻혀온 바닥의 기름때를 엄지로 천천히 비볐다. 그리고 도어트림에서 비닐 지퍼백을 꺼내어 그 기름때를 비벼 넣었다.

주유소나 정비소에서 일하는 사람들의 신발이나 장갑엔 기름때가 묻어 있기 마련이다. 그동안 인근의 자동차 정비소는 물론, 뭔가 냄새가 난다 싶은 곳마다 들러 주위를 살폈던 것도 그래서였다. 기름때를 수거하여 감식을 의뢰하는 것이 가장 좋겠지만, 대개의 폐유들은 그 성분이 똑같기 때문에 정비소의 기름때를 일일이 다 감식할 수도 없는 노릇이었다. 그래서 표상우는 주로 그곳에서 일하는 사람들과 이야기를 나누는 방식을 택해 왔다. 아까 정비소 주인과 마주 앉아 이야기를 할 때도 표상우는 넌지시 그의 표정부터 살폈다. 경찰증을 내보일 때 그는 표정의 변화가 없었다. 표정은 물론 말투나 행동 역시 뭐 하나 부자연스러운 점은 전혀 발견할 수 없었다. 그러나 그가 부자연스럽지 않다고 해서, 딱히 다른 사람과 다르다고 볼 수도 없는 일이었다.

"그냥, 어떤 사람인가 보려고 했지. 혹시 내가 아는 사람인가 하고."

"저도 슬쩍 봤는데, 그냥 순진한 사람 같던데요? 어머니는 살짝 모자라 보이고."

"사람 보는 눈은 다 똑같군. 얼른 가자고."

\#

경찰서 안은 소란스러웠다. 교사를 폭행한 학생의 부모들이 몰려와 떠들고 있고, 또 한쪽에서는 수갑을 찬 남자가 고래고래 소리를 지르고 있다.

하덕교 앞에 앉은 콧수염을 기른 남자는 몽골인 이르덴이다. 하덕교는 말이 잘 안 통하는지 천천히 또박또박 말하다가 벌컥 화를 내다가, 톡톡톡 컴퓨터 자판을 두드리곤 했다.

건너편 책상의 신혜연 앞에도 덩치가 큰 젊은 남자가 앉아 있었다. 두꺼운 팔뚝에 호랑이 문신을 한 남자다. 신혜연 역시 남자와 입씨름 중이다.

"그러니까 저수지 둑에 있던 텐트는 본인 게 아니란 말이죠?"

"그렇대두 그러네. 왜 똑같은 얘길 자꾸 물어 봐요?"

"그렇다면 텐트 안엔 왜 들어간 겁니까?"

"안 들어갔다니까!"

"당신이 거기에서 나오는 것을 본 사람이 있다고!"

"그러니까 어떤 새끼가 그러냐고!"

남자가 책상을 주먹으로 내리치며 소리를 지를 때 마침 외근에서 돌아온 표상우는 그쪽으로 다가가 남자의 어깨를 툭 쳤다.

"이름이 뭐야?"

남자는 표상우를 힐끗 올려보며 인상을 썼다.

"대답 안 해?"

신혜연이 소리를 질렀다. 그래도 대답이 없자, 신혜연은 끙 소리를 내며 겨우 화를 참았다.

"이놈, 수배자입니다. 고태균 납치 사건 당일, 유일하게 저수지에서 목격되었던 그 놈요. 이름은 박태만, 스물아홉이고요."

표상우는 신혜연의 말을 다 듣지 않고 자기 자리를 향해 걸어갔다. 건너편 책상 앞에서 표상우를 본 하덕교가 이르덴에게 말했다.

"너, 여기서 잠깐 기다려."

하덕교는 자리에서 일어서 표상우에게 갔다.

"이거 뭔가 엉망이 되고 있는 느낌입니다."

"엉망이라니?"

"모든 걸 원점으로 돌려 다시 시작했으면 좋겠다는 생각이 듭니다."

"왜? 뭐가 문젠데?"

"수배자 박태만이 저놈하고, 이르덴, 변기욱, 다 아니에요."

하덕교는 답답하다는 듯이 고개를 저었다.

"아까 저 박태만이 말을 들어 봤더니, 자기는 낚시를 하려고 저수지에 한번 가 본 것뿐이랍니다. 비어 있는 텐트가 궁금해서 어슬렁거렸고, 돌아가다가 오이택 차를 만난 것이고요. 오늘은 텐트가 아직도 있나 궁금해서 와 봤다는 건데… 공교롭게도 범인이 몰던 차와 같은 차종이라 의심을 받아 온 것 같습니다."

"아닌 걸 가려내는 것도 우리 일이야."

표상우는 아무렇지도 않은 말투로 말했지만 착잡하기는 마찬가지였다. 형사 생활 이십 년을 하다 보니 이젠 무당이 다 되었는지 눈으로 보기만 해도 범인인지 아닌지 구별이 가능했다. 아까 박태만과 눈이 마주치는 순간 저절로 고개가 저어졌다.

"이르덴 저 놈은 뭐야?"

"아 참, 잠깐만요."

하덕교가 뭔가 생각이 난 듯 자기 자리로 되돌아가 운동화 한 켤레를 들고 왔다.

"이게 뭔 줄 아세요?"

"웬 운동화야?"

"이게 바로 우리가 찾던 그 운동화입니다."

표상우가 얼른 신발 한 짝을 들고 뒤집어 보았다. 발자국 사진을 보지 않고도 첫눈에 그 운동화 밑창의 패턴이, 그들이 찾아 헤매던 신발이라는 것을 알 수 있었다. 현장에서 족적이 발견된 이후 표상우는 운동화만 보면 뒤집어 보고 싶은 버릇이 생겼었다. 그토록 찾아 헤매던 그것이 지금 눈앞에 있다.

"송요환 현장과 저수지의 발자국과 사이즈, 모양 모두 일치합니다."

"저 이르덴 놈 거야?"

"네 맞습니다. 이르덴 저놈이 신고 있었습니다. 몽골클럽에서 이걸 보는 순간 그 신발이란 것을 대번 알아봤습니다. 근데 좀 더 조사를 해 봐야 알겠지만…… 잠깐, 저놈을 좀 처리하고 오겠습니다."

하덕교는 말하다 말고 무슨 생각이 났는지 자기 자리로 되돌아갔다.

표상우는 의자에 털썩 앉았다. 책상 위엔 자료들이 수북이 쌓여 있다. 수배 중인 코란도 차량을 보았다는 제보 문건도 있고 엊그제 고물상에서 수거한 물건들을 품목별로 일일이 정리한 자료와, 탐문 수색에 관한 내용도 있었다. 변기욱에 대한 보고서는 컴퓨터 앞에 따로 놓여 있었다.

변기욱의 서류를 넘기던 표상우는 고개를 저었다. 아무리 훑어보아도 변기욱은 아니었다. 물론 처음엔 그놈인 줄 알고 흥분했었다. 납치 현장인 문화회관을 미리 답사한 것도 그렇고, 무엇보다 자동차의 기름때가 그랬다. 그것은 결정적이었다. 발자국에도 묻어 있었고, 송요환의 어금니에 씹힌 장갑의 섬유질에도 붙어 있던 그 기름때…

그동안 얼마나 머릿속에 기름때를 묻히고 살았던가. 그것만으로도 놈은 그 사건의 범인으로서의 자격요건을 충분히 갖추고 있다. 게다가 더블캡 트럭 뒷자리에서 붉은 코팅이 된 작업장갑도 나왔고 훔친 핸드폰들과 오토바이들과 개의 사체까지 덤으로 나왔다.

그 자료들은 빠뜨리지 않고 감식을 의뢰한 상태다. 어쩌면 감식 결과도 그들이 바라는 대로 나올 것이다. 기름때라든가 장갑의 미세 흔적… 혹은 고물상 개의 두개골에 드릴에 의한 천공까지도 나올지 몰랐다.

이런 상황에 그토록 찾아 헤맸던 그 족적, 그 운동화까지 나타났는데, 그런데 왜 자신이 서질 않는 것일까? 무엇이 이렇게 마음을 착잡하게 하는가.

"제 생각엔 전부 아닙니다."

하덕교가 다가오며 말했다.

"그러니까 그 이르덴이란 놈은 이걸 고물상에서 주워 신었다, 이렇게 잡아떼고 있다 이 말이지?"

"그렇습니다. 변기욱은 자기가 수거해 온 신발이 아니라는 걸니다. 저 정도로 상태가 멀쩡한 것들은 따로 분리를 한다고 합니다. 그게 어떻게 고물상에 떨어져 있었는지 알 수 없다는 겁니다."

"음…

"이거 제대로 헛다리 짚은 느낌이에요."

하덕교의 말에 표상우는 말이 없었다.

"범인은 우리가 이런 쇼를 벌이고 있다고 상상하며 어디선가 낄낄거리고 있을 겁니다. 저는 처음부터 족적에 믿음이 가지 않았거든요. 그렇게 철두철미, 용의주도한 놈이 자신의 발자국을 현장마다 찍어 놓는 것은 말도 되지 않는 일이죠. 틀림없이 목적이 있을 거다… 그것도 모르고 우린 놈이 던져 놓은 것들을 무슨 보물인 양 주워 모은 거지요."

"하지만 외면할 수도 없었지 않았나. 관련 없는 증거를 하나하나 버릴 때, 결국 마지막에 남는 것이 가장 유력한 단서가 아니겠어?"

표상우는 들고 있던 서류를 덮어 다른 서류철 위에 올려놓았다.

"확실한 건 범인이 우리와 멀지 않은 곳에 있다는 거야. 아주 가까이."

"저도 그 말에 동감입니다."

"아닌 것들을 여러 개 가려냈으니 이젠 조금 수월해졌어. 모든 걸 원점으로 돌리고 다시 시작하자고."

"알겠습니다. 그런데 저는 이놈들 건은 오토바이 건과 별도로 올릴 게 있습니다."

"뭔데?"

"도박입니다."

"도박도 했나?"

표상우가 주머니에서 껌을 꺼내며 말했다.

"물론 아니라고 우기고 있지만 조사하면 나올 듯 싶습니다. 조사가 끝나면 보고드리려고 어제 보고서에는 올리지 않았습니다."

"도박은 어떻게 알았어?"

"컨테이너 앞에 자장면 그릇이 쌓여 있었습니다. 양을 보니 혼자서 먹은 것 같지 않아 근처 중국집을 탐문했지요. 배달원이 한 달에 서너 번씩 음식을 날랐다고 합니다. 배성욱 사고 나던 날도 음식을 날랐다고 합니다. 그게 탄로날까봐 핸드폰도 버리고… 증거들을 없앨 화투판이면 푼돈 오가는 판이 아닐 거라는 판단입니다."

"인천 남동서에서는 아무런 소식이 없나? 어찌 이리 조용하지?"

표상우가 껌을 씹으며 물었다.

"송요환 사건은 전혀 진전이 없는 상태입니다. 사체도 이미 가족에게 인계되었고요. 우린 범인이 일부러 흘린 단서 외엔 잡은 게 없고… 설상가상 배 기자 사건까지 터졌으니…"

"복잡하게 생각하면 한도 없어. 우리가 맡아 온 사건은 일단 고태균 납치 사건 하나뿐이라 생각하자고. 배 기자 건은 교통과에서 조사하고 있으니 일단 거기에 맡겨 두고. 아 참, 그거 생각해 봤나? 배 기자가 내게 보냈던 그 메시지."

"네."

"뭐 같아?"

"매일 들여다보며 확인하고 있습니다. 팀장님 말씀대로 뭔가 잘못 눌러서 보내진 것일 수도 있지만 혹시 어떤 다급한 상황에서 뭔가를 전하려 했던 게 아닐까, 생각해 봤습니다."

"다급한 상황이라면?"

"글쎄요. 누군가의 눈을 피해 써야 한다거나… 하지만 우리에게 뭔가 꼭 전하고 싶은 말이었을 거고, 그래서 이건 어떤 중요한 단서임에는 틀림이 없습니다. 하지만 아무리 들여다보아도 제 머리로는 도저히 알 수 없습니다. 자기 사진은 왜 또 보냈는지. 혹시나 해서 배경을 꼼꼼히 훑어보았지만 비가 내리는 허공만 찍혀 있어서 도무지 알 수가 없습니다. 셀카를 찍은 곳이 실내였다는 것만 겨우 알 수 있었죠. 문자는 만일 오타였다면 어쩌면 이리 작정하고 쓴 암호 같을까요? 사진과 문자를 조합해 보면, 나 예쁘지? 이런 식으로 연결도 되더라고요."

"하 형사가 풀지 못한다면 이건 암호라기보다 오타 쪽에 가까운 것 같은데? 하여튼 이 생활 이십 년 만에 이렇게 어려운 사건은 처음이야."

#

안성에서 약 30여 킬로미터 떨어진 진천의 백곡저수지는 물이 맑기로 소문이 나 있다. 얼마 전까지 이곳은 진천군민의 식수로 사용해 온 상수원이어서 낚시는 물론 물이 오염되는 행위는 철저하게 관리를 해 왔다. 그러나 충주댐 광역상수도 개통에 따라 저수지가 개방되었고, 그러자 입소문을 타고 낚시꾼들이 하나둘 몰려들고 있었다.

김남회도 그런 낚시꾼 중의 하나였다. 간밤에 비가 뿌린 터라, 오늘 입질이 좋을 것으로 예상한 그는 새벽부터 백곡저수지를 찾았다. 일찌감치 가야 좋은 자리를 차지할 수 있었다. 오늘은 붕어낚시를 할 참이어서 수초가 드문드문 모여 있는 장소를 찾았다. 메가나 쏘가리와는 달리 붕어는 수초들 사이에서 놀기를 좋아했다.

희뿌연 물안개와 수초를 헤치며 이리저리 장소를 찾던 그는 알맞은 자리를 발견했다. 버드나무 아래 마름과 부들이 드문드문 군락진 곳이었다. 주위를 둘러보던 그는 어깨의 낚시 가방을 내리고 접이식 의자를 폈다. 바닥에 물이 고여 낚시 의자 아래에 돌을 고여야 할 것 같았다. 마침 소변도 마려웠던 터라 그는 버드나무 뒤쪽으로 가서 바지춤을 내리다 말고 동작을 멈췄다. 무릎 높이까지 키를 세운 물풀들 사이에 반들거리는 뭔가가 보였다.

뭐지?

그는 눈을 껌벅이며 다시 쳐다보았다. 구두였다. 아니 정확히 말하면 구두를 신은 남자의 발이 풀숲 사이에 살짝 보였다. 구두 코가 하늘을 향해 있었다. 그는 자기가 뭘 잘못 본 게 아닌가 싶어 조심스럽게 한 걸음 다가갔다. 어두워 잘 보이지 않아 핸드폰의 라이트를 켰다. 구두를 신은 발 위에 다리가 보였고, 다리 위엔 양복을 입은 몸이 풀숲에 얌전히 누워 있었다. 풀에 가려진 두 팔과, 희끗희끗한 머리도 있었다.

무서울까봐 자세히 보지 않으려고 눈을 가늘게 떴는데, 엉겁결에 그 모습 전체를 다 봐 버리고 말았다. 그는 가슴이 콱 막혀 비명도 제대로 지르지 못한 채 뒷걸음질 쳤다.

"으으으아……!"

두어 걸음 물러서던 그는 휙 돌아서서 팔을 허우적대며 뛰었다.

#

넓은 창을 통해 들어온 달빛이 방 안을 은은히 비추고 있다. 침대 머리맡에 작은 사진 액자들이 놓여 있다. 웨딩드레스를 입은 아내 뒤에서 말끔한 양복차림의 남편이 가볍게 안고 있는 사진이다. 아내에게 꽃을 건네주는 남편의 모습의 모습이 담긴 액자 아래 하덕교와 주희가 나란히 누워 있다.

하덕교는 태아처럼 웅크리고 누운 아내의 자세와 똑같이 포개져 누워, 한 손으로는 주희의 불룩한 배 위에 손을 올려놓았다. 아내의 부드러운 머릿결에 코를 묻은 채 손바닥에 전해지는 아기의 움직임을 느끼고 있다. 따뜻했다. 그리고 더없이 편안했다. 오랜만에 느껴 보는 나른함이었다.

새벽녘에 하덕교는 잠이 깼지만 주희의 숨소리를 들으며 그대로 누워 있었다. 지난 밤 이런 편안함 속에서도 그는 깊이 잠들지 못했다. 이상하게도 자주 잠이 깼다. 모처럼의 시간인 만큼 모든 것 내려놓고 이 따뜻한 평안을 만끽하고 싶었지만 그게 잘 되지 않았다. 잠이 들 만하면 깨고, 다시 깜빡 잠이 들곤 했다. 머릿속에서 시계의 초침소리가 째깍거리고 있는 것 같았다. 그 소리 때문에 자꾸만 조바심이 났다.

그가 뒤척일 때마다 주희는 손바닥으로 그의 어깨를 천천히 다독거리거나 그의 손을 자신의 배 위에 올려놓곤 했다. 아빠의 손길을 느꼈는지 뱃속의 아기가 발로 손바닥을 툭툭 걷어찼다. 하덕교는 아기의 발을 살살 어루만졌다. 이번엔 어깨로 미는 것 같았다. 그는 살짝 웃음이 났다. 머릿속에 아기의 모습이 그려졌다. 손가락이며 발가락, 속눈썹, 부드러운 머리칼과 빛과 어둠에 반응할 검은 동공, 그리고 이 세상을 사는 동안 메트로놈처럼 일정하게 울릴 심장…

주희가 잠결에 하덕교의 손등 위에 자신의 손바닥을 겹쳤다. 가늘고 따뜻한 손가락들이 하덕교의 손가락 사이로 천천히 비집고 들어왔다. 그 손가락을 느끼던 하덕교는 얼른 손을 잡아 빼야만 했다. 침대 머리맡에 놓아둔 핸드폰이 요란하게 울렸던 것이다. 주희가 잠결에 돌아누우며 하덕교를 껴안았다.

"전화 안 받으면 안 돼?"

주희가 칭얼대듯 말하였지만 하덕교는 벌써 상체를 일으켜 세운 뒤였다. 표상우였다.

"일어났나? 지금 좀 와 줄래? 같이 갈 데가 있어. 주차장 쪽에서 기다리고 있을게."

#

아직 날이 밝지 않았지만 거리엔 자동차들이 드문드문 보였다. 자동차의 속도를 높인 것은 표상우의 목소리에 서린 긴박감 때문이었다.

'지금 좀 와 줄래? 같이 갈 데가 있어.'

그는 늘 그렇듯이 억양 없는 목소리로 말을 했지만, 하덕교는 그 목소리에서 다급함을 읽을 수 있었다. 그는 급할수록 목소리가 낮아지는 버릇이 있다. 아니나 다를까, 주차장에서 기다린다던 표상우는 아예 경찰서 바깥 도로까지 나와 있다가 자동차를 보더니 번쩍 손을 들어올렸다. 뒤쪽 머리칼이 베개에 눌려 삐죽 솟아 있는 것이, 사무실 캐비닛 옆에 있는 간이침대에서 잠을 자다가 나온 게 분명했다.

"진천으로 가세."

표상우가 안전벨트를 매며 말했다.

"엽돈재 넘어 백곡저수지 알지? 거기. 새로 난 길 말고 옛날 길로 가세."

"무슨 일이지요?"

"고태균의 사체가 발견되었어. 새벽 4시에 낚시꾼이 신고했다더군."

"예상한 일이기는 하지만 결국 이렇게 끝나는군요. 그런데 왜 새 길 놔두고 이쪽 길로 가죠?"

하덕교가 구불구불한 국도를 운전하며 말했다.

"백곡 저수지는 이쪽 길이 가까워. 고개 넘으면 바로잖아."

"배 기자 사망 사고도 이쪽 길이잖아요. 지금 퍼뜩 든 생각인데, 이놈 물가를 좋아하는 놈 맞죠?"

"시체를 유기할 좋은 장소는 첫째 자동차로 이동할 수 있는 곳, 둘째 CCTV가 없는 곳, 셋째 사람 발길이 많지 않은 곳이지."

"사람들이 보더라도 별로 의심 사지 않을 만한 장소도 좋을 것 같은데요. 그러고 보니 대개의 저수지들이 그 네 가지를 모두 포함하고 있는 곳이군요. 그런데 안성에도 저수지가 많은데 왜 하필 진천이었을까요? 이런 정도의 수법으로 수사에 혼선을 주는 것도 아니고."

"안성은 지금 자기가 저지른 사건 때문에 경찰들이 깔렸거든."

국도는 무척 구불구불하고 가팔랐다. 표상우는 운전을 하는 하덕교와 똑같이 몸이 좌측으로 쏠렸다 우측으로 쏠렸다 하며 창밖을 내다보았다. 둘 다 한동안 말이 없었다.

"혹시 놈도 이 길로 갔을까요?"

"아마 그랬을 거야. 시체를 유기하기 전에 미리 답사도 했을 것이고. 새 길은 카메라가 여러 군데 있거든."

내리막길이 시작되고 백곡이라는 이정표가 눈에 띄었다. 이른 시간이라 지나는 자동차는 거의 없었다. 히든벨리라는 골프장 방향과 갈라지는 지점에 도로용 CCTV가 있었다.

"여기 카메라 수거해야겠죠?"

"당연히 해야겠지만, 보나마나 필요 없는 짓이야. 저길 봐."

표상우가 우측을 가리켰다. 우측으로 농로와 하천도로가 여러 갈래 나 있었다. 그 도로들은 멀리서 다시 국도와 만나고 있었다.

"그런 용의주도한 놈이 나 잡아보슈 하고 이 길을 통과했을 리 만무하지."

"하긴 그렇죠. 혹시 이렇게 카메라를 피할 수 있는 길이라서 이 길을 택한 게 아닐까요? 우리도 저 농로로 해서 가볼까요?"

"아니, 일단 그냥 가자고."

하덕교는 차창을 활짝 열었다. 새벽바람이 우르르 차 안으로 굴러들어 왔다. 저수지가 시작되는 곳에 뼈해장국집과 낚시점 따위가 있는 큰 휴게소가 하나 있었다. 저수지는 그 길 건너편에 있었다. 새벽인데도 저수지 쪽엔 여러 사람들이 나와 서성거렸다. 경찰차와 구급차도 보이고, 제복 차림의 경관이 안내봉을 들고 차량들을 정리 하고 있었다.

하덕교는 휴게소 앞에 차를 세웠다. 둘은 길을 건너 저수지를 향해 걸어갔다. 수초들이 우거진 곳은 물이 흥건했고 진흙에 발이 푹푹 빠졌다. 습기 탓에 새벽인데도 땀이 줄줄 흘러내렸다.

"어이, 여기!"

누군가가 손을 흔들었다. 표상우 역시 손을 들어 주고 그쪽으로 다가갔다.

"이런 데서나 보게 되는군. 잘 지냈나?"

표상우가 악수를 하며 하덕교에게 소개했다.

"이쪽은 진천경찰서 김종일. 나랑 경찰학교 동기지."

"총알처럼 달려왔군."

"사체를 발견한 사람이 누구였어?"

"낚시하러 온 사람이었다더군. 사체는 저기 보이지? 잠시 기다려, 아직 감식반 작업중이야."

과학수사, C. S. I 라는 글귀가 쓰여 있는 조끼를 입은 요원들이 마스크를 쓴 채 뭔가를 분주하게 찾고 있었다. 그들 사이로 구두를 신은 두 다리가 보였다. 한 요원이 풀숲에 쭈그리고 앉아 구역질을 해 대고 있었다.

구역질을 한다는 것은 사체에 부패가 시작되었다는 얘기다. 그렇잖아도 표상우는 조금 전부터 그 냄새를 맡고 있었다. 뭐든지 자주 겪으면 익숙해진다지만, 도통 그 냄새만은 예외였다. 코 밑에 방취 스프레이를 뿌리고도 며칠 간 헛구역질을 불러일으키는 고약한 냄새였다.

"양복 주머니에 지갑이 들어 있고 신분증 확인되었지. 신용카드나 지폐까지 모두 온전하게 들어 있었어."

"이 사체, 진천서에서 맡을 생각이야?"

표상우 말에 김종일은 고개를 저었다.

"여긴 우리 관할이 맞지만 광수대에서는 안성에서 맡으라고 할 게 뻔해. 물론 초동수사야 우리 쪽에서 해야겠지만."

"살해 현장은 여기가 아니었지?"

"그럴 확률이 커. 주위에 사체를 끌고 온 흔적이 있어."

"죽은 지는 얼마나 된 것 같나?"

"이제 벌레들 끼기 시작했으니까 일주일 정도 되었을 거야."

날이 밝기 시작하자 저수지 수면이 은물처럼 반짝였다. 감식반원들이 철수하고 구급차에서 들것이 내려졌다.

하덕교는 사체 옆에 쭈그리고 앉았다. 표상우도 그 옆으로 다가갔다. 눈과 코 입, 목은 이미 부패가 시작되고 있었다. 아이보리색 양복은 넥타이가 반듯하게 메여진 상태였고 양복 가슴포켓엔 꽃무늬 행거 칩까지 꽂혀 있었다. 요 며칠 내린 빗물에 옷은 흠뻑 젖어 있었다. 처참하다고 느낀 것은 입술을 보고나서였다. 벌레들에 의해 훼손이 되긴 했지만 입술 위아래는 분명히 실로 꿰매어져 있었다. 군데군데 입술은 사라지고 치아 위에 나일론실만 남아있는 곳도 있었다.

목 주위에 가느다란 줄에 묶였던 흔적이 있고, 그 흔적을 따라 벌레들이 꿈틀거렸다. 왼팔이 놓인 자리에 물구덩이가 있었다. 그래서인지 물에 잠긴 손등은 이미 잿빛으로 변해 있었다.

하덕교는 여러 각도에서 사진을 찍었다. 수첩에 사체 모양을 그린 후 부패되고 있는 목 부분에 화살표를 그린 후 '케이블 타이'라고 썼다. 입술에 화살표를 하고, '일곱 바늘'이라고 썼다.

"여길 찍어 봐."

표상우가 가리킨 곳은 머리 뒷부분이었다. 풀숲에 닿아 있는 오른쪽 귀 뒤가 움푹 꺼져 있었다. 하덕교는 그 부분이 잘 보이도록 머리를 조금 움직였다. 피가 말라붙어 있는 머리칼 속이 동그란 모양으로 함몰되어 있었다. 하덕교는 손가락으로 그곳을 눌러 보았다. 쑥 들어갔다.

"두개골 함몰입니다."

"처음엔 교살인가 싶었는데, 지금 보니 아니네? 망치로 때렸나?"

김종일이 말했다.

"사체는 어디로 가나?"

"형식적이지만 진천 성모병원으로 옮겨 정확한 신원 확인을 해야겠지. 고태균으로 확인되면 국과수로 바로 이송될 거야."

주르륵. 자루의 지퍼 올리는 소리가 들리고, 이어 사체는 들것에 실려 나갔다. 엉거주춤 그들을 따라가던 표상우가 뒤를 돌아보며 말했다.

"어이, 우리도 철수해. 저기 가서 뼈해장국이나 먹자고."

수첩에 뭔가를 적던 하덕교는 그런 표상우의 뒷모습을 바라보았다.

희끗희끗한 머리칼이 베개 자국으로 삐죽 솟아 있고, 바지 속에 넣었던 구겨진 셔츠 한쪽이 혁대 바깥으로 흘러내린 중년의 남자, 신발에 저수지 흙을 덕지덕지 바른 채, 물구덩이를 피해 껑충껑충 걷고 있는 늙은 형사의 모습이 하덕교는 왠지 믿음직스러웠다.

#

토요일 낮. 군청색 1톤 트럭 한 대가 안성천 둔치 길로 서서히 이동하고 있다. 운전석 뒤에도 좌석이 있는 낡은 '더블캡'이다. 차 안에 머리가 하얀 어머니와 젊은 아들이 찍은 사진이 매달려 흔들리고 있다. 조수석엔 노트 한 권과, 타이머가 작동 중인 핸드폰이 놓여 있다. 2분 23초, 24초, 25초…

둔치 길에서 내려온 트럭은 잠시 머뭇거리다가, 시가지에 못 미쳐서 좌측의 좁은 골목길로 들어선다. 골목은 지저분하다. 허름한 집들이 다닥다닥 붙어 있고 여기저기 자동차들이 주차되어 있으며 전봇대 위엔 수많은 전선들이 뒤엉켜 있다. 좌측으로는 상설시장이 있고, 오른쪽으로는 축산물 도매점과 치킨집, 동네 슈퍼마켓 등이 있다.

운전을 하는 조한곤은 계속해서 차창 밖을 두리번거린다. 천천히 가다 서다를 반복하던 그는 미용실 옆 전봇대에 CCTV가 걸린 것을 보고 차를 세운다. 전봇대 아래에 쓰레기 투기를 감시하는 CCTV 같다. 잠시 그 주변을 훑어보던 그는 살짝 후진을 한후, 길가에 차를 세우고 노트를 집어 든다.

노트엔 안성 시내의 도로가 그려져 있다. 작은 골목까지 그려진 도로 곳곳엔 카메라 그림들이 빨간 펜으로 그려져 있다. 그는 '골목길, 미용실 옆 전봇대'라고 쓰고 그 옆에 카메라를 그려 넣는다.

핸드폰 타이머를 슬쩍 들여다 본 그는 왼쪽 골목으로 핸들을 틀었다. 그곳은 자동차 한 대가 겨우 빠져나갈 만큼 좁다. 조금 더 가다가 그는 "젠장!"하고 중얼댄다. 막다른 골목이라 더 이상 갈 수 없다.

그는 몸을 틀어 뒤를 보며 천천히 후진한다. 스쿠터 한 대가 지나가다가 급브레이크를 밟았다. 조한곤은 차창을 내리고 손바닥을 올리며 "미안합니다!" 하고 공손하게 사과한다. 골목을 빠져나와 이번엔 우측 골목으로 들어선다. 그 골목은 조금 전 왔던 길과 만나고 있다. 트럭은 그 좁은 골목을 수차례나 빙빙 돌다가 빠져나와 작은 공터에 차를 멈춰 세운다. 노래방과 해장국집 사이에 있는 비포장 공터다.

그는 차창을 활짝 열고 주위를 살핀다. CCTV는 어디에도 보이지 않는다. 삼거리 쪽 주유소 앞쪽에 카메라가 얼핏 보인다.
그는 공터에서 차를 돌려 세우고 2차선 도로 건너편의 건물을
바라본다. 얼마 전에 새로 신축한, 약국과 골프전문점, 아웃도어
매장, 피트니스센터가 있는 건물이다.

그는 핸드폰을 들어 타이머를 확인한다. 19분 37초… 그는 타
이머를 끄고 노트를 집어 든다.

〈안성천 둔치에서 피트니스센터까지 19분~25분〉

그렇게 적고, 차창 밖으로 고개를 내밀어 5층의 피트니스센터
건물을 바라본다.

그날 밤.

조한곤은 펜치로 철사를 자른다. 일정한 크기로 자른 그 철사
들을 꽃리스처럼 둥근 모양으로 엮는다. 어머니 신숙자는 방바
닥에 앉아 상 위에 스케치북을 펼쳐 놓고 사람을 그리고 있다.
웃통을 벗은 남자였는데 그는 큰 대(大)자로 양 팔을 크게 벌린
채 웃고 있다.

방 안엔 텔레비전이 켜져 있고, 한쪽에서는 강아지가 조한곤
이 벗어던진 양말을 가지고 장난을 치고 있다. 조한곤은 철사뭉
치를 이리저리 살펴보다가 그것을 머리에 얹어 본다. 핸드폰으
로 자신의 모습을 비쳐 보다가 어머니에게 묻는다.

"어때?"

신숙자가 고개를 젓는다.

"왜?"

"조흐그 크흐기."

신숙자는 고개를 저으며 손가락으로 큰 원을 그린다.

"더 크게?"

"우웅"

조한곤은 묶었던 철사를 다시 풀어 낸다. 풀어 낸 철사의 한쪽 끝을 펜치로 잡고, 이번엔 좀 더 크게 엮기 시작한다. 손놀림이 꽤 조심스럽다. 어머니는 그런 아들이 사랑스러운 듯 천천히 무릎걸음으로 다가가 아들의 볼에 쪽 소리가 나게 입을 맞춘다. 그리고는 부끄러움을 타듯 살짝 붉어진 얼굴로 다시 상 앞으로 와 도화지에 색칠을 한다. 빨간 크레파스를 집어 남자의 양 손바닥을 새빨갛게 칠한다. 손바닥에서 피가 흐르는 것 같다. 발등에도 빨갛게 칠하다 말고 무심코 텔레비전을 바라본 그녀는 갑자기 눈이 커진다.

"어여여, 저흐 바하!"

신숙자가 텔레비전을 가리키며 요란스럽게 손짓한다.

화면엔 한 낚시꾼이 나와 떠들고 있다. 백곡 저수지에서 고태균의 사체를 발견했던 낚시꾼이다. 낚시꾼은 고태균이 누워 있던 풀숲을 가리키며, 어떤 자세로 어떻게 누워 있었는지 손짓발짓을 하며 설명하고 있다.

조한곤은 리모컨트롤을 들어 볼륨을 높인다. 하지만 그의 표정은 전혀 변함이 없다. 무덤덤한 표정으로, 펜치로 철사를 구부리며 텔레비전을 바라본다. 신숙자는 크레파스를 들고 텔레비전 앞으로 바싹 다가가 앉는다.

"처음엔 누가 구두를 버렸나 했어요. 어두웠는데도 구두가 반딱반딱 광이 났거든요. 그런데 구두 위에 바지를 입은 두 다리가 슬쩍 보이더라고요. 나는 조금 놀라긴 했지만 용기를 내고…"

그때 조한곤이 "아야!" 하고 낮게 비명을 지른다. 어머니가 깜짝 놀라 아들을 바라본다. 손가락 끝에 핏방울이 맺혀 있다.

"어허여, 아야, 아야!"

작은 피 한 방울 비쳤을 뿐인데 어머니는 호들갑스럽게 비명을 지르더니 다짜고짜 아들의 손가락을 입으로 빨기 시작한다.

"괜찮아, 괜찮아. 살짝 찔렸어."

하지만 신숙자는 큰일이라도 난 듯 쪽쪽 소리가 나게 손가락을 빤다. 그리고는 선반 위의 가방을 뒤져 소독약과 밴드를 꺼낸다. 아들의 손가락에 소독약을 바르고 밴드를 붙이는 그녀의 얼굴이 거의 울상이다.

"괜찮아, 괜찮다고."

조한곤은 손바닥으로 어머니의 어깨를 다독거린다.

"잠을 자듯이 반듯하게 누워 있는데, 자세히 보니 한쪽 눈은 살짝 떠져 있고 입술은 허연 실로 꿰매져 있더라고요. 나는 용기를 냈습니다. 혹시나 살아 있으면 인공호흡이라도 하려고요. 제가 응급처치법을 배웠거든요. 하지만 가까이 가서 목에 손가락을 대 보았는데, 이미 몸은 차갑고… "

낚시꾼은 신이 나서 계속 떠들어 대고 있다.

\#

안성 피트니스 센터.

새벽인데도 많은 사람들이 나와 운동하고 있다. 러닝머신 위에 한 장년의 남자가 귀에 무선 이어폰을 꽂고 빠른 걸음으로 걷고 있다. 그는 문창준 목사였다. 그의 넓게 벗겨진 이마는 땀으로 번들거렸다. 러닝복은 흠뻑 젖었고 훅훅 뿜어져 나오는 숨은 뜨거웠다. 러닝머신 속도계는 30분 째 5km를 가리키고 있었다. 그리 빠른 속도도 아닌데 계속 걷다보니 몸은 조금씩 타올랐다. 그는 속도를 8km로 높이고 가볍게 뛰기 시작했다.

새벽마다 러닝머신 위에서 땀을 흘리는 것은 이제 그의 일과가 되었다. 나이가 들수록 그의 스케줄은 짜임새가 있어졌다. 한 달에 서너 번은 골프를 치러 가까운 필드에 나가기도 하고, 일 년에 한두 차례는 어김없이 외국 여행을 하고 있었다. 요즘은 바쁘고 번잡스러운 일들은 하나 둘씩 내려놓고 있는 중이었다.

새벽 기도회나 작은 행사들은 부목사나 전도사들이 맡아 하고 있고, 문창준은 주일 낮 예배 한 차례만 집도하고 있다. 그러다보니 시간적으로나 심적으로 많은 여유가 생겼다. 그 때문인지 요즘 들어서는 사는 게 즐겁고, 이 세상이 참으로 아름답구나 하는 생각이 자주 들었다. 모든 것이 좋아지고 있었다.

걷다가 뛰고 뛰다가 걸으면서 그는 자주 지난날들을 돌이켜 보곤 했다. 이만하면 성공한 삶이고, 이만하면 멋진 인생이었다고 스스로 자부하고 있었다. 많은 목사들도 문창준을 부러워했다. 그는 자신에게 향한 그 눈길들이 기분이 좋았다.

그의 목회생활은 아주 오래 전 전도사 시절, 변두리 상가 건물을 빌려 개척교회를 열었던 것부터 지금까지 합하면 어언 30여 년이 되어 갔다. 그는 머잖아 힘들고 고달팠던 자신의 목회 생활을 책으로 펴낼 생각이었다. 시련을 견디며 기도하고 전도한 결과 안성 일대에서 가장 알찬 교회로 손꼽히게 된 것은 이미 그의 간증거리가 되고도 남았다.

그는 자신이 많은 사람들로부터 존경과 사랑을 받는다고 생각하고 있다. 그도 그럴 것이 오래 전부터 기독교 관련 잡지에 정기적으로 칼럼을 싣고 있고, 요즘은 텔레비전 토크쇼에까지 출연해 많은 사람을 즐겁게 해 주기까지 하고 있었다. 사람들은 그를 개그맨만큼 웃기는 목사로 부르고 있었다.

그는 텔레비전에서 자주 호통을 치곤하는데, 호통 칠 때의 표정이 개그맨 누구를 닮았다며 사람들은 즐거워했다. 그래서 그는 매일 거울을 보며 호통 치는 연습을 하고 있다.

물론 남모르는 우여곡절과 위기도 있었다. 교회 건축 때는 자금난에 시달렸고, 안정이 되는가 싶을 때는 장로들의 횡포에 교회가 흔들리기도 했다. 몇몇 장로와 성도들이 짜고 목회자를 몰아내려 했던 적도 있었다. 지금 생각해도 그건 괘씸한 일이었다. 그건 하극상이며 쿠데타나 다름없는 짓이었다. 어찌 일개 장로 따위가 하나님이 세운 목회자를 쥐락펴락 하려하는지… 그래도 그때그때 하나님이 잘 해결해 주셨다. 특히 교회 일에 사사건건 간섭하고 문창준을 험담하던 몇몇 신도는 뜨거운 불의 심판을 받기까지 했다.

불의 심판…!

그는 거기서 생각을 멈추었다. 그의 머릿속에 얼굴 하나가 떠올랐다. 머리칼과 눈썹이 유난히 빽빽했던, 유난히 수줍음 많고 말이 없던 조형구 집사였다. 경찰에 끌려가며 뒤돌아보던 조형구의 얼굴이 떠오르자, 문창준은 얼른 고개를 흔들어 떨쳐 내었다.

좌측 벽에 걸린 시계를 보고 그는 러닝머신에서 내려왔다. 오늘은 방송 녹화가 있는 날이었다. 조금 서두를 필요가 있었다. 그는 집에서 아내가 준비한 밥을 먹고 멋진 옷을 차려 입고 방송국으로 향할 예정이었다. 오늘은 무슨 넥타이를 하지?

문창준은 샤워를 마치고 지하 주차장으로 내려왔다.

말끔하게 광을 낸 검은 세단은 언제나 기분을 좋게 했다. 방송 녹화가 있을 때면 아들 주석이가 자동차를 가지고 나가 이렇게 번쩍번쩍 광을 내 오곤 했다. 사람들은 전용 기사를 두라고 말들 하지만 그는 그럴 생각이 없었다. 그는 자동차의 작은 공간이 좋았고, 그리고 특히 손수 운전하는 것을 좋아했다. 이 좋은 시간, 좋은 공간을 남에게 양보하긴 아깝지!

문창준은 문을 열고 운전석에 올랐다. 늘 하던 대로 버튼을 눌러 시동을 건 후 안전벨트를 매었다. 룸미러를 움직여 머리를 한

번 쓰다듬는데, 거울에 웬 얼굴이 하나 비쳤다. 검은 후드를 머리에 쓴 남자였다. 아주 짧게 눈이 마주치는 순간 가슴이 철렁 내려앉았다.

"누구……?"

문창준이 천천히 뒤를 돌아보는 순간, 눈앞에 밝은 섬광이 일었다. 오른쪽 귀 아래가 불로 지지듯 뜨거워졌다. 그와 동시에 온 몸의 혈관이 오그라드는 듯한 통증을 느꼈다. 정신을 잃기 전 아주 짧은 순간, 그는 뒷좌석에 앉아 있는 남자를 보았다. 빗방울이 뚝뚝 떨어지는 검은 비옷의 후드를 뒤집어 쓴 그 남자는 바로 조형구의 아들 조한곤이었다.

#

빗방울이 방울방울 맺힌 문창준의 검은 세단은 안성 시내의 좁은 골목으로 들어섰다. 허름한 집들이 다닥다닥 붙어 있고, 상설시장과 축산물 도매시장과 치킨집이 있는 그 골목에서 천천히 움직였다. 미용실 앞 CCTV가 보이는 전봇대 앞에서 잠깐 멈추어 섰던 세단은 오른쪽 골목으로 천천히 빠져나갔다. 구불구불 골목을 빠져 나오자 안성천 둔치가 나왔다.

지난밤의 폭우로 안성천은 흙탕물이 흘러가고 있었다. 이른 새벽인데다가, 장마철엔 물이 범람할 수 있으니 하천변에 주차된 차량은 미리 안전한 곳으로 옮겨 달라는 시(市)의 권고가 있는 터라, 평소 차들로 빽빽했던 넓은 주차장은 거의 텅텅 비어 있었다. 자동차 매매라고 써 붙인 소형차 한 대와, 군청색 트럭 한 대, 그리고 SUV 자동차 두어 대가 주차장 한쪽에 세워져 있을 뿐이었다.

조한곤은 운전을 하며 조금 전의 상황을 천천히 복기해 보았다. 혹시라도 한 치의 실수라도 있을까봐 꼼꼼하게 되짚어 보았다.

약 한 시간 전, 그는 비가 쏟아지는 피트니스 건물 앞에 서 있었다. 안성천 둔치에서 그곳까지, 미리 답사해 두었던 카메라가 없는 길을 골라 걸어갔다. 비가 오는 새벽이라 오가는 사람은 물론 자동차도 별로 없었다. 건물 주변엔 카메라가 몇 개 있었다. 그는 개의치 않았다. 비옷의 후드를 뒤집어쓰고 우산을 쓴 채 건물 입구에 있는 카메라 앞을 서성였다.

그는 빗방울이 뚝뚝 떨어지는 우산을 쓰고 지하주차장으로 걸어들어 갔다. 새벽엔 주차관리원이 없다는 걸 그는 이미 알아둔 뒤였다. 지하 주차장엔 고급 승용차들이 줄지어 서 있었다.

그는 잠시 두리번거렸다. 그가 주기적으로 광을 내 주는 문창준의 검은 세단은 맨 가장자리 두 번째 칸에 있었다. 짙은 선팅을 해서 안이 전혀 보이지 않는 자동차였다. 조한곤은 미리 복사해 둔 열쇠로 뒷문을 열었다. 그리고 우산을 접고 뒷좌석에 올라타 조용히 문창준을 기다렸다.

승용차는 하상주차장에 서 있는 군청색 트럭 옆으로 다가

갔다. 그는 트럭 옆에 문창준의 세단을 바싹 주차했다. 주변을 두리번거리며 오가는 사람이 있나 확인한 후 길게 하품을 했다. 그는 긴장이 될 것 같으면 하품을 하는 버릇이 있었다. 자기도 모르게 하품이 나오는 걸 보니 몸 어느 부분에 은근히 긴장한 곳이 있는 모양이다.

그는 고개를 돌려 옆 좌석을 보았다. 문창준은 의외로 정신을 차리지 못했다. 전에 고태균은 자동차 안에서 여러 번 깨어나는 바람에 애를 먹었는데, 문창준은 여전히 허리 뒤로 두 손목을 묶인 채, 뒤로 누여진 시트에 얼굴을 처박고 있었다.

조한곤은 그가 죽었는지 몰라 손을 뻗어 목젖을 짚어 보았다. 체온은 따뜻했고 맥박은 약하긴 했지만 안정되게 뛰고 있었다. 맥박이 일정하다는 것은 그가 지금 잠이 든 척 연기하고 있지 않다는 증거이기도 했다.

그는 다시 주위를 둘러보았다. 사람도 자동차도 없었다. 구석에 주차된 SUV 차들은 너무 멀기 때문에 신경 쓸 필요가 없었다. 그는 세단에서 내려 잠시 서성이다가 조수석 문을 열었다. 트럭의 문도 열었다. 나란히 열린 자동차의 문이 가림막 역할도 해 주었다.

그는 문창준의 양 옆구리에 손을 넣어 낑낑대며 트럭에 옮겨 실었다. 문창준의 덩치가 커서 힘이 들었지만 최대한 재빠르게 옮겼다. 트럭의 문을 닫고 얼른 운전석에 앉을 때 흰색 자동차가 하상주차장 쪽으로 내려오는 게 보였다. 그때 옆에서 문창준이 꿈틀거리며 고개를 들었다.

"여기가 어디야?"

어리둥절한 표정으로 주위를 두리번거리던 그가 상황을 알아차렸는지 갑자기 "으아아!" 하는 괴상한 소리를 질렀다. 그의 벌어진 입에 전기 충격기가 쑤셔들어 왔다.

번쩍!

먼 하늘에서 번개가 쳤다. 문창준은 입을 떡 벌린 채 그대로 굳어졌다. 주차장으로 내려온 자동차가 조한곤의 트럭 앞으로 슬금슬금 다가왔다. 조한곤은 와이퍼를 끄고 좌석에 등을 기댄 채 꼼짝하지 않았다. 차창으로 빗물이 줄줄 흘러내렸다. 흰색 자동차는 트럭 옆에 세우고 차창을 스르륵 내렸다. 가슴이 철렁했다. 열린 차창으로 젊은 남자의 얼굴이 보였다. 짧은 머리의 젊은 남자였다. 남자가 뭐라고 말을 했다. 조한곤은 창문을 조금만 내렸다. 그때 옆에서 문창준이 다시 정신이 드는지 꿈틀거렸다. 조한곤은 한 손으로 문창준의 입을 틀어막으며 열린 창문으로 승용차를 내려다보았다.

"위험하니까 여기 주차하지 마세요!"

남자가 다시 소리쳤다. 자동차에 〈재난 안전관리 차량〉이라는 글귀가 붙어 있었다. 조한곤은 알았다고 손짓을 하고 차창을 올렸다. 승용차는 이번엔 문창준의 세단 옆으로 다가갔다. 사람이 없는 걸 확인하고 멀리 SUV 차량 쪽으로 핸들을 틀었다.

"너 무어야."

문창준이 눈을 반쯤 뜬 채 축축 늘어지는 소리로 말했다. 차 안에 다시 스파크가 일었다.

휴우- 조한곤은 운전석에 앉아 차창 밖을 멍하니 바라보고 있었다. 그는 스테레오 버튼을 눌렀다. 트럭 안에 아베마리아가 흐르기 시작했다. 자신의 목소리를 듣자 마음이 조금 안정되었다. 트럭이 움직이기 시작했다. 문창준의 검은색 세단은 안성천 주차장에 혼자 세워져 있었다. 주차장을 빠져나간 트럭은 큰 길 옆의 좁은 길로 이동하여 구불구불한 농로를 따라 이동했다.

멀리 우측으로 안성 경찰서가 보이고 소방서가 보이고 작은 교회도 보였다. 그는 차창을 반쯤 열고 창틀에 팔을 올렸다. 빗방울들이 차 안으로 들이쳤다. 그의 어깨와 팔뚝이 다 젖고 있었다.

한참을 달려 언덕길로 오른 조한곤은 마을 쪽으로 난 비포장길로 내려갔다. 옛날에 이곳에 도로를 낼 때, 산등성이와 레벨을 맞추기 위해 지대를 높이는 바람에 조한곤의 집은 1층이 도로에 가려 버리고 말았다. 철공소 건물은 아예 지붕밖에 보이지 않게 되었다.

그래도 다행인 것이, 철공소로 들어가는 옛날 길이 조금 남아 있었다. 그쪽 방향에서 보면 철공소 건물이 온전하게 보였다. 그는 그 길을 따라 내려가서 철공소 앞에 차를 세웠다. 클랙슨을 두 번 울렸다. 어머니에게 자신이 왔다고 알리기 위해서였다. 어머니는 말은 못하지만 소리는 누구보다 잘 들었다.

신숙자는 자물쇠를 풀고 쇠빗장을 밀어 문을 열었다. 철재 앵글에 함석판을 대어 용접한 철문이어서 가끔 경첩에 구리스를 먹여 두곤 했다. 그런데도 문을 열 때마다 쇠가 갈리는 기분 나쁜 소리가 들렸다.

문이 열리자 조한곤은 트럭을 후진하여 실내로 반쯤 들어오게 했다. 트럭의 뒷문을 열었다.

이런! 문창준이 눈을 뜨고 있었다. 그는 이미 정신이 들었는데도 꼼짝 않고 그러고 있었던 모양이다. 하긴 정신이 들어도 몸이 여러 군데 묶인 상태라 어쩔 수 없었을 것이다.

어머니가 재빠르게 핸드카를 끌고 나왔다. 털이 복슬복슬한 강아지가 작은 꼬리를 흔들며 어머니를 따라다녔다.

지난 번 고태균 때는 미련하게도 양 옆구리에 팔을 끼고 질질 끌고 들어갔었다. 힘도 드는데다가, 구두 뒤꿈치가 바닥에 두 개의 긴 자국을 냈다. 그래서 그는 이번에 미리 플라스틱 팔레트에 큰 바퀴와 손잡이를 달아 핸드카를 만들었다.

"정신이 들었네요."

조한곤의 목소리에 문창준은 얼른 눈을 감았다.

여기가 어딘가? 저놈은 누구인가?

문창준은 눈을 감고 생각했다. 알 것 같았다. 이게 어떤 상황인지. 여기는 조형구가 운영하던 철공소가 틀림없고, 저놈은 그의 아들 조한곤이다. 그가 나를 이곳에 끌고 왔다.

이유는?…… 맥이 쭉 빠졌다. 온 몸의 피가 빠져나가는 것 같았다.

조한곤은 문창준을 트럭에서 끌어내려 핸드카 위에 앉혔다. 구두 한 짝이 벗겨지자 신숙자가 얼른 집어 들어 문창준의 발에 신겼다. 조한곤이 핸드카를 밀었다. 어두운 실내로 바퀴가 굴러가기 시작했다. 강아지가 그 뒤를 쫄쫄 따라갔다.

문창준은 실눈을 뜨고 주위를 둘러보았다. 어둠 속에 낡은 기계들이 보였다. 쇠를 깎는 기계와 피댓줄이 달린 구형 컴프레서, 쇠파이프, 쇳조각들이 여기저기 널려 있었다. 지붕을 떠받치고 있는 사각 H빔 기둥들도 보였다. 구석과 모서리마다 먼지 낀 거미줄이 쳐져 있었다. 핸드카는 그것들을 지나 맨 구석으로 이동했다. 거기에도 붉은 페인트가 칠해진 철문이 보였다. 어머니가 앞서 달려가 문을 열자 조한곤이 그 방으로 핸드카를 밀었다. 벽 모서리에서 아베마리아가 흘러나오고 있었다.

"여기가 목사님 방입니다. 목사님을 위해 마련했지요."

조한곤이 문창준의 귀에 대고 낮은 소리로 속삭였다.

#

"연쇄살인범들 중엔 자신만의 환상에 사로잡혀 있는 경우가 있습니다. 자신은 완벽한 범죄를 저지를 수 있다는 자신감을 갖는 거지요."

퇴근을 하고 집으로 돌아가는 문주석은 라디오의 볼륨을 높였다. 연쇄살인범에 대한 얘기가 라디오에서 흘러나오고 있었다. 요즘 사회적으로 떠들썩한 일이라 문주석은 저절로 귀가 기울여졌다.

"만일 자신이 그 사건에 연루가 된다 하더라도 자신은 거기서 빠져나올 수 있을 것이란 믿음을 갖기도 하는데, 이런 허무맹랑한 자신감은 그들의……"

진행자가 범죄심리학 박사와 인터뷰를 하고 있었다. 심리학 박사는 이번 사건의 범인을 연쇄살인범이라 규정을 해 놓고, 충동적인 살인범과 연쇄살인범의 뇌 구조에 대해서 이야기를 이어 갔다.

"그래서 충동적 살인범은 대개 전두엽의 기능이 저하돼 있는 경우가 많습니다. 전두엽은 판단력, 감정 조절 등을 맡아 하는 기관인데, 그 기능이 저하되었다는 것은 그만큼 참을성이 부족하다고 할 수 있지요"

"일종의 분노조절 장애도 그렇다고 봐야 하나요?"

"네. 그렇습니다. 그로 인해 충동적으로 범죄를 저지르게 되는 것이지요. 하지만 연쇄살인범은 다릅니다. 전두엽 기능이 비교적 활발하고 지극히 정상적인 경우가 많이 있지요."

"그러니까 충동적인 살인범에 비해 연쇄살인범은 뇌의 기능이 정상적일 수 있다는 말씀이신가요?"

"네. 그렇습니다. 그렇기 때문에 그들은 범행을 저지르기에 앞서 철저하게 계획하고, 미리 사전 답사를 하거나 예행연습까지

하는 등 치밀한 준비를…"

　라디오를 듣고 있던 문주석은 어젯밤에 보았던 텔레비전의 프로가 생각났다. 며칠 전에 끔찍한 사체로 발견된 고태균에 대해 집중적으로 파헤친 종편의 한 프로그램이었다. 그 프로에서는 사회적으로 존경받던 인사가 왜 처참하게 살해되었는가 하는 내용을 중점적으로 다뤘다.

　방송에서는 모자이크 처리를 하긴 했지만 입술이 꿰매어진 사진과 망치에 의해 함몰된 두부 사진까지 내보냈다. 고태균의 사인은 후두부 함몰이라고 했다. 뉴스에서도 그 사진이 보여졌고, 인터넷 포털사이트는 물론 신문은 신문대로, SNS와 인터넷 게시판에도 그 사진들이 돌아다녔다.

　"그럼 이번엔 송요환 부부 사건에 이어 고태균 사건까지, 왜 그들이 이런 끔찍한 변을 당해야 하는지, 그 원인과 대책에 대해 알아보는 시간을 갖기로 하겠습니다. 경찰청 과학수사센터 프로파일러 최지현 소장님을 전화 연결해 보겠습니다. 안녕하세요, 최지현 소장님……"

　라디오에 귀를 기울이던 문주석은 볼륨을 줄여야 했다. 거치대에 올려놓은 핸드폰이 울리고 있었다.

　"문창준 목사님 자제분 되십니까?"

　처음 듣는 목소리였다.

　"네, 그렇습니다만…"

　"여긴 NBS 방송국, 시니어의 아름다운 삶, 프로그램 담당자인데요.…"

아버지가 출연하는 방송국의 전화라는 점에서 문주석은 순간적으로 안 좋은 소식이라는 것을 느꼈다. 그는 갓길에 차를 세웠다.

"오늘 녹화가 있는 날인데 목사님께서 말씀도 없이 안 나오셨거든요. 전화를 해도 안 받으시고, 걱정이 돼서 여기저기 알아보다가 선생님 전화번호를 겨우 알게 되었습니다. 목사님께 혹시 오늘 무슨 일이 있으신가요?"

문주석은 잠깐 멍해져서 아무 말도 하지 못했다. 그러나 곧바로 정신을 차리고 대답했다.

"아, 오늘 조금 바쁘다고 하시더니 까먹으셨나 보네요. 제가 알아보고 연락드리라고 하겠습니다."

뒤에서 들리는 클랙슨 소리에 문주석은 놀라 얼른 자동차를 출발시켰다. 설마하면서도 마음이 불안했다. 그는 운전을 하며 아버지에게 전화를 걸었다. 신호가 갔지만 받지 않았다. 두세 차례 해 보아도 마찬가지였다.

'도대체 무슨 일이지?'

불길한 예감이 스치고 지나갔다. 그는 운전을 하며 핸드폰 전화번호 목록을 뒤졌다. 교회 사무실과 골프장과 헬스클럽 등의 번호를 뒤적이다가 핸드폰을 내려놓았다. 전화보다는 여기저기 직접 찾아보는 게 먼저인 것 같았다. 그는 자동차들이 쌩쌩 오가는 번화가에서 불법으로 유턴을 했다. 새벽마다 가는 피트니스클럽에 가 볼 생각이었다.

진통이 시작됐다는 아내의 전화를 받고 하덕교는 당황스러웠다. 예정일은 이번 달 말인데, 2주나 먼저 신호가 오다니. 마음 같아서는 당장이라도 달려가고 싶지만 산더미 같은 일을 놔두고 그럴 수도 없었다. 수사 상황을 점검하기 위해 이번 주 안으로 광수대 감사팀이 내왕하기로 되어 있어 경찰서 안은 정신이 없었다. 하덕교는 그동안의 수사기록과 서류를 정리하고 증거품들을 목록별로 분류했다.

표상우 역시 테이블 위에 서류들을 잔뜩 펼쳐 놓고 하나하나 검토하고 있었다. 바쁘게 이곳저곳을 드나들던 신혜연이 서류 뭉치들을 들고 다가왔다.

"변기욱의 구강세포 DNA 결과가 나왔습니다. 지금 서류 작성 중인데, 궁금해하실까봐 먼저 가져왔습니다."

신혜연이 서류를 펼쳐 보이며 말했다.

"변기욱의 DNA는 천룡저수지 둑에서 수거한 대변과 불일치로 나왔습니다. 담배꽁초들도 마찬가지구요."

"당연히 그러겠지."

표상우가 예상했다는 듯이 고개를 끄덕였다.

"그런데 이르덴의 신발에 묻어 나온 먼지에서는, 송요환 현장의 족적에서 나온 기름때 성분과 일치합니다."

표상우는 대답 없이 고개만 끄덕였다. 이 역시 예상한 결과였다. 이로서 사건의 시나리오는 범인이 수사에 혼란을 주기 위해 자기의 신발을 변기욱 고물상에 집어 던졌고, 이르덴이 그 신발을 주워 신고 다녔던 것으로 재구성되었다. 다시 말해 형사들은 그동안 범인의 농간에 놀아났다는 얘기다. 의외의 결과도 하나 있었다. 박태만의 DNA가 저수지 둑에서 수거한 대변의 것과 일치한다는 결과가 나온 것이다. 이 사건과 관계없을 것으로 추정되는 박태만의 것으로 판명이 된 것은 조금 이상스러운 결과지만, 박태만의 말을 들어보니 전혀 이상할 게 없었다. 그는 이렇게 말했다.

"비어 있는 텐트 한 번 들어갔다 나온 것뿐이라고요. 저녁 때 다시 가서, 그때도 사람이 없으면 텐트를 가져올까 했던 거고… 갑자기 뒤가 마려워서 근처에서 볼일을 보고 내려가다가 오이트럭을 만난 거고. 그 오이트럭 운전사 정말 짜증나네. 어떻게 애매한 사람을 신고하지? 내가 남의 물건을 훔친 것도 아니고, 그냥 텐트만 욕심이 났던 건데 그게 법적으로 무슨 죄냐고요."

그는 조금 전 조사를 마치고 경찰서를 나가며 한 마디 더 덧붙였다.

"몽타주도 이따위로 그려놓고 말이야!"

어디서 뜯어왔는지 그는 자신의 얼굴이 그려진 몽타주를 확 집어 던졌다.

그는 배성욱이 사망하던 날 애인과 모텔에 있었고, 그것은 이미 확인된 사항이었다. 배 기자 사망 사건과 고태균 사체 유기

추정 기간도 그의 알리바이는 확인이 되었다.

오후 다섯 시가 다 되어서 표상우는 안내 데스크에 있던 순경으로부터 구내전화를 받았다.

"새벽에 전화로 실종신고를 했던 사람이 찾아왔는데요, 팀장님을 꼭 뵙고 드릴 말씀이 있다고 합니다."

표상우는 시계를 한 번 올려다보고 그러라고 했다. 오전에 야간 당직으로부터 실종자 신고가 한 건 접수되었다는 말을 들었지만 보고서는 아직 들춰 보지도 못한 상황이다. 그는 책상 위에 쌓인 서류더미에서 그 보고서를 꺼내 들춰 보았다. 접수는 오전 6시 22분에 되어 있었다. 신고자는 문주석, 40세의 남자였고 고등학교 음악교사였다. 실종자는 문창준, 63세, 직업은 목사, 주소는 경기도 안성시 대덕면… 보고서를 읽어 내려가던 표상우는 눈이 번쩍 뜨였다. 문창준이라면 요즘 TV에 출연하는 그 목사?

안성의 한 교회의 담임목사가 티브이에 가끔 출연한다는 얘기를 표상우는 익히 들어 알고 있던 터였다. 그가 실종되다니!

내용 란엔 〈7월 3일 새벽 5: 30에 헬스클럽에 나갔다가 자동차와 함께 실종되었다〉라고 적혀 있었다.

사무실 칸막이 저쪽에서 중년의 남자가 걸어오는 것을 보고 표상우는 보고서를 덮었다. 흰 셔츠 차림의 차분한 인상의 남자는 잠시 두리번거리다가 표 경감의 명패를 보고 곧바로 앞으로 다가왔다.

남자는 지쳐 보였다. 이마에 쏟아진 머리칼은 땀으로 젖었고, 안경알엔 손자국이 잔뜩 나 있었다. 이틀 정도 면도를 하지 않은 모양인지 입 주위가 거뭇거뭇해져 있었다.

"부친께서 실종되셨다니 힘드시겠군요. 실종 날짜가 어제 아침이면, 지금이 다섯 시니까, 약 40여 시간이 지난 건데, 혹시 실종이 아닌 다른 방향으로는 생각해 보지 않으셨습니까? 어디서 휴식 중이라든가 여행이라든가…"

남자는 고개를 절레절레 흔들었다.

"어제 저녁까지 저도 그렇게 생각을 하려고 했었습니다. 그런데 시간이 갈수록 그게 아니라는 생각이 드는 겁니다. 아버지가 다니던 헬스클럽과 골프장, 방송국 주변을 모두 뒤졌거든요. 가까이 지내던 지인들에게도 하나하나 연락해 보고…"

"보고서에 자동차도 함께 실종이 되었다고 나와 있던데 부친께서 자동차를 직접 운전하시나요?"

"네, 직접 하십니다."

"전화는 해보셨겠지요? 신호는 가던가요?"

"방송국 연락을 받고 곧바로 전화를 했는데, 그때는 신호가 갔지만 잠시 후엔 전화기가 꺼져 있었습니다."

"당시 복장은 운동복 차림이셨겠군요."

"아니요."

문주석은 고개를 저었다.

"양복 차림이셨습니다."

"새벽에 헬스클럽에 나가셨다면서요?"

"저희 아버님은 언제 어디서나 단정하게 양복을 입으십니다. 어머니도 그날 새벽 체크무늬 회색 양복차림으로 나가셨다고 확인해 주셨고요. 그런데 걱정이…… 요즘 사회적으로 강력 범죄가…"

문주석은 무슨 말인가를 하려다가 채 끝내지 못했다.

"물론 요즘 일어나는 사건 때문에 걱정이 많으실 줄 압니다만, 아직은 그쪽으로 결부시켜 생각하기엔 이릅니다. 일단 접수가 된 사항이니만큼 저희 최선을 다해 수사를 하도록 하겠습니다."

"부탁이 있습니다. 저희 아버지 일을 당분간 비밀리에 수사해 주셨으면 합니다. 신문이나 뉴스에 절대 내지 말아 주십시오. 아버님의 명예도 있고, 교회에 알려지면 난리가 날 겁니다…"

#

"너 도대체 왜 이러는 거야? 내가 누군지 몰라? 나 문창준이야."

문창준은 기둥에 몸이 묶이고도 호통을 쳤다. 조한곤은 전혀 반응하지 않고 의자를 점검했다. 지난번에 고태균이 의자를 들어 올리는 바람에 볼트를 고정했던 나무 바닥에 약간의 문제가 생겼다. 나무가 갈라져 볼트 구멍이 넓어졌고, 그래서 그곳에 와셔를 대어 고정을 해야 했다. 그간에 철저하게 준비를 했지만 만

일을 위해 한 번 더 볼트들을 조였다.

"내 말 안 들려? 이놈아! 나 문창준이라고!"

철문 밖에는 신숙자가 기웃거리고 있었다. 작은 구멍으로 얼핏얼핏 보이는 그녀는 웃고 있었다.

"조한곤. 이놈아, 나 좀 봐봐. 내 눈을 좀 보라고. 여봐요, 신숙자 집사님, 나 좀 보라고요. 지금 도대체 뭣들, 윽!"

조한곤이 전기 충격기로 목을 내리쳤다. 문창준은 다리를 쭉편 채 굳어졌다가 금방 정신을 차렸다.

"너 이노옴!"

그리고 다시 호통을 쳤다.

"송 교수도, 고 박사도 네 놈 짓이었구나, 이놈. 나는 네가 그럴줄 이미 알고 있었다, 이놈!"

그는 얼굴이 벌겋게 달아올랐고, 말을 할 때마다 입에서 침방울이 튀었다.

"나는 너와 너의 어머니를 먹여 살렸다. 이놈아. 너는 나를 아버지라고 불렀지 않았느냐, 기억 못해?"

조한곤은 고개를 돌려 문창준을 바라보았다.

"아버지…"

조한곤의 말에 문창준은 잠깐 움찔한 듯 눈을 크게 떴다. 조한곤과 정면으로 마주보기는 처음인 것 같았다. 그가 가끔 예배에 참석하는 것은 알고 있지만 이렇게 가까이 있기도 처음이었다.

"목사님이 정말 내 아버지입니까?"

"그래, 내가 네 아버지다."

문창준도 부드러워진 표정으로 대답했다.

"네 어머니한테 물어봐라, 내가 진짜 너의 아버지야."

그때였다. 신숙자가 종종걸음으로 뛰어 들어왔다. 그녀는 양 손바닥을 쫙 편 채 흔들어 대었다.

"어, 어, 안야흐, 안햐!"

"우리 엄마는 아니라고 하는군요."

"네 어머니는 바보야, 그 말은 믿지 못해."

짝!

귀청이 얼얼했다. 순간적으로 무슨 일인지 알 수 없었지만, 또 한 번의 짝 소리를 듣고서 문창준은 자신이 따귀를 두 대나 맞은 것을 알아차렸다.

"우리 엄마가 바보라고? 엄마가 바보라고?"

조한곤은 문창준의 멱살을 움켜쥐고 흔들었다.

"아니, 그게 아니라…"

짝, 짝, 짝… 문창준은 몇 차례 더 고개를 좌우로 돌려야 했다. 조한곤이 뭐라고 소리를 질렀지만 귀가 멍멍해져 들리지 않았다. 입에 찝찔한 것이 고여 왔다.

"다시 한 번 그딴 소리를 했다가는 혀를 뽑아 버릴 거야."

조한곤은 가슴까지 들썩이며 씩씩거리다가는 문창준의 양복 상의에 꽂힌 행거 칩을 꺼내들었다.

"왜 목사가 연예인들처럼 이딴 걸 주머니에 꽂고 다니는지 몰

라. 토 나오게."

그는 그걸 문창준의 입에 구겨 넣고, 연장가방의 지퍼를 죽 소리가 나게 닫았다. 조한곤의 표정이 다소 누그러지자 문창준은 행거 칩을 뱉어내고 말했다.

"그래, 미안하다. 그 말은 기분이 나쁜 말이지. 미안하구나, 사과하마."

조한곤은 그의 말에 반응하지 않았다.

"하지만 한곤아. 내가 너희를 먹여 살려 준 것은 사실이다. 네가 어려서 잘 모르겠지만 네 아버지가 죄를 짓고 교도소에 갔을 때, 너희는 교회에서 쫓겨날 지경이었다. 너 기억하니? 그때 내가 너희를 거뒀다. 교회에 특별히 방을 하나 마련했고 너희 어머니께 월급까지 주면서…"

조한곤이 잠시 귀를 기울이는 듯하자 그는 얼른 말을 이었다.

"아, 그리고 지금 네 어머니가 기초생활수급자로 매달 돈을 받고 있지? 또 그리고… 네 어머니가 정신지체장애자로 사회적 편의도 제공받고 있지? 그걸 누가 해 줬는지 알아? 나야, 나. 내가 그렇게 네 가족을 도와 왔다. 그뿐인 줄 아니? 네 아버지는 아직도 청송교도소에 있지 않니. 너도 커서 알고 있겠지만 네 아버지는 사형수야. 우리 교회에서 네 아버지를 위해 매년 청송교도소로 봉사를 가는 걸 네가 알고 있는지 모르겠다.…"

"우리 아버지가 왜 사형수죠?"

"그건, 너도 알다시피 네 아버지가 죄를 지었기 때문이지. 살인은 동서고금을 막론하고 가장 큰 범죄잖아."

"우리 아버지가 왜 사람을 죽였죠?"

"그건, 내 생각엔, 네 아버지가 잠깐 실수를 했던 것 같아. 네 아버지는 원래 착한 사람이었는데 죽은 사람들과 사이가 좋지 않았지. 그건 교회 사람들도 다 알고 있는 사실이야. 죽은 사람들은 장로와 집사들이었는데, 아주 성격이 안 좋은 사람이었어. 그 사람들이 기도하고 있던 건물에 불을 질렀지."

"왜 우리 아버지가 불을 질렀냐고요!"

"그건, 네가 어려서 잘 모르겠지만 아버지는 신앙심이 두터운 사람이었다. 많은 사람들도 네 아버지를 좋아했지. 한곤아, 나 물 좀 마시고 싶다."

조한곤은 테이블에 있는 물병에 빨대를 꽂아 입에 대어 주었다. 문창준은 쪽쪽 소리가 나게 물을 빨아마셨다.

"그런데 그 장로가 아버지를 많이 무시했지. 네 어머니를 바보라고 소문을 냈고, 장애가 있던 네 아버지의 손을 모욕하기도 했다. 그래서 불을 질렀다고 경찰이 밝혔지. 신문에도 그렇게 났다."

문창준은 다시 빨대를 빨았다.

"그게 사람을 죽일 만한 일인가요?"

"그래, 그러게 말이다, 그런 일로 사람을 죽여서는 안 되는데 말이다."

"사람은 그런 일로 죽을 수 없습니다. 그런 일로 죽여서도 안

되고. 그런데 우리 아버지는 왜 그만한 일로 사람을 죽였을까요?"

조한곤이 천천히 문창준 앞으로 다가섰다.

"우리 아버지가 사람을 죽인 것은 당신 때문이었다고, 우리 엄마가 말했습니다."

"엄마가? 신 집사님이 그런 말을 했다고?"

문창준은 어이가 없다는 듯 허! 하고 웃었다.

"나 때문에 사람을 죽이다니, 그게 무슨 말이야? 나는 금시초문인 걸. 이봐요 신 집사님, 그게 무슨 말이지요?"

신숙자는 조한곤의 뒤에 서서 두 손을 턱 밑에 모아 쥐고 안절부절 하지 못했다.

"우리 아버지도 약간의 정신지체가 있다고 들었습니다, 그런 아버지에게 집사라는 직분을 주고 설교 때마다 칭찬하고 추켜올려주고 했으니, 아버지가 얼마나 당신을 존경했을까요."

"그렇지. 너의 아버지 조 집사는 나를 좋아하고 존경했지. 아침이면 교회 문 앞에 달걀이 놓여 있고, 호박이나 참기름도 놓여 있고, 너의 아버지와 너의 어머니 신 집사가 그랬어. 그걸 내가 시켰겠나? 그렇게 하라고 부탁을 했겠나? 그건 오로지 네 아버지의 믿음이고 신앙이었지. 그렇지요? 신 집사님?"

"우리 아버지가 포도밭 문서도 바쳤다고 들었습니다."

"포도밭? 아, 그거? 그래, 그래, 맞아, 아마 그랬을 거야. 그건 건축헌금으로 낸 거였네. 자네도 알겠지만 건축헌금 역시 자발적인 것이었지. 있으면 있는 대로 없으면 없는 대로, 내도 되고 안 내도 되는 거였지. 너의 어머니에게 물어봐, 그건 틀림없는 사실이야."

"나는 이제 와서 그런 걸 물으려 하는 것이 아닙니다. 그딴 건 상관없어요."

"그럼 뭔가. 만일 그게 서운한 것이라면, 내가 사적으로라도 얼마간 보상을 해 줄 수 있네. 한곤이, 이것 좀 풀어 주면 안되겠 나?"

문창준이 어깨를 흔들며 말했다.

"목사들은 아주 교묘하게 교인들에게 충성을 강요하죠."

"그건 일부 목사들일 뿐이야."

"당신은 알고 있었죠? 당신이 눈짓만 해도 아버지가 움직일 거라는 걸… 당신 손에 피 한 방울 안 묻히고 당신을 방해하는 자들을 없애는 방법을."

"어떻게 그런 말을 함부로 할 수 있나. 여보게, 한곤이… 뭔가 서운한 것이 있으면… 자네 아버지 일이 서운하다면 내가 보상 을 한다지 않았나. 하지만 오해하진 말게. 보상을 한다고 내가 그 일과 상관이 있다는 얘기는 절대 아니야. 다시 말하지만 나는 자네 말처럼 어떤 눈짓도 준 적이 없네. 만일 내가 그렇다면 나 는 목사도 사람도 아니야. 알겠지, 한곤이?"

"아아아아악!"

갑자기 조한곤이 발작을 하듯 두 손을 떨며 비명을 질렀다. 심하게 일그러진 얼굴에 핏발이 섰다.

"차라리 부탁하고 사주했다면 내가 이렇게 분노하지도 않아. 네놈은 끝까지 고귀하고 순결한 채로 남아 사람들의 추앙을 받고 그 순진한 아버지에게만 모든 죄를 덮어씌우는 게 참을 수 없는 거지. 내 아버지는 세상의 벌도 혼자 받고, 죽어서는 하늘의 벌도 받아야겠지. 그런데 네놈은 누가 벌하지? 세상에서도 가장 높은 곳에서 살고, 죽어서도 천국을 맡아 놓았을 테니…"

속사포처럼 말을 쏟아 낸 조한곤은 커튼이 둘러쳐진 벽으로 걸어갔다. 조한곤은 그 커튼을 옆으로 휙 걷었다. 거기 나무로 만든 커다란 십자가가 걸려 있었다. 문창준은 눈을 껌뻑이며 그 것을 보았다.

"웬, 십자가야…"

십자가가 그렇게 무섭기는 처음이었다.

조한곤은 손으로 십자가를 천천히 만져 보다가 흥분을 가라앉혀야겠다고 생각했는지 이마를 그 기둥에 댔다. 한동안 침묵이 흘렀다.

"내가 어렸을 때 말을 잘 못했던 거 기억합니까? 한동안 나도 벙어리처럼 살았는데."

조한곤은 다시 공손한 말투로 돌아와 있었다.

"그래, 네가 그랬지. 네가 말을 잘 못해서 내가 많이 걱정했단다. 너를 위해 기도도 많이 했고."

"사람들은 내가 어머니를 닮아간다고들 말했죠. 하지만 아닙

니다. 가위 때문이었어요. 가위… 당신은 가위가 생각나지 않나
요?"

조한곤이 손가락으로 가위질하는 흉내를 냈다. 문창준은 무
슨 소리인지 몰라 눈을 껌벅거렸다.

"내가 일곱 살 때였습니다. 방이 하나뿐이라 엄마랑 같이 잠을
자는데, 그날은 잠결에 엄마가 보이지 않았습니다. 우리 집 주방
에서 예배당으로 통하는 복도가 있고 그 맞은편엔 식당이 있고
기도실도 있었는데…."

조한곤이 말했다. 감정의 동요가 없는 차분한 목소리였다.

"그래 맞다. 옛날에 우리 교회가 그랬지. 교회 뒤에 내가 거주
했던 사택이 붙어 있고, 너의 집은 그 사택 옆에 있었지. 너 아주
어렸을 적인데도 기억을 용케 잘 하는구나."

"엄마가 보이지 않아 나는 자리에서 일어나 앉았습니다."

조한곤은 천천히 걸으며 자기의 말을 이어갔다.

깊은 밤, 어린 조한곤은 잠결에 눈을 떠 손으로 더듬어 본다.
엄마가 없다는 걸 알고 자리에서 부스스 일어선다. 방을 나와 엄
마를 찾는다. 주방문을 열고, 불 꺼진 교회 복도로 들어간다. 자
기의 긴 그림자에 긴장한 한곤은 어깨를 바싹 움츠리고 식당과
예배당 문을 차례로 열어 본다. 넓은 예배도도 불이 꺼져 있다.

어린 한곤은 소리 없이 훌쩍거리고 있다. 울음을 겨우겨우 참
으며 예배당 안을 두리번거린다. 다시 복도로 나온다. 기도실 쪽

에서 무슨 소리가 들린다. 누가 우는 소리 같기도 했고, 입을 틀어막은 비명 소리 같기도 하다. 한곤은 엄마가 기도를 하는 것인 줄 알고 문을 살짝 열어 본다. 그런데…

문창준의 표정이 조금씩 굳어지기 시작했다.

"그런데 어둠 속에 사람이 있었습니다. 두 사람이… 한 사람은 위에 있고 한 사람은 밑에 있고. 위에 있는 사람은 남자였는데 웃통을 벗었고, 넓은 등짝에 땀이 번들거리는 것이 어둠 속에서도 똑똑히 보였죠. 나는 놀라서 뒷걸음을 쳤습니다. 그러다 발을 헛디뎌 넘어지고 말았습니다."

인기척을 느꼈는지 기도실 문이 발칵 열리며 남자가 뛰어나온다. 한곤은 얼른 예배당 안으로 달아난다. 뒤에서 남자가 성큼성큼 뒤따라오고 있다. 한곤은 긴 의자 사이로 요리조리 달아난다. 그러나 얼마 못 가 남자의 손에 뒷덜미가 잡히고 만다. 그는 한곤의 목덜미를 잡고 씩씩거린다. 놀랍게도 그의 손엔 가위가 들려 있다. 날이 퍼렇게 선……

"그가 그 가위를 내 입에 가까이 댔습니다. 그리고 말했습니다. 혀를 잘라 버리겠어! 지금 본 사실을 누구에게 말하는 날이면, 니 혓바닥을 잘라 버릴 거야!"

신숙자가 조한곤의 뒤에서 훌쩍이기 시작했다.

"나는 그 이후부터 말을 할 수 없었습니다. 말을 하면 내 혀가 잘릴 것이라는 공포 때문에. 나는 자주 혀가 잘리는 꿈도 꾸었습니다. 내 혀가 가위에 잘리는… "

조한곤은 거기서 잠시 말을 멈추고 자신의 혀끝을 아랫니에 문질렀다.

"그 후, 나는 엄마와 교회에서 쫓겨났습니다. 무슨 이유에서인지 교회에서 우리를 쫓아 낸 것이지요. 그건 정말이지 다행한 일이었습니다. 엄마와 나는 교회를 나와 폐허가 된 우리 집으로 들어왔습니다. 바로 여기죠. 우리 아버지의 철공소. 옛날 철공소. 나는 여기서 밥벌이를 하며 조금씩 말을 배웠습니다. 혀가 잘리는 꿈도 이젠 꾸지 않게 되었지요. 그런데 지금까지도 궁금한 게 하나 있습니다."

조한곤이 고개를 돌려 문창준을 바라보았다. 문창준이 움찔했다.

"그 가위…… 그 가위를 어디서 났을까? 그 남자가 어디서 갑자기 가위를 들고 나온 것일까? 말해 보십시오. 가위를 어디서 났는지."

조한곤이 다가오자 문창준은 움찔했다. 하지만 그는 곧 정신을 차리고 호통을 쳤다.

"너 이노옴! 보자보자 했더니, 못하는 말이 없구나, 네 놈이 어찌 감히 나를…!"

조한곤이 뒷주머니에서 가위를 꺼냈다. 날이 퍼렇게 선 무쇠 가위였다. 조한곤은 문창준의 눈앞에서 그 가위를 철컥, 철컥, 폈다 오므렸다 해보였다.

"바로 이 가위였지요, 아마?"

문창준은 눈을 동그랗게 떴다.

"이 가위로 내 혀를 자른다고 했지요?"

조한곤은 가위를 철컥거리며 천천히 문창준 앞으로 다가 갔다.

"이 가위를 어디서 난 겁니까?"

"이봐, 이러지 마. 그걸 내가 그 가위를 어떻게 알겠나? 나는 처음 보는 것이야, 전혀 아는 게 없다고!"

"나쁜 새끼!"

조한곤은 갑자기 폭발했다. 얼굴이 시뻘겋게 변한 그는 문창 준의 몸을 묶었던 끈들을 싹뚝 싹뚝 잘라 냈다. 그리고 가위 끝 을 문창준의 목에 갖다 대고 철문 밖으로 끌고 나갔다.

철공소 내부는 어두웠다. 조한곤이 문 옆에 달린 스위치를 올 리자 갑자기 기계들이 한꺼번에 돌아가기 시작했다. 여기저기 서 엄청난 기계음이 들리기 시작했다. 쉭쉭거리고 덜컹거리는 기계소리가 어두운 실내를 가득 메웠다. 기계 소리와 함께 스피 커에서 노랫소리도 흘러나왔다. 아베 마리아, 아베-

"말해, 이 가위를 어디서 났어!"

조한곤이 문창준의 오른팔을 꺾어 쇠 깎는 기계 속으로 밀어 넣었다.

"이봐, 이봐! 한곤이!!"

"말하지 않으면 네 손을 썰어서 닭 모이로 줄 거야!"

"난, 몰라, 모르는 일이라고! 아아아악!"

쇳조각이 나오는 구멍으로 핏물이 흘러나왔다. 아아아아- 아베- 아아아아-아베- 기계음 사이에서도 간간이 아베마리아 노랫소리가 들렸다.

"말하지 않으면 손가락 전체를 갈아버리겠어!

"말할게, 말할게, 이 손 좀… 손을 좀 빼 줘… 손이 갈렸어."

조한곤은 스위치를 껐다. 기계소리와 노랫소리가 멈췄다.

문창준은 기계에서 손을 꺼냈다. 회전기어에 부서진 중지 끝에 피와 살이 범벅이 되었다. 핏물은 손바닥을 적시고 팔꿈치로 흘러 바닥으로 뚝뚝 떨어졌다. 조한곤의 흰 셔츠에도 피가 묻어 있었다.

"그건, 그건 네 어머니의 것이야. 어머니가 쓰던 미싱 가위였던 모양이야……"

문창준이 자리에 앉다말고 반쯤 누워 버렸다. 손을 다친 것뿐인데 다리에 힘이 풀렸고 머리가 어지러웠다.

"왜 우리 어머니의 가위를 당신이 가지고 있었지?"

"그건… 나도 확실히 잘 모르겠어. 그날 밤 너의 어머니를 불렀는데, 너의 어머니가 그 가위를 품속에 들고 왔던 거였어. 위험해 보여서 내가 빼앗았던 거야."

"어머니가 왜 가위를 품속에 들고 왔을까?"

"그건…… 이봐 한곤이. 이거 지혈을 먼저 해 줄 수 없나?"

문창준이 손가락을 내밀어 보였다.

"당신이 매일 밤마다 우리 어머니를 불러냈던 거지? 그러다 결국 어머니가 견디지 못했던 거야. 어머니가 좋아서 자발적으로 나간 게 아니라는 증거지."

"맞아, 그랬을 거야. 맞는 말이야. 용서해 주게. 지난날이야. 무척이도 오래된 일이지. 나는 지금까지 그 일을 회개하며 살아왔네. 제발 지혈 좀……"

"회개하고 용서를 받았나?"

"하나님은 용서의 하나님이기도 하지만 분노의 하나님이기도 하거든. 내가 용서를 받지 못했다면 나는 이미 이 세상 사람이 아니었을 걸세."

조한곤은 전기 충격기를 문창준의 입에 쑤셔 넣었다. 문창준이 비명을 지르며 몸을 떨다가 곧바로 정신을 차리고 말했다.

"한곤이, 이러지 마. 제발!"

"그런데 어머니 목엔 왜 상처가 났지? 당신이 찔렀나?"

조한곤이 침착한 목소리로 다시 물었다.

"아니야, 그건 아니네. 그건 어머니에게 물어 봐도 알겠지만, 스스로 찌른 거였네. 나는 그걸 말린 것뿐이야. 내가 말리지 않았더라면 아마 어머니는 죽었을 거야."

"그러니까 우리 어머니는 당신을 찌르려고 가위를 가져갔던 것이 아니군."

"맞아, 맞아… 어쩌면 그랬을 거야."

조한곤이 자신의 셔츠 자락을 이빨로 물고 부욱 잡아 찢었다. 그리고 문창준의 손에 칭칭 감아 주었다. 신숙자는 조한곤 뒤에서 두 손으로 입을 가린 채 훌쩍훌쩍 소리를 내고 있었다.

"우리 아버지는 왜 사람을 죽였지?"

"나는… 나는 다만, 지나가는 말로 네 아버지한테 그들이 사라졌으면 좋겠다는 말을 했던 것 같아. 정말 그 뿐이야…"

조한곤은 문창준을 방으로 끌고 들어가 의자에 앉혔다. 그리고는 케이블 타이로 몸을 단단히 묶었다.

"원래는 당신 혓바닥을 잘라 닭들에게 주려고 했지. 하지만 그러면 당신의 얘기를 들을 수 없잖아."

조한곤의 등도 핏물과 땀으로 흠뻑 젖어 있었다. 그는 물병을 들어 벌컥벌컥 마시고, 문창준의 입에도 빨대를 꽂아 주었다.

"내가 당신을 여기에 데려온 것은 그것 때문이 아니야. 그건 아버지 어머니 일이지, 나의 일이 아니잖아. 그딴 일로 사람을 죽이면 아주 나쁜 짓이야. 하지만 당신이 내게도 저질렀던 일이 있어. 그것이 뭔지 곰곰이 생각해 보라고!"

그는 말을 마치고 어머니와 함께 철문을 열고 나갔다.

\#

자정이 넘은 시간. 표상우는 사무실 캐비닛 뒤, 간이침대 위에 누워 있다. 스탠드의 취침 등이 희미하게 사무실을 비치고 있다. 잠이 오지 않는 듯 그는 이리저리 뒤척였다. 그의 머리맡엔 핸드폰과 금연 껌과 짜먹는 위장약, 뜯지 않은 컵라면 등이 놓여 있다. 방금 벗어 던진 양말도 동그랗게 뭉쳐져 있고, 너덜너덜해진 두툼한 서류 위엔 그의 도수 높은 안경이 놓여 있다.

사무실 구석 침대에서 생활한 지도 벌써 한 달. 자정 넘어 퇴근하고 이른 새벽에 출근하는 것이 벅차 아예 사무실에서 생활하고 있었다. 그동안 집에 들어간 것은 고작 대여섯 날뿐. 아내와 딸아이의 얼굴도 보고 싶고 따뜻한 집밥도 그리웠다.

그런 줄 알고 아내는 가끔 도시락과 속옷 등을 싸서 가져오곤 했다. 오늘 저녁도 아내가 잠깐 다녀갔다. 표상우가 좋아하는 순두부찌개와 무말랭이 등의 반찬들을 만들어 가져왔지만 몇 술 뜨지 못했다.

요즘 그는 속이 자주 쓰렸다. 위장 기능이 약해진 탓도 있지만, 마음 밑바닥에 단단한 앙금들이 가라앉아 있기 때문일 것이다. 그 앙금들이 잊을만하면 한 번 씩 속을 뒤집어 놓곤 했다. 속이 아플 때마다 그는 손바닥으로 가슴을 문지르며, 무슨 결심이라도 하듯 입을 꾹 다물곤 했다. 이 통증이 왠지 그가 해결하지 못한 사건 때문에 비롯된 것이라는 생각이 들었다.

이마에 손등을 얹고 누워 있던 그는 손을 더듬어 머리맡의 핸드폰을 집어 들었다. 버튼을 누르자 두 딸아이의 사진이 바탕화면에 보였다. 핸드폰 불빛에 그의 얼굴이 훤히 보였다. 눈 밑의

주름과 까칠하게 자란 수염 때문에 그는 더욱 늙어 보였다.

가느다랗게 눈을 뜨고 두 아이를 한참동안 바라보았다. '고양이귀 머리띠'를 하고 웃고 있는 두 아이는 셔츠도 똑같고 머리 모양도 똑같고, 짙은 눈썹도 똑같았다. 왼쪽아이가 큰애였다. 아이의 기일이 바로 내일모레인데… 벌써 만 3년이 다가오는데… 나는 그동안 도대체 뭘 하고 있는 거지? 뭘 하고 돌아다녔던 거지? 여태껏 범인의 머리카락 하나도 발견하지 못했잖아. 그냥 이대로 끝나는 건가!

미안하다, 미안하다… 그 말 외엔 할 말이 없었다.

그는 손바닥으로 가슴을 쓸며 벽에 걸린 동그란 시계를 보았다. 새벽 1시가 넘어서고 있었다.

그는 핸드폰을 끄고 머리맡에 던져 두었다. 취침 등도 껐다. 담요를 덮고 캐비닛을 향해 웅크린 채 한참을 누워 있었다.

하지만 얼마 못 가 그의 손이 다시 머리맡을 더듬었다. 핸드폰을 켰다. 그는 메시지 창을 띄우고 버릇처럼 배성욱의 메시지를 클릭했다. 젖은 머리칼이 이마에 흩어진 배 기자의 사진이 먼저 올라왔다. 오른쪽 손에 카메라를 들고 찍은 듯 측면을 바라보고 있는 그는 살짝 웃는 듯도 보였다.

표상우는 사진을 한참 바라보았다. 지금 보니 눈도 부리부리한 게 잘생겼네. 지금 생각하면 그는 정말 열심히 뛰어다녔던 기자였던 것도 같았다. 자기 세계에서 어떻게든 살아남으려고 제 딴엔 발악했던 거지. 그런데 아닌 밤중에 비명횡사를 했으니…

사진 아래엔 문자가 있었다.

〈예_쁘ㄴㅏㄹ처ㅓ ㄹ〉

도대체 이게 뭐지? 뭘 쓰려고 한 거지? 오타가 분명한데… 혹시 작정하고 쓴 암호일까?

예쁘 날? 예쁜 나처럼? 예뻐 날? 예쁜 날?

그는 버릇처럼 중얼대다가 핸드폰을 끄고 머리맡에 휙 던졌다. 몸을 웅크리며 옆으로 돌아누웠다. 주위는 다시 어둠뿐이었다. 어둠 속에서 그의 중얼대는 소리는 계속 되었다.

"예…엡 날? …예뻐 나르 체?… 예뻐 날?… 나 예쁘지?…"

\#

"엄마, 엄마!"

조한곤이 계단을 쿵쾅거리며 뛰어올라갔다. 문창준의 소식이 올라왔는지 보려고 핸드폰을 찾았는데, 어디에 두었는지 보이지 않았다. 옷 주머니와 가방을 다 뒤져도 없었다. 트럭은 물론 집 안 구석구석을 샅샅이 뒤졌다.

"내 핸드폰 못 봤어?"

신숙자는 무슨 일이냐는 듯이 손을 저어 대다가 상황을 알아차렸는지 얼굴이 굳어졌다.

조한곤의 눈앞에 안성천 주차장이 떠올랐다. 이른 새벽, 축 늘어진 문창준을 트럭에 옮겨 태우던 순간들이 스쳐지나갔다. 그

때 그의 주머니에서 핸드폰이 미끄러져 떨어지는 상상을 하던 그는 우당탕탕 계단을 뛰어내려가 트럭에 올라탔다. 비가 억수처럼 쏟아지고 있었다.

이런 실수를 하다니!

핸들을 잡은 손이 덜덜 떨렸다. 운전을 하는 그의 눈앞에 순간순간의 영상들이 지나갔다. 이른 새벽, 비가 죽죽 내리던 거리, 환하게 불이 켜진 피트니스 건물 5층, 러닝머신 위에서 땀을 흘리고 있는 문창준, 비옷의 후드를 쓴 채 거리에 서 있던 조한곤, 지하 주차장, 문창준의 검은 세단, 뒷좌석에 웅크리고 앉은 조한곤…

그때까지만 해도 분명 핸드폰을 가지고 있었어. 시간을 확인하느라 몇 차례 핸드폰을 켰잖아! 그렇다면 그 이후야!

그는 다시 기억을 더듬었다. 헬스를 마친 문창준이 엘리베이터로 내려와 자동차 운전석에 오른다. 자동차의 시동을 걸고 룸미러를 움직이던 문창준. 조한곤의 눈과 마주친다.

"누구…?"

그 순간 눈앞에 번쩍이던 섬광. 그 후 축 늘어진 문창준의 팔다리를 묶었잖아. 그리고 좌석을 타 넘어 미리 정해 둔 길로 운전을 하여 안성천 주차장까지 달렸고. 자동차를 트럭 옆에 세우고 문창준의 양 옆구리에 손을 넣어 트럭으로 옮겨 실었잖아. 그때 문창준이 꿈틀거리며 깨어나는 바람에 다시 한 번 전기 쇼크를 주어야 했지. 거기다!

그는 기억을 멈췄다. 그때였을 것이다. 문창준을 트럭에 옮길 때, 그때 주머니에 넣어 두었던 핸드폰이 빠졌던 게 분명했다. 아무리 생각해 봐도 핸드폰이 떨어진 것은 그때밖에 없었다. 문창준의 승용차 안에 떨어졌거나 바퀴 옆에 떨어졌을 것이다.

핸드폰이 누군가에게 발견된다면 모든 게 끝이다. 늦은 밤이라도 경찰들이 들이닥칠 것이다. 그러나 지금까지 방문자는 없었다. 그러므로 핸드폰은 아직 경찰들 손에 들어가지 않았다는 얘기도 되었다. 신문에 문창준의 소식이 올라오지 않은 걸 보면, 그가 실종되었는지도 모를 수 있다.

아무리 급하더라도 CCTV에 찍히면 안 되기 때문에, 그는 축산물 도매시장과 미용실이 있는 좁은 골목길을 이리저리 돌아갔다. 골목을 빠져 나와, 안성천 둔치에 올라서려다 말고 반대편 둔치로 핸들을 틀었다.

거센 빗줄기에 시야가 흐렸지만, 멀리 하상주차장 가로등 불빛에 검은 세단이 보였다. 주차장엔 개미새끼 한 마리도 보이지 않았다. 오가는 차량도 없었다. 만일 문창준의 차량이 발견되었다면 지금쯤 안성천 주변이 저렇게 조용할 리 없다. 그러나 안심하기엔 이르다. 누군가가 근처에 숨어 잠복을 하고 있을 수 있다.

그는 차 안에서 주위를 살폈다. 아무리 둘러보아도 몸을 숨길 데라고는 풀숲밖에 없었다. 확신이 섰다. 이렇게 비가 쏟아지는 날, 언제 올지 모르는 범인을 잡으려고 주구장창 풀숲에 엎드려 있는 충직한 형사는 없을 것이다.

그는 트럭의 차창을 조금 열고 스마트키의 리모컨을 눌러 보았다. 세단의 라이트가 두 번 깜박였다. 주위에 어떤 변화가 있는지 다시 기다렸다. 아무 변화가 없었다.

안심해도 돼! 그는 옆구리에 전기 충격기를 끼고 그 위에 우의를 입었다. 비가 내려 개천은 흙탕물이 흐르고 있었다. 한참을 내려가자 개천을 가로지른 다리가 있었다. 그는 다리를 건너 몸을 낮추고 차량을 향해 재빠르게 다가갔다. 그리고 바퀴 옆을 손으로 더듬었다. 있다! 예상했던 뒷좌석 바퀴 아래 핸드폰이 한번에 잡혔다. 한숨이 저절로 나왔다.

돌아오는 길에 버튼을 눌러보았지만 켜지지 않았다. 빗물에 흠뻑 젖어 고장이 난 모양이었다. 짜증이 났다. 엄청난 사진과 동영상이 저장되어 있기 때문에 서비스센터에 가져갈 수도 없었다. 앞으로 윤희선의 동영상을 볼 수 없다는 것이 가장 아쉬웠다. 오늘 문창준의 동영상도 찍어야 하는데…

＃

이건 꿈이 아니야!

혼자가 되고나서야 문창준은 자신에게 일어난 일이 얼마나 끔찍한 것인지 알게 되었다. 그간 사회적으로 큰 파장을 일으켰던 연쇄살인사건의 범인이 바로 저놈이었다니. 그러나 이건 어쩌면 이미 예견된 일이었는지도 몰랐다. 저놈은 살인자의 피를 물려받은 놈이 아닌가. 어떻게든 살아야 한다. 살아서 저놈의 끔찍한 범행을 세상에 알려야 한다. 무슨 방법을 써서라도 탈출해야 한다.

하지만 지금 상황으로써는 아무 것도 할 수 없었다. 몸이 묶여 손가락 하나 까딱하기조차 어려운 지금의 상황에 그는 절망해야 했다. 더군다나 흰 천으로 동여맨 손에선 아직도 피가 배어나오고 있다. 손끝에서 툭툭 맥박이 뛰었다. 게다가 말할 수 없는 통증이 온 몸을 휘감고 있었다.

이놈은 어디로 갔을까? 지금은 몇 시인가? 밤인가, 새벽인가?

양철지붕에 떨어지는 요란한 빗소리 때문에 주위가 조용하게 느껴졌다. 간혹 바깥에서 자동차가 지나는 소리가 들렸다. 그 징글징글한 노랫소리는 끊긴 지 오래였다.

그는 눈동자를 돌려 주위를 둘러보았다. 왼쪽으로 철문이 보였다. 철문 옆엔 H빔 기둥이 있었다. 그곳은 아까 자신이 묶였던 곳이라고 그는 생각했다. 그 옆으로 물병이 놓인 작은 테이블이 있었다. 물병 옆엔 노끈과 테이프와 스패너 같은 물건들이 놓여 있었다.

가슴이 뛰기 시작한 것은 그 물건들 사이에 놓인 가위를 본 후부터였다. 아까 조한곤이 들고 있던 그 가위가 노끈 뭉치 아래 놓여 있었다.

저것만 손에 넣을 수 있다면… 놈은 어디 간 것일까? 왜 이리 조용하지?

그는 이 철공소의 구조를 기억하려 애썼다. 아주 오래 전에 조형구가 철공소를 운영할 때 심방 차 몇 번 온 적이 있었다. 그때와는 많이 바뀐 것 같다. 지금 이 방도 그전엔 없었다. 이곳에 끌려 올 때 얼핏 보았는데, 철공소 내부가 무슨 미로 같았다. 기계들도 보이고 무슨 칸막이도 보이고 쇠기둥들이 어지럽게 서 있었다. 지붕이 낡아 무너질까봐 여기저기 받쳐 놓은 것 같았다. 그 전엔 넓은 홀에 기계만 잔뜩 있었는데. 게다가 옛날 기계들이 아직도 작동을 한다니!

그러나 어디에든 밖으로 나가는 문이 있을 테니, 일단 저 철문 밖으로 나가야 한다. 내 차는 어디 있지? 내 핸드폰은?

주위를 두리번거리던 그는 자기 눈을 의심했다. 철문 구멍에 뭔가가 희끗한 게 어른거렸는데 바로 신숙자였다. 분명 혼자였다. 한곤이 놈은 보이지 않았다.

신숙자는 몰래 구멍을 들여다보다가 문창준과 눈이 마주치자 얼른 숨었다가, 잠시 후 다시 또 구멍을 들여다보았다. 그는 기다렸다. 혹시 조한곤이 근처에 있을지 모른다. 그러나 한참을 기다려도 조한곤의 얼굴은 보이지 않았다. 이건 절호의 기회다!

"신 집사님!"

그는 목젖이 울리지 않는 소리로 불러보았다. 반응이 없었다. 그는 조금 더 기다렸다가 조금 큰 소리로 다시 불렀다.

"신숙자 집사님! 나 문창준입니다."

신숙자는 나타나지도 않았다. 그대로 가 버린 것일까? 한숨이 나왔다.

"주여…"

그는 나지막하게 중얼거렸다. 그때 구멍 속에 다시 얼굴이 보였다. 그녀는 웃고 있었다.

"신 집사님, 나 문창준이오. 알고 있지요? 내가 지금 목이 너무 말라요. 물 좀, 물을 좀 마실 수 있을까요?"

이런! 신숙자는 다시 구멍에서 사라졌다. 재촉하지 말자. 스스로 걸어 들어오게 해야 한다. 그는 기침으로 목을 가다듬고 부드럽고 낮은 소리로 말했다.

"하나님은 당신을 사랑하십니다. 신 집사님. 내가 목이 말라요. 물을 좀 주세요. 하나님이 당신을 축복하실 겁니다."

반응이 없었다. 그는 목소리를 가다듬어 그 옛날, 밤마다 신숙자를 불러내던 그때처럼, 그 부드러운 목소리로 불렀다.

"신 집사님, 나를 보세요. 내가 누군지 알지요? 나 문창준이오. 기억하죠? 이리 오세요. 이리 와 봐요. 내가 따뜻하게 해 드릴게요. 우리, 좋았던 거 기억하고 있지요? 나 문창준입니다. 내가 당신을 안아드리리다. 따뜻하게…"

구멍 속에 다시 신숙자의 웃는 얼굴이 보였다.

#

집으로 돌아왔을 때 조한곤은 비 때문인지 땀 때문인지 온 몸이 젖어 있었다. 트럭에 에어컨을 최고로 높였는데도 몸이 활활 불타는 것 같았다.

"엄마!"

늦은 시간이니 어머니는 2층 거실에서 자고 있을 것이다. 그런데 이상하게도 마음이 불안했다. 자고 있겠지? 그는 우당탕탕 계단을 뛰어 올라갔다.

"엄마."

거실에 달려들어선 그는 형광등 스위치부터 올렸다. 가슴이 철렁 내려앉았다. 어머니가 보이지 않았다.

"엄마!"

철문 바깥에서 조한곤의 목소리가 들리자 문창준이 다급하게 말했다.

"빨리, 빨리… 목을 잘라!"

그의 앞엔 신숙자가 가위를 들고 서 있었다. 이마를 묶었던 끈은 이미 자른 뒤였다. 신숙자는 아들의 목소리를 듣지 못했는지 연신 눈웃음을 지으며 문창준의 목에 두른 끈을 어떻게 끊어야 할지 망설였다. 신숙자의 발 옆에서는 털이 북슬북슬한 강아지가 꼬리를 흔들며 장난을 쳤다.

"아니, 여기 왼손부터 끊어, 끈 사이에 가위를 넣고…… 잘못하면 찔리니까, 살살… 아파! 아파!… 그렇지."

싹뚝! 왼손을 묶었던 타이가 끊어졌다.

"잘했어. 이제 가위 이리 줘."

문창준은 얼른 가위를 빼앗았다. 신숙자가 웃으며 뒤로 물러났다. 문창준은 오른손과 목을 감고 있는 끈을 재빠르게 끊었다. 허리를 묶고 있는 굵은 밧줄도 끊어 냈다.

"엄마! 아이 참, 어디 있는 거야!"

아들의 목소리를 들었는지 신숙자가 뒤를 돌아보았다.

싹둑, 싹둑! 문창준은 허벅지와 무릎을 끊었다. 마지막 발목을 끊어 내고 의자에서 벌떡 일어서는 순간 조한곤이 철문을 벌컥 열고 들어왔다. 문창준이 재빠르게 신숙자의 목을 팔로 휘어 감았다. 그리고 날카로운 가위 끝을 신숙자의 목에 대었다.

"어어여, 아흐대, 아대,"

신숙자는 두 손을 저으며 아들에게 손짓했다.

"이제 끝났군, 조한곤."

문창준이 신숙자의 몸을 밀며 한 걸음 다가섰다. 조한곤은 얼어붙은 듯 그 자리에서 움직일 줄 몰랐다. 우의에서 물이 뚝뚝 떨어졌다.

"악의 결말은 항상 이렇게 되는 거야. 알겠나? 조한곤."

문창준은 미소를 지으며 말했다.

"이제 이리 와. 내 앞으로. 천천히……"

그러나 조한곤은 눈을 크게 뜬 채 어머니와 문창준을 노려보았다. 당황한 것은 문창준이었다.

"너 지금 이 상황이 어떤 상황인지 모르는 거야?"

문창준은 자신의 구두를 가지고 노는 강아지의 목을 지그시 밟았다. 자기가 얼마나 화가 났는지 보여 주고 싶었다. 강아지가 구둣발 아래서 낑낑대며 버둥거렸다. 신숙자도 눈을 아래로 내리깔며 어흐 어흐 비명을 질렀다.

"넌!"

문창준은 구둣발에 힘을 주는지 목 주위가 뻘게졌다.

"끝났어!"

문창준의 발아래서 우두둑 소리가 들렸다. 두 발을 허우적거리던 강아지가 똥을 지리고 힘없이 늘어졌다. 문창준은 죽은 강아지를 구두발끝으로 툭 걷어찼다. 강아지를 내려다 본 신숙자가 괴성을 지르며 울기 시작했다.

"봤지? 지금 우린 장난이 아니야. 이제 이리 와. 가방 놓고… 그렇지. 이제 자리에 앉아. 아니, 이놈아! 의자에 말고, 무릎을 꿇으라고!"

의자에 앉으려던 조한곤은 무릎을 꿇었다. 문창준은 그런 조한곤의 어깨를 발로 한번 걷어찼다.

"생각 같아서는 네놈을 가만두고 싶지 않지만, 나는 지금 핸드폰이 필요해. 내 핸드폰이 어디 있을까?"

조한곤은 주머니에서 문창준의 핸드폰을 꺼냈다.

"바닥에 내려놓고 손으로 밀어."

조한곤이 핸드폰을 밀었다. 문창준은 신숙자를 주저앉히고 피가 흥건한 손으로 가위를 옮겨 쥐었다. 그리고 천천히 핸드폰을 집어 들었다. 그러나 핸드폰 배터리가 없는 걸 확인하고는 인상을 썼다.

"네 핸드폰 이리 던져."

조한곤이 물이 뚝뚝 떨어지는 핸드폰을 꺼내자 문창준이 인상을 썼다.

"이런!"

그는 조한곤의 손에 들린 핸드폰을 발로 차 버리고 신숙자의 몸을 더듬었다. 하지만 신숙자도 핸드폰을 가지고 있지 않았다. 화가 났지만 이런 일로 실랑이를 벌일 필요가 없다. 전화를 걸어 누군가가 데리러 오게 하는 것이 가장 좋겠지만, 스스로 여길 빠져나가는 것도 괜찮다.

"네 가방 이리 줘. 천천히 밀어… 천천히. 그렇지… 잘했어. 다시 뒤로 가서 앉아."

문창준은 신숙자의 목에 가위를 바싹 대고, 눈으로는 조한곤을 주시하며 가방을 열었다. 펜치와 드릴과 나일론 끈이 나왔다. 철사 뭉치와 소독약도 나왔다.

"이 철사 뭉치는 뭐지? 착하게 내 약도 사 왔군. 그런데 그건 어디 있지? 전기 스틱 말이야."

조한곤은 고개를 숙였다.

"어머니가 목이 아프다고 그러는데?"

조한곤은 어머니를 올려다보았다. 아들과 눈이 마주친 신숙자가 활짝 웃었다. 눈엔 눈물이 고여 있었다. 조한곤은 체념한 듯 우의의 단추를 풀고 허리춤에 찼던 전기 충격기를 꺼내들었다.

"움직이지 마! 이 새끼야! 니 엄마 죽일 셈이야?"

문창준이 신숙자의 목에 가위를 바싹 갖다 대었다.

"어어여, 어흐, 아대, 아대,"

신숙자가 두 팔을 내저으며 눈으로 말했다. 전기 충격기를 주지 마. 주면 안 돼!

"바닥에 놓고 밀어. 발로 말고, 손으로…"

조한곤이 전기 충격기를 바닥에 놓고 손으로 밀었다.

"움직이지 말고, 다시 무릎 꿇고! 움직이지 말란 말이야, 이 새끼야!"

문창준은 전기 충격기를 집어 들고 소리쳤다. 그는 손잡이 위에 달린 버튼들을 훑어보았다. 맨 위쪽은 스타트라고 쓰여 있었고 그 아래쪽 버튼들은 1, 2, 3이라고 쓰여 있었다.

"이게 그 유명한 전기 충격기군. 이걸 내가 써 보다니!"

문창준의 목소리가 한층 여유 있어졌다. 그는 일이 이렇게 된 건 모두 하나님의 역사라고 생각했다. 시련을 주시고 그 시련을 이기게 하셨으니, 이 얼마나 큰 은혜인가. 게다가 이번 일은 또 얼마나 생생하고 값진 간증거리인가!

문창준은 신숙자를 조한곤 옆에 주저 앉혔다.

"다 지나간 일이야. 이미 나는 회개하고 용서를 받아 다 잊었지만, 지금 생각하니 그거 하나는 생각이 나네."

전기 충격기를 흔들며 천천히 걸었다.

"추운 겨울 날, 나는 네 아버지와 교회에 있었지. 네 아버지의 머리에 손을 얹고 기도를 했어. 네 아버지는 내가 머리에 손을 얹고 기도하는 것을 무척 좋아했지. 그날도 아버지가 먼저 와서 기도를 해 달라고 한 거야."

문창준은 조한곤의 등 뒤쪽으로 천천히 걸으며 말을 이었다.

"나는 많은 기도를 해 줬지. 네 아버지의 집안이 잘 되게 해 달라고, 그리고 재정난에 시달리는 교회를 도와 달라고, 그리고 교회를 흔드는 장로들에게 불의 심판을 내려 달라는 기도까지. 그러고 나는 집에 들어와 잠을 잤지. 불이 난 것은 새벽이었더군. 고개 숙이란 말이야, 이 새끼야!"

문창준이 자신을 올려다보는 조한곤을 걷어찼다.

"네 아버지는 그 겨울에 새벽까지 거기서 떨며 갈등을 했었나 봐. 바보같이. 네 아버지, 살인자이긴 해도 괜찮은 사람이었는데 말이야… 신앙인으로서 목회자로서 너를 용서하고 살려 두어야겠지만, 하지만 이런 일이 또다시 일어나지 않으리라고 누가 장담하겠어? 너를 죽여도 이건 충분한 정당방위라고. 게다가 너는 애비만도 못한 놈이야."

문창준은 손잡이에 달린 스타트라고 쓰여진 페이크 버튼 위에 엄지를 올렸다.

"너 같은 놈은 이 사회에서 영원히 사라져야 해. 하나님이 지옥을 왜 만들었는지 알아? 바로 너 같은 놈을 위해서지!"

문창렬은 미소 띤 얼굴로 힘 있게 버튼을 눌렀다.

번쩍! 불꽃이 퉁겼다. 문창준은 온 몸을 쭉 뻗으며 그 자리에서 쓰러졌다. 조한곤이 뛰어나가 전기 충격기를 발로 걷어찼다.

#

밤 11시가 넘어서고 있었다. 지하 주차장에 자동차를 세운 하덕교는 승강기 버튼을 누르려다 말고 계단으로 뛰어올라갔다. 이게 더 빨라!

오늘은 야간조라 밤 근무를 해야 했지만 표 팀장이 특별히 외출을 허락했다. 괜찮다고 했지만 아예 등까지 떠밀며 내보냈다.

아까 낮에 아내가 항생제와 수액을 투여받았다는 메시지가 왔다. 새벽녘쯤이면 아마 아기의 얼굴을 볼 수 있을 것이라고 했다. 그러니 어서 병원으로 달려오라는 말도 하고 싶었을 텐데, 그런 말 대신에 '오늘도 야간 근무죠?' 라는 말만 덧붙였다. 매일 밖으로만 도는 남편에게 투정과 불평 한 마디 없는 아내가 고맙고 미안했다.

두 계단씩 성큼성큼 3층까지 단숨에 뛰어오른 하덕교는 302호실 앞에서 잠깐 숨을 고르고, 소리 나지 않게 문을 열었다. 벽에 걸린 텔레비전이 소리 없이 영상만 나오고 있었다. 침대 옆에 주황색 스탠드불빛이 은은하게 비치고 있었다. 주희는 손에 리모컨을 쥔 채 옆으로 누워 잠들어 있었다. 불룩한 배 위엔 아기 곰이 그려진 얇은 담요가 걸쳐 있었다. 하덕교는 리모컨을 들어 텔레비전을 껐다. 주희가 깰까봐 조심스럽게 겉옷을 벗어 옷걸이에 걸었다. 종일 가슴에 차고 있던 권총 홀스터도 벗어 걸었다.

"누가… 형사 나리 아니랄까봐……"

주희가 잠결에 중얼거리는 소리가 들렸다.

"병원까지…… 권총을 차고 오셨…네."

"아, 깼어?… 아직 근무 중이라…"

그가 웃으며 침대머리에 앉자 주희는 천천히 손을 뻗어 허리를 감싸 안았다. 그는 어깨를 가볍게 안고 아내의 뺨에 자기 뺨을 갖다 대었다. 주희의 입이 천천히 다가와 코와 입술을 살짝 깨물었다. 그러다가 다시 잠에 빠졌는지 어느새 움직임을 멈췄다. 작게 코 고는 소리도 들렸다. 이마와 콧잔등에 작은 땀방울이 맺혀 있었다. 그는 주희의 이마에 흩어진 머리카락을 손바닥으로 천천히 쓸어 넘겼다.

"피곤하지?…"

주희가 잠결에 중얼대다가 또 잠시 말이 없었다. 그러다가 다시 정신이 드는지 또렷한 목소리로 말했다.

"이리 와 옆에 누워요."

주희가 침대 옆으로 살짝 물러나며 공간을 만들어 주었다. 그는 주희 옆에 누웠다. 따뜻했다. 기분 좋은 냄새도 났다. 몇 날 며칠, 밤잠을 설친 데다가 하루 종일 여기저기 뛰어다니다보니 몸이 천근처럼 무거웠다. 긴장이 풀린 탓인지 몸이 나른해져왔다. 그는 주희의 얼굴에 자신의 뺨을 맞대고 누워 불룩한 배 위에 손을 얹고 쓰다듬었다. 귓전에 조용한 숨소리와 따뜻한 콧바람이 느껴졌다. 그 소리를 듣다가 잠깐 졸았다. 아주 달게 잠을 잔 것 같은데 눈을 떠 보니 시간은 거의 그대로였다. 시계 소리가 들렸다. 그는 누운 채 그대로 있다가 무슨 생각이 났는지 자리에서 일어나 앉았다. 잠은 더 이상 오지 않았다.

창문 옆에 고양이가 그려진 작은 시계가 달려 있었다. 재깍재깍, 시계 초침 소리가 계속해서 들려왔다. 시계를 멍하니 들여다보던 그는 고개를 갸웃했다. 저 시계엔 초바늘이 없잖아!

그는 그 소리가 시계 소리가 아니라 빗소리라는 것을 금방 깨달았다. 커튼이 드리워진 창문 너머에서 빗소리가 들리고 있었다. 그는 자리에서 일어나 커튼을 살짝 들추어 보았다. 가로등이 환하게 켜진 공원이 보였다. 가로등 불빛 아래 수많은 빗금들이 그어져 있었다.

그는 옷걸이에 걸린 주머니에서 핸드폰을 꺼냈다. 십여 분 전에 표상우로부터 전화가 와 있었다. 그는 야간조는 아니었지만, 오늘도 역시 퇴근을 반납하고 간이침대 위에서 근무 아닌 근무를 서고 있었다. 매번 그래왔듯이 그는 사건이 종료될 때까지 죽

그런 생활을 할 것이다. 그의 딸이 교통사고로 죽고 나서 거의 3년이 지나도록 그랬다. 그 사건은 아직도 미결 상태로 남아 있으니 그의 심정이 어떤지는 가늠이 되고도 남았다.

하덕교는 조심스럽게 일어나 핸드폰을 들고 복도로 나갔다. 계단에 앉아 표상우에게 전화를 걸었다. 신호가 가자마자 전화를 받았다.

"실종 사건이 또 발생했네!"

표상우가 조용히 말했다.

"실종요?"

하덕교는 자리에서 벌떡 일어섰다.

"이번엔 목사야. 송요환, 고태균과 같은 사건 같아. 내일부터 또 엄청 바쁘게 생겼네. 하지만 하 형사는 거기 있어도 돼. 아기 얼굴이나 보고 오라고!"

하덕교도 몸의 힘이 다 빠져나가는 것 같았다.

전화를 끊고 방으로 들어온 하덕교는 침대에 엉덩이를 붙이고 앉아 벽에 걸어 둔 권총 홀스터를 한참 바라보았다. 이거였구나. 마음이 불안했던 이유가 바로 이거였구나. 조용하게, 치밀하게 다가오는 검은 그림자를 느꼈던 거야. 그래서 마음의 초침이 재깍재깍 내 혈관을 조여 왔던 거야.

"아아아."

진통이 다시 시작되는지 아내가 잠결에 낮은 소리로 신음했다.

#

"아아아!"

벽 모서리에 달린 스피커에서 또다시 아베 마리아가 흘러나오고 있었다. 아베 마리아- 아아아베 마리아-

드르르, 드르르륵,

드릴 소리에 실내에 흐르던 음악 소리가 묻히고 있었다. 손바닥에 구멍이 나는 것은 3초도 채 걸리지 않았다. 문창준은 고통조차 현실로 믿는 것 같지 않았다. "으윽!" 하고 귀에 피어싱을 하는 사람들이 내는 정도의 소리를 냈을 뿐이다.

그러나 반대편 손바닥 위에 드릴을 대었을 때는 발악을 하기 시작했다. 엄청난 비명을 지르며 욕을 해댔고, 침을 뱉으며 괴상한 소리로 웃다가는 다시 비명을 질렀다.

"아아악, 이 새끼야, 조한곤 이놈아!! 으흐흐흐 주우여!"

오른쪽 손바닥도 뚫렸다.

그는 이미 상의와 하의가 벗겨진 채, 줄무늬 속옷 한 장 차림으로 나무 십자가에 매달린 상태였다. 밧줄과 테이프로 팔과 다리가 묶여 있는 상태라 아무 저항도 할 수 없었다.

"이건 당신이 원하던 거 아닌가요?"

조한곤이 발바닥을 위아래로 포개어 묶으며 말했다. 신숙자는 옆에서 두꺼운 테이프를 들고 서서, 종종 발을 구르며 아들을 거들고 있었다.

"당신은 십자가에 거꾸로 달려 죽는 게 소원이라는 말을 여러 번 한 걸로 알고 있는데…"

문창준은 대꾸하지 않고 비명만 질렀다. 아무 소리도 귀에 들리지 않고 거의 인사불성 상태 같았다.

"많은 신도들이 그 말에 감동을 받았죠. 못 대신 피스를 쏘아 주는 게 다행인 줄 아세요. 그런데도 이리 엄살이니."

조한곤은 드릴을 허공에 치켜들고 스위치를 눌렀다. 드릴 소리에 놀라 문창준이 비명을 질렀다.

"으으! 이, 악마새끼야아, 퉤!"

조한곤은 손바닥으로 얼굴의 침을 닦아냈다. 그는 침을 맞고도 표정에 변화가 없었다.

"제발… 살려 주게… 내가 잘못했어. 죽을죄를 지었네. 한곤이…"

문창준은 어느새 울고 있었다.

조한곤은 신숙자에게서 테이프를 건네받아 위아래로 포갠 두 발바닥에 친친 감았다. 발바닥을 십자가 나무에 대고 거기에도 테이프를 칭칭 감았다. 드릴 날이 돌아갔다. 드르르륵!

아아아아베ー 아아아아베ー 노랫소리가 절정으로 치달았다. 문창준은 비명을 지르다 눈을 허옇게 뜨고 실신을 하고 말았다. 하지만 금방 정신을 차리고는 이게 무슨 상황인가 어리둥절한 표정을 지었다. 상황 판단이 안 되는지 눈은 이내 다시 감겼고 잠시 후 다시 눈을 가늘게 떴다. 그리고 계속해서 헛소리처럼 알 수 없는 말을 중얼댔다.

"한곤이…한곤이…. 왜… 왜…이러나…"

문창준의 몸을 완전히 고정시킨 조한곤은 가방에서 철사 뭉치를 꺼냈다.

"이건 선물이에요. 이걸 만드느라 반나절이나 고생했단 말입니다. 손가락도 찔리고, 짜증나게."

조한곤은 의자를 받쳐 놓고 올라가 문창준의 머리에 철사뭉치를 씌웠다. 철사에 찔렸는지 관자놀이를 타고 핏방울들이 흘러내렸다.

"아흐어, 조흠, 냐케."

신숙자가 멀찌감치 물러서서 조금 더 낮게 눌러 씌우라고 코치를 했다.

"이렇게?"

조한곤이 철사 뭉치를 살짝 눌렀다. 신숙자는 왼쪽 손을 아래로 내리며 말했다.

"드허, 드허, 더."

조한곤이 왼쪽을 조금 더 내렸다.

"드허, 더, 드허… 오헤이!"

신숙자가 손가락으로 오케이 사인을 했다.

"잘 어울리네."

조한곤이 신숙자 옆으로 다가가 올려다보며 탁탁 손을 털었다. 문창준은 고개를 숙이고 눈을 감았다.

조한곤은 문창준 앞에 서서 조용한 목소리로 말했다.

"이봐요. 어렸을 때 난 당신이 진짜 내 아버지인 줄 알았어요. 내 옷도 신발도 사 주고, 우리 엄마한테 돈도 주고, 아플 땐 병원에도 데려갔으니까."

신이 나는지 아이처럼 까치걸음으로 왔다 갔다 하던 신숙자는 철문에 기대어 서서 연신 생글생글 웃고 있다.

"교인들은 살인자의 자식을 거둔 훌륭한 목사라고 칭찬했죠. 그런데 내가 중학교에 입학할 무렵, 나는 사무실 앞을 지나가다가 당신이 누구에겐가 하는 소리를 들었어요. 당신의 말을 듣고 있던 사람은 당신의 아내였고."

문창준이 눈을 가늘게 떠 아래를 내려다보았다. 초점이 맞지 않아 둘의 모습이 뿌옇게 보였다.

"당신의 아내가 그렇게 말합디다. 한곤이가 더 크기 전에 어서 교회에서 내보내자고. 그랬더니 당신이 뭐라 했는지 기억나나요?"

조한곤이 기침을 하고 목소리를 가다듬었다. 그리고 문창준의 목소리를 흉내 내며 말했다.

"저놈을 내가 왜 안 내보내는 줄 아나? 나는 인간에겐 근본이란 것이 있다고 믿고 있어. 피는 못 속인다는 말이 있지? 저놈의 아버지는 살인자야. 그 피가 어디 가겠어? 나는 저 녀석을 상대로 실험을 하고 있는 중이야. 두고 보라고. 금방 악마의 모습을 드러낼 테니까!"

문창준은 고개를 숙이고 눈을 감았다. 간간히 괴로운 듯이 고개의 방향을 바꾸곤 했다. 그의 가슴과 불룩한 배 위에 핏방울이 죽죽 붉은 금을 그으며 흘러내리고 있었다.

"당신의 실험은 성공적이었습니다. 그때부터 나는 당신의 말대로 악마가 되기 위해 노력했으니까. 어떻게 해야 악마가 되는지 오랜 기간 생각을 했죠."

"이보게, 한곤이…"

문창준이 겨우 입을 떼었다.

"미안하네.… 내 말에 상처를 받았다면… 용서하게… 그리고 … 회개하게… 살인은… 살인은 어떤 이유로도… 정당화해서는 안 되네…"

"회개?"

조한곤의 얼굴이 살짝 굳어졌다.

"당신은 회개해서 용서를 받았다고 했는데, 그건 정말 불공평합니다. 당신도 죗값을 받아야 마땅한데, 하나님은 외면하고 법은 잠자고 있으니."

"나를… 어찌할 셈인가? 내가… 죽으면… 처치도 곤란할 테고 …자수하게… 회개하게…"

"당신을 분쇄기에 갈아 닭모이로 줄 겁니다. 당신 같은 인간이 닭의 먹이나 될 수 있을지는 모르지만."

조한곤은 천천히 테이블 위에 있는 가위를 집어 들었다. 문창준의 눈이 번쩍 커졌다.

"당신은 그 고귀한 예수처럼 죽는 마지막 인간이 될 겁니다. 그 영광을 누리겠다면, 예수의 고통쯤은 느껴 줘야 하겠지?"

조한곤은 문창준의 옆구리를 가위로 찔렀다.

\#

진통이 오는지 잠들어 있던 주희가 비명을 지르기 시작했다. 조금 전 내진을 했을 때 의사는 아침이 되어야 할 것 같다고 말했다. 어제는 저녁이나 밤쯤이 될 것이라고 하더니 지금은 아침으로 미뤄졌다.

주희는 계속해서 자다 깨다를 반복했다. 하덕교는 물수건으로 아내의 이마와 목을 부드럽게 닦아 주었다. 얼굴빛이 창백했다.

"잠 좀 잤어?"

주희가 실눈을 뜨고 물었다. 쌍꺼풀이 세 개나 져있었다.

"많이 힘들지? 아기 나오면 엉덩이를 때려 줘야겠어. 엄마 힘들게 했다고."

"그러게 말이야, 아, 정말 이렇게 아프게 하기 있어? 아, 또 온다, 온다. 하아-"

주희가 말하다 말고 숨을 내 쉬며 또 신음 소리를 냈다.

밤 시간 내내 의사와 간호사가 다녀갔고, 주희는 반복되는 진통에 거의 탈진 직전이었다. 하덕교는 그런 아내를 위해 아무 것도 할 수 없는 것이 안타깝고 답답했다.

한동안 계속되던 진통이 조금 멎었는지 지금은 베개를 안고 하덕교의 무릎을 벤 채 잠들었다. 커다란 배가 유난히 더 불룩해 보였다. 너무 긴 시간을 초조해하다보니 왠지 모르게 불안해지기 시작했다.

빗소리는 더 거세졌다. 새벽 다섯 시가 되어가고 있었다. 그는 앉아서 꾸벅꾸벅 졸다가 주희 옆에 누웠다가 자기도 모르게 다시 일어나 앉았다. 그러다가 침대 자락에 앉은 채 깜빡 잠이 들었는데, 그의 귀는 계속해서 빗소리를 듣고 있었다. 빗속에 혼자 우두커니 서 있는 꿈을 꾼 것도 같았다. 깜깜한 들판에서 비를 맞고 서있던 그의 눈앞에 벼락이 쳤다. 그는 소스라치게 놀라 눈을 번쩍 떴다. 벗어 걸어둔 재킷 속에서 핸드폰 알람이 울렸다. 메시지가 도착했다는 알람이었다.

하덕교는 아내가 깨지 않도록 살짝 일어나 재킷 주머니에 넣어둔 핸드폰을 꺼냈다. 메시지가 3통이나 와 있었다. 방금 온 것은 표상우의 메시지였고 앞 서 온 두 개의 메시지는 대출 광고와 국과수 연구원인 손병구에게서 온 것이었다.

표 팀장은 〈오늘 아빠가 되는 거야? 미리 축하하네.〉 하고 선물꾸러미 이모티콘을 보냈다. 그에게도 이런 아기자기한 면이 있었다니, 슬며시 웃음이 났다.

손병구는 메시지를 보내기 전, 전화를 두 차례나 했다. 전화를 하다가 안 받으니까 메시지를 보낸 모양이었다. 그는 메시지를 열어보았다.

〈애 아빠가 된다고? 축하해. 아까 경찰서에 전화했더니 표 팀장이 그러더라고. 어제는 야간 당직이고 오늘은 병원에서 밤샘 근무할 거라고. 악착같기는 예ㅂㄴㅏㄹ 이나 지금이나 똑같군. 밥은 먹고 다니나?〉

메시지를 읽던 하덕교의 눈이 갑자기 커졌다. 머릿속에 엄청난 밝기의 조명이 켜졌다. 메시지에 있는 오타, 〈예ㅂㄴㅏㄹ 이나 지금이나〉는 자연스럽게 〈옛날이나 지금이나〉로 읽혔다. 그런데 〈예ㅂㄴㅏㄹ 〉이라는 글귀가 눈에 익은 것이다. 그는 얼른 메시지 함을 뒤졌다.

〈예ㅃ__ㄴㅏㄹ 처ㅓㄹ 〉

배성욱이 보냈다는 마지막 메시지를 보는 순간 뭔가가 뒤통수를 세게 때리고 지나갔다. 잠시 멍하니 서 있던 그는 자리에서 일어나 홀스터를 가슴에 두르고 재킷을 입었다. 주희는 여전히 행복한 미소를 지은 채 잠들어 있었다. 그는 주희의 이마에 조용히 입을 맞췄다. 주희가 잠결에 손을 더듬어 남편을 안았다. 하덕교는 잠시 그대로 있었다. 그리고 조심스럽게 빠져나와 살금살금 문을 열고 계단을 뛰어 내려갔다.

옛날 철공소였어! 배 기자는 그걸 알리고 싶었던 거야!

하덕교는 운전을 하며 큰 소리로 중얼거렸다. 배 기자의 자동차 폭발 사고 현장에서 멀지 않은 그 철공소가 떠올랐다. 그 옆엔 자동차 정비소도 있었지. 배 기자는 그날 그 정비소에 들렀던 거야. 거기서 어떤 일이 있었던 게 분명해! 뭔가를 알고 취재를 하러 간 것일까? 아니면 자동차 수리? 그건 중요하지 않아. 하여튼 거기서 어떤 일이 있었던 거야. 배 기자는 범인의 눈을 피해 자판을 눌렀던 거야. 옛날 철공소를 엉망으로 쓴 걸 보니, 다급해도 엄청나게 다급한 상황이었나 보군.

하덕교는 표상우에게 지원을 요청을 할까 하다가 꾹 참았다. 이 사건은 내가 해결한다!

자동차는 엄청난 속도로 빗속을 달렸다. 비상등을 켜고 도심지를 가로질러 자동차 폭발이 일어났던 그 삼거리까지 단숨에 달려갔다. 언덕으로 방향을 틀고 상향등을 켜자 언덕 끝 쪽에 정비소가 보였다. 그는 대각선으로 도로의 중앙선을 가로질러 단숨에 돌진했다.

정비소는 셔터가 내려와 있고 2층 벽돌집은 불이 꺼져 있었다. 그는 차에서 내렸다. 시꺼먼 기름에 전 정비소의 바닥을 손가락으로 슥 문질러 보았다. 손가락을 천천히 비비며 주변을 둘러본 그는 정비소 옆으로 난 길을 따라 조심조심 내려갔다.

억수처럼 쏟아지는 비를 다 맞을 수밖에 없었다. 좌측으로 철공소 입구로 가는 길이 있었다. 철공소 앞에 흰색 자동차가 서 있었다. 코란도라는 오래된 자동차였다.

저수지에서 최초 목격된 자동차도 코란도였지!

그는 펜라이트로 자동차 안을 비쳐 보았다. 자동차는 벤이었다. 운전석 뒤, 넓은 트렁크는 비어 있었다. 운전석과 조수석 역시 단정하고 깔끔했다.

더듬더듬 벽을 짚으며 철공소 앞까지 다가온 그는 문틈을 들여다보았다. 어두운 공간 끝 쪽에 희미한 불빛이 보였다. 그는 철공소를 한 바퀴 돌았지만 들어갈 만한 곳이 마땅치 않았다. 철문은 커다란 자물쇠로 잠겨 있었다.

먼 곳에서 천둥소리가 들려왔다. 그는 철공소 지붕을 바라보았다. 지붕 위에 환기구 용도의 작은 고깔 지붕이 하나 있었다. 고깔 지붕 아래는 사람이 들어가기 충분할 만큼 뚫려 있었다. 지붕으로 올라갈 수만 있다면 그곳을 통해 안으로 들어갈 수 있을 것 같았다.

그는 정비소가 있는 도로로 다시 올라왔다. 지붕이 도로와 거의 같은 높이여서 힘껏 점프를 하면 지붕 위에 올라탈 수도 있을 것 같았다. 그는 멀리서 달려왔다. 힘껏 발을 구르려다가 멈칫했다. 지붕이 양철이어서 소리가 크게 날 것이다. 그러면 안 되지!

벽돌집을 바라보았다. 철공소의 양철지붕은 벽돌집 2층 벽과 만나고 있었다. 벽에 달린 가스 배관을 흔들어 보았다. 튼튼했다. 그는 그 가스 배관을 기어오르기 시작했다. 2층까지 오르자 가까스로 양철지붕에 다리가 닿았다. 왼발로 벽을 밀어내며 양철지붕으로 몸을 날렸다. 그러나 양철이 녹슬고 삭아 그대로 휘어져 버렸고, 그의 몸은 아래로 떨어져 내렸다. 그 순간 그의 손이 뭔가를 움켜쥐었다. 그의 몸은 달랑달랑 매달린 상태가 되었다. 난감했다.

가까스로 지붕에 매달렸지만 이미 요란한 소리가 난 뒤였다. 그는 한쪽 팔도 뻗어 두 팔로 매달린 채 잠시 움직이지 않았다.

＃

화장실 세면대에서 손에 묻은 피를 닦아 내던 조한곤은 동작을 멈췄다. 처음엔 천둥이 치는 소리인 줄 알았다. 그러나 느낌이 이상했다. 젖은 손을 바지에 문지르고 2층으로 뛰어올라갔다. 안방 창문 틈으로 바깥을 내다보았다. 정비소 앞에 못 보던 자동차가 주차되어 있었다. 사람은 보이지 않았다.

어머니는 침대에 웅크린 채 자고 있었다. 그는 아래층으로 내려가 문창준이 갇혀 있는 감금실의 불을 껐다. 누군가가 침입한 것이 분명했다. 그는 전기 충격기를 집어 들고 철공소 안으로 들어섰다. 빗소리가 요란한 지붕에서 뭔가가 조심스럽게 철거덕거리며 움직이는 소리가 들렸다.

간신히 지붕 꼭대기로 올라온 하덕교는 몸을 넓게 펴고 엎드렸다. 양철이 너무 삭아서 몸무게를 최대한 분산시켜야 했다. 장대 같은 비가 그의 몸 위로 사정없이 퍼부었다. 그는 고깔 지붕을 향해 천천히 포복했다. 놈이 아까 그 소리를 들었다면 분명 어떤 대책을 세웠을 것이다. 놈이 가진 무기는 무얼까? 전기 충격기는 가졌을 테고, 혹시 총을 가진 것은 아니겠지? 어제 납치되었다는 문창준 목사도 여기에 있는 것일까?

고깔 지붕까지 다가온 그는 지붕 틈으로 안을 내려다보았다. 어두워서 잘 보이지 않았다. 아까 불이 켜져 있던 곳은 역시나 불이 꺼져 있었다. 침입자를 눈치챘다는 증거였다. 고깔 지붕 안쪽은 철공소 내부로 뻥 뚫려 있는 것 같았다. 손을 넣어 저어 보자 기둥이 만져졌다. 고깔 지붕을 받치고 있는 쇠파이프 같았다. 하지만 지붕에서 소리가 났으니 놈은 지금 지붕을 주목하고 있을 것이다. 기둥을 타고 내려가는 순간 전기 충격기를 휘두를 것이 뻔하다. 거기에 당할 수 없지.

하덕교는 지붕에 엎드린 채 한참을 기다리다가 재킷을 벗었다. 놈의 시선을 다른 곳으로 유인해야 한다. 권총을 빼어들고 가슴에 두른 홀스터의 가죽 혁대를 재킷에 칭칭 감았다. 동그랗게 뭉친 재킷을 반대편 지붕 쪽으로 힘껏 던졌다. 재킷이 함석판 위에서 두어 차례 쿵, 쿵 소리를 내다가 지붕 아래로 죽 미끄러져 내렸다. 그와 동시 하덕교는 고깔 지붕 아래로 발을 뻗어 쇠기둥을 타고 죽 미끄러져 내려갔다. 바닥까지 착지한 시간은 채 2초도 안 걸렸다. 어둠 속에서 뭔가가 재빠르게 움직이는 소리가 들렸다.

하덕교는 본능적으로 권총을 쥔 두 손을 부채꼴 모양으로 회전하며 겨누었다. 아무 것도 보이지 않았다. 왼손으로는 철공소 기계를 더듬으며 천천히 앞으로 걸었다. 크고 작은 기계들과 기둥들이 희미하게 보였다. 벽 한쪽은 패널로 막혀 있었고, 그 앞엔 플라스틱 바구니 같은 것들이 잔뜩 쌓여 있었다.

장님처럼 더듬더듬 발을 내딛던 하덕교는 방향을 잘못 잡았다는 것을 알았다. 이곳은 벽돌집으로 들어가는 쪽이었다. 아까 불빛이 새어 나오던 곳은 반대편 같았다. 그는 권총을 쥔 손을 몸보다 빠르게 돌리며 돌아섰다. 다시 몸의 균형을 잡고 천천히 걸음을 옮겼다.

벽 어딘가에 불을 켜는 스위치가 있을 것이다. 지금까지 놈이 공격을 해 오지 않는 것을 보면 놈에겐 총이 없다. 그러므로 총 가진 쪽이 유리하려면 밝아야 한다. 스위치가 어디 있지? 이런 낡은 건물엔 스위치가 아니라 두꺼비집일지도 모른다. 두꺼비집의 손잡이를 올리면 한꺼번에 전원이 들어올 것이다. 두꺼비집은 대개 어디에 있더라? 맞아, 출입문 옆에 달려 있지!

출입문 쪽으로 보이는 모퉁이를 돌기 위해 기계를 손으로 더듬는 순간 요란한 소리와 함께 기계들이 움직였다.

쉬쉬쉭, 크릉크릉, 철걱철걱! 하덕교는 순간적으로 손을 움츠렸다. 하마터면 쇠바퀴에 손이 낄 뻔했다. 놈이 어디선가 하덕교를 훔쳐보고 있는 게 분명했다. 쇠가 갈리는 듯, 덜컹거리고 쉭쉭거리는 엄청난 소리가 어둠을 찢고 있었다.

\#

칫솔에 치약을 묻히고 화장실로 들어가던 표상우는 구내전화가 울리는 소리를 들었다. 벨이 여섯 번째 울릴 때쯤, 칫솔을 입에 문 채 수화기를 들었다. 야간 당직을 서고 있는 신혜연 형사였다.

"팀장님 사무실에 불이 켜져 있기에 전화 드립니다. 일어나신 거지요?"

"일어나긴 했는데 조금 더 자려고. 새벽부터 웬일이야?"

"지금 교통과 최 형사에서 긴급 무전이 왔습니다. 안성천 하상 주차장에서 문창준의 자동차로 추정되는 세단이 발견되었다고 합니다."

"차량번호 확인되었나?"

표상우는 입에 물고 있던 칫솔을 빼내며 물었다.

"네, 9317 차량번호, 차종 모두 일치하다고 합니다."

"운전자는?"

"차 문이 잠겨 있고, 운전석은 비어 있다고 합니다."

"현장엔 지금 누가 있나?"

"교통과 이관웅 팀장님이 방금 나갔다고 합니다."

"알았네. 날 밝는 대로 나도 나가겠네."

그는 입을 헹구고 수건으로 입을 닦으며 옷을 갈아입었다. 왠지 새벽부터 업무를 시작해야겠다는 생각이 들었다. 블라인드를 올리자 창문 옆에 달린 물홈통에서 요란한 빗소리가 들렸다. 그가 사무실의 불을 켤 때 또 전화벨이 울렸다.

"팀장님, 또 급한 일이 생겼습니다."

신혜연의 목소리가 들떠 있었다.

"방금 하 형사님 찾는 전화가 왔는데요. 아내에게 위급상황이 생겨서 수술이 불가피하게 되었다고."

"누가 전화한 거야?"

"산모 담당 간호사라는데요."

"아니, 그딴 것까지 왜 우리한테 보고해? 하 형사는 어디 있나?"

"그게 아니라, 새벽까지 같이 있다가 온다간다 말도 없이 사라지고는 전화도 받지 않는다고 합니다. 보호자 사인이 필요해서, 부득이하게 전화를 했다는데요."

"일단 다른 가족에게 연락을 해 보라고 해."

새벽에 말도 없이 나갔다고?

표상우는 잠시 멍하니 서 있다가 얼른 핸드폰을 켰다. 하덕교의 번호를 눌렀다. 신호는 갔지만 역시 받지 않았다. 그는 간밤에 온 메시지들을 확인했다. 국과수 손병구의 메시지가 있었다.

〈7월 3일에 보내주셨던 기름때 감식결과입니다. 이번 기름때는 인천 송 교수 집 발자국에서 검출된 기름때와 성분이 똑같다는 말씀을 드립니다. 그 기름때를 수거한 곳을 재조사하는 것을 적극 추천합니다. 자세한 내용은 팩스로 보냈으니…〉

메시지를 읽던 표상우의 표정이 점점 굳어졌다.

#

하덕교는 두 손으로 권총을 쥔 채 회전하는 기계를 피해 우측으로 몸을 돌렸다. 그의 옆에 육중한 H빔이 서 있고, 그 뒤에 전기 충격기를 든 조한곤이 바싹 붙어서 있었다. 하덕교는 H빔 쪽으로 천천히 다가갔다.

조한곤은 조바심이 났다. 그는 전기 충격기를 3단으로 펴서 길게 만들고, 마치 검을 쥔 자세로 서 있었다. 한 걸음만 더 가까이 오면 내리칠 준비를 하고 있었다. 간격이 중요했다. 경찰은 총을 가지고 있다. 극도로 예민해졌을 경찰의 귀는 그가 한걸음만 내딛어도 총을 쏠 것이다. 기계를 작동시킨 것도 그래서였다. 발소리를 듣지 못하도록. 기계들의 스위치 불빛에 형사의 실루엣이 어렴풋이 보였다. 젊은 형사는 꽤나 날렵해 보였다. 빗물에 젖은 어깨는 다부지게 벌어졌고, 반팔 셔츠에 드러난 팔뚝엔 탄탄한 근육들이 보였다. 걸음걸이가 얼마나 조심스러운지, 마치 먹이를 향해 다가가는 표범 같다. 가끔 아무도 없는 뒤편으로 재빠르게 총을 돌려 겨누기도 했다. 이 새벽에, 여길 어떻게 알아냈을까? 형사 치고는 똑똑한 놈이 분명하다. 하지만 그는 이곳에서 빠져나가지 못할 것이다.

전기 충격기를 쥔 조한곤의 손에 땀이 났다. 경찰의 권총을 쥔 손이 얼핏 보였다. 권총이 서서히 조한곤을 향해 다가오고 있었다. 왼쪽으로 한 걸음만 다가오면 된다. 권총이 조금 더 가까이 왔다. 이때다! 조한곤이 전기 충격기를 번쩍 쳐들었다. 그러나 권총은 갑자기 반대쪽으로 방향을 바꾸었다.

하덕교는 더듬더듬 문 옆으로 다가가 벽을 더듬었다. 하지만 두꺼비집은 없었다. 커다란 문은 밖으로 나가는 출입문 같았다. 그 문을 밀어 보았다. 밖에서 잠갔는지 열리지 않았다. 그는 주머니에서 펜라이트를 꺼내어 켰다. 하덕교 자신의 모습이 노출되겠지만 놈에겐 총이 없으니 괜찮다는 생각이 들었다. 오히려 불빛 때문에 놈이 섣불리 다가오지 못할 것이다. 두꺼비집을 올리려 했던 것도 그 때문이 아닌가. 그걸 이제야 생각다니!

하덕교가 라이트를 비추며 출입문 쪽으로 걸어가자, 철기둥 뒤에 있던 조한곤은 아차 싶었다. 빛이 있으면 총 가진 쪽이 유리했다. 그는 발소리를 죽이며 얼른 감금실 안으로 들어갔다. 감금실은 완전한 암흑이었다. 총을 가진 것들은 대개 실내에 들어갈 때 문을 걷어차고 들어와 재빠르게 좌우로 총을 겨누기 마련이다. 문이 열리는 좌측 벽은 철기둥이 서 있었다. 그 기둥 뒤에서 있다가 경찰이 철문을 여는 열고 총을 겨누는 순간 전기 충격기를 내리치면 된다. 그는 4단을 쓰기로 했다. 4단은 웬만한 사람은 견디기 힘든 고압이었다.

하덕교는 철공소 내부를 골고루 비쳤다. 문 옆에 합판으로 막은 공간이 있었고 그 안쪽엔 조립식 앵글로 만든 테이블이 있었다. 어두운 공간에선 기계들이 여전히 요란한 소리를 내며 돌아가고 있었다. 벽 구석마다 거미줄이 쳐져 있고 바닥에 쌓인 먼지들은 불빛에 쇳가루처럼 반짝였다.

테이블 위엔 형광등 스탠드가 놓여 있었다. 책꽂이에 책들이 가지런하게 꽂혀 있었다. 책들은 전기, 전자에 관한 것들이 대부분이었다. 소설과 시집도 몇 권 보였다. 오른쪽 벽엔 신문을 스크랩한 기사와 사진들이 빼곡하게 붙어 있었다.

사진 위에 빨간 매직으로 X표를 쳐 놓은 게 보였다. 가까이서 보니 송요환, 윤희선, 고태균 사진에 X가 표시되어 있고, 또 다른 사진들 위엔 세모와 동그라미 등이 표시되어 있었다. 이미 죽은 자는 X 표시를 하고, 앞으로 죽일 계획을 가진 사람은 자신만의 표시를 해 두는 것 같았다.

마이크를 잡고 설교를 하는 문창준 목사도 있었다. 그 사진 아래엔 별표가 세 개나 그려져 있었다. 그 옆으로는 정치인으로 보이는 남자와 연예인 사진도 몇 장 붙어 있었다.

책장 옆엔 어울리지 않게 작은 인형들이 걸려 있었다. 인형 뽑기 기계에서 뽑아온 것들을 걸어 둔 것 같았다. 그 아래엔 작은 유리공이 있었다. 자세히 보니 푸른빛이 도는 유리 재질로 만든 고양이였다. 그걸 집어 들고 만지작거리는데 테이블 아래 털 뭉치가 보였다. 털이 복슬복슬한 강아지였다. 발로 툭 건드려 보아도 움직이지 않았다. 죽은 것 같다.

테이블 옆에 스위치 같은 것이 보였다. 그는 그걸 눌렀다. 실내에 음악 소리가 퍼지기 시작했다.

아베, 아아아아아 아베 마리아――

하덕교는 흠칫 놀라 총을 겨누며 돌아섰다. 아까 왔던 길을 조심스럽게 한발 한발 내딛었다. 철기둥을 지나자 커다란 깔때기가 달린 기계가 나왔다. 녹이 잔뜩 슨 기계는 요란한 소음을 내며 먹이를 찾고 있었다.

그 앞쪽으로 철문이 있었다. 붉은 페인트가 칠해진 철문이었고, 감방의 문처럼 중간에 작은 구멍이 나 있었다. 철문은 반쯤 열려 있었다. 아까 불빛이 새어나오던 방 같았다.

그는 왼손에 라이트를 든 채 천천히 철문으로 다가섰다. 권총 손잡이가 땀에 젖어 미끈거렸다. 잠시 숨을 깊게 들이 마신 후 아랫배에 힘을 주었다.

그의 발이 철문을 걸어찼다. 그와 동시 재빠르게 한걸음 들어서서 펜라이트와 권총을 부채꼴 방향으로 빠르게 이동시켜 겨눴다.

그 순간 하덕교는 벽 전면에 서 있는 십자가를 보았다. 피투성이가 되어 십자가에 달린 것은 어제 납치되었던 문창준이 틀림없다는 생각이 드는 것과 동시에, 왼쪽 어깨에 뜨거운 것이 쑤시고 들어오는 것을 느꼈다. 그는 본능적으로 방아쇠를 당겼다.

탕!

조한곤은 목 부위가 뜨거웠다. 벼락 치는 소리에 귀청이 얼얼했고, 매캐한 화약 냄새가 맡아졌고, 갑자기 다리에 힘이 풀렸다.

내가 왜 이러지? 뭔가가 등에 와서 닿았다. 그는 테이블에 벌렁 누었다. 머리만 테이블 아래로 툭 떨어져 반쯤 거꾸로 매달린 채. 내가 맞았구나!

비틀거리던 하덕교의 손에서 떨어진 펜라이트는 천장과 기둥과 피투성이가 된 조한곤의 얼굴을 빠르게 비추다가 십자가가 달린 벽면을 향해 멈춰 섰다. 권총은 테이블 아래에 굴러 떨어졌다. 하덕교는 그 권총을 향해 손을 쭉 뻗은 자세로 엎드린 채 움직이지 않았다.

곤두박질치듯 테이블에 누운 조한곤의 목에서부터 흘러내린 피가 뚝뚝 바닥을 적시고 있었다. 그렇게 잠시 정적이 흘렀다.

총소리에 놀란 신숙자가 일어나 주위를 두리번거리다가 얼른 지하로 뛰어 들어왔다. 신숙자는 철문 밖에 있는 스위치를 눌렀다. 감금실이 불이 들어왔다. 감금실 입구에 하덕교가 쓰러져 있고, 조한곤은 물병을 놓아 두었던 테이블에 벌렁 누워 있었다. 테이블 아래로 축 늘어진 손 옆에 전기 충격기가 놓여 있었다.

조한곤은 힘없는 소리로 콜록콜록 기침을 했다. 기침을 할 때마다 입에서 핏방울이 튀었다.

어흐, 으혀, 아흐, 아흑–

신숙자가 아들을 안고 울부짖기 시작했다. 그녀는 아들을 끌어내려 무릎 위에 안았다. 그녀의 울부짖는 소리가 실내에 흐르는 노랫소리와 묘한 화음을 이루었다. 위에서 내려다보이는 그들의 모습은 얼핏 피에타 조각상 같다. 손바닥으로 목의 상처를 막았지만 피는 손가락 사이로 흘러 넘쳤다. 아들을 무릎에 안은

채 울부짖는 신숙자의 머리 위에서 아들의 노랫소리가 흘러나왔다. 아베마리아, 아아- 아베- 아베마리아-

조한곤이 숨을 들이킬 때마다 서툰 휘파람 같은 소리가 들렸다. 그르렁, 그르렁, 가래 끓는 소리도 들렸다.

엄마… 조한곤은 나즈막이 어머니를 불렀다. 그러나 그의 말은 소리가 되어 나오지 않았다.

어머니의 얼굴이 눈앞에 어른거렸다. 어머니는 웃고 있었다. 그러나 지금 아들의 얼굴을 손바닥으로 문지르고 있는 어머니의 웃음은 그 어느 때보다 고통과 슬픔으로 일그러진 표정이라는 것을 조한곤은 알고 있었다.

엄마는 바보가 아니다!

얼굴 위로 어머니의 눈물이 뚝뚝 떨어졌다.

엄마… 다시 한 번 어머니를 불렀다. 하지만 역시 소리가 아닌 핏방울만 튀었다.

그는 오래 전, 아파트 뒷길에서 보았던 그 고양이를 떠올렸다. 이상스럽게도 지금 그 이야기를 엄마에게 해 주고 싶었다. 하체가 짓이겨져 도로에 쓰러져 있던 그 고양이… 그 고양이는 가엾게도 살아 있었다.

고양이는 자기를 도와 달라는 듯 상체를 일으켜 세워 천천히 몸을 흔들었다. 그는 그 고양이를 도와주고 싶었다. 고양이가 원하는 것은 단 한 가지일 것이고, 그가 고양이를 도울 수 있는 방법 역시 한 가지밖에 없었다.

그는 자동차를 천천히 후진시켰다. 그리고 잠시 망설이다 고양이를 향해 달렸다.

엄마… 조한곤은 다시 어머니를 불렀다.

그 날, 땀이 범벅이 된 내가 집으로 뛰어 들어오며 말했죠? 고양이를 치었다고. 실수로 고양이를 치었다고. 정말 고의가 아니었다고. 고양이가 바퀴 아래서 살아 움직일 때 너무 무섭고 떨렸다고… 나는 그 말을 하며 한참을 울었죠.

엄마… 조한곤은 컥컥 피기침을 하며 어머니를 보았다. 어머니는 핏발이 서고 눈물범벅이 된 눈으로 웃고 있었다.

엄마… 이제 고백할게요.

조한곤의 동공은 조금씩 풀려가고 있었다.

그것은, 그것은…… 고양이가 아니었어요.

피아노 책들과 가방과 핸드폰이 도로에 흩어져 있고, 피 묻은 바퀴 옆에 삐죽 나온 여자아이의 손가락이 피아노를 치듯 까닥까닥 움직이고 있었어요. 아이의 손 옆엔 유리로 만든 작은 고양이가 뒹굴고 있었고…… 엄마… 그때… 그 아이를 향해 자동차를 달리던 나는… 그 아이 위로 자동차를 달리던 나는… 그때부터 악마였던 걸까요? 목사의 말처럼 나는 태어날 때부터 악마였던 걸까요?

어디선가 경찰차 소리가 들려왔다.

조한곤은 다시 한 번 어머니를 불렀다. 그러나 그의 말은 여전히 소리가 되어 나오지 않았다. 그의 목에서 그르렁거리는 소리가 들렸다. 경찰차 소리를 들은 신숙자가 조한곤을 내려놓고 일어나서 철문을 닫았다.

엄마!

조한곤은 어머니가 자기 곁에 와 주기를 바랐다. 그리고 어머니가 자기를 도와주기를 바랐다.

엄마, 나를 도와주세요.

조한곤의 귓속으로 아베 마리아가 흘러들어왔다. 그것은 그의 상처를 어루만져 주는 부드러운 손길이었다.

엄마, 나를 도와줄 방법은 꼭 한가지예요.

어머니가 비척비척 다가오는 게 보였다. 어머니는 아들 앞에 선 채 아들을 내려다보고 있었다.

그게 뭔지 엄마도 알죠?

어머니의 손이 조한곤의 눈앞으로 천천히 가까이 왔다. 눈이 가물거려 눈앞이 뿌옇게 보였다. 동그란 구멍이 뚫린 검은 물체가 눈앞에 보였다.

"엄마… 나를 용서해 주세요."

조한곤이 낮은 기침으로 핏방울을 튀길 때, "꽝!" 하는 벼락 치는 소리가 들렸다. 조한곤의 눈앞은 어둠으로 변했다.

＃

총소리에 놀란 표상우는 얼른 총을 뽑아 들었다. 신혜연도 마찬가지였다.

그들은 자동차 정비소 앞에 세워 둔 하덕교의 자동차를 지나쳐 철공소 쪽으로 빠르게 내려가는 중이었다. 길 끝에 철공소의 철문이 보였다. 그때 또 한 발의 총성이 울렸다. 두 형사는 똑같이 몸을 움츠렸다.

표상우는 이게 분명 38구경 총소리라고 생각했다. 그러므로 하덕교가 쏜 게 분명했다.

하 형사가 건물 안에 있다는 얘기인데, 그는 어디를 통해 들어간 것일까? 아무리 둘러 봐도 들어갈 문이 없는데. 잠시 기다려도 더 이상 총소리는 들리지 않았다.

이게 어떤 상황일까. 상황이 종료된 것인가!

표상우는 철문을 열고 들어가기로 했다. 큰 철문은 밖에서 자물쇠로 잠겨 있었다. 그는 권총으로 자물쇠의 고리를 쏘았다. 자물쇠가 떨어져 나갔다. 신혜연이 빗장을 풀었다. 쇠가 갈리는 소리를 내며 문이 열렸다. 요란한 기계 소리들이 우르르 굴러 나왔다.

신혜연이 먼저 두 손에 권총을 들고 조심스럽게 걸었다. 그 뒤를 역시 권총 든 두 손을 앞으로 쭉 내민 표상우가 주위를 겨누며 걸어 들어갔다. 녹이 잔뜩 슨 기계들이 굉음을 내며 돌아가고 있었다. 표상우는 기계 사이로 조심스럽게 발을 옮겼다. 천장에서 희미한 새벽빛이 새어들고 있었다. 쇠기둥 위에 있는 고깔 지붕을 올려다보았다. 저곳을 통해 내려왔군!

"팀장님, 여깁니다!"

철문 안쪽에서 신혜연의 목소리가 들렸다.

방안은 끔찍했다. 하덕교는 금방이라도 내달릴 듯한 자세로 엎드린 채 쓰러져 있고, 목과 이마에 피를 흘리고 있는 남자 위에 백발의 어머니가 쓰러져 있었다. 전면 벽엔 역시 피투성이의 남자가 십자가에 걸려 있었다. 표상우는 하덕교 옆으로 달려가 맥박을 확인했다.

"모두 살아있습니다."

문창준 목사와 쓰러진 사람들의 목을 하나하나 짚어 본 신혜연이 그렇게 외치고 무전기를 꺼냈다.

"여기는 계동면 계동1로, 부상자 발생, 구급 지원 바란다. 다시 말한다, 여기는 계동면 계동1로 172……

#

하덕교는 눈을 떴다. 눈을 뜨는 순간 자신이 총을 쏘았다는 생각이 퍼뜩 들었다. 문을 걷어차는 동시에 왼쪽으로 몸을 틀어 방아쇠를 당긴 기억이 있었다. 우당탕탕 뒤로 물러서는 놈의 모습까지 떠올랐다. 그런데 지금 여긴 어디지?

눈에 초점이 잡히지 않아 사물이 부옇게 보였다. 벽에 걸린 동그란 시계, 아이보리색 블라인드, 텔레비전, 흰 시트로 덮인 철재 침대…

시계는 9시를 가리키고 있었다. 눈부신 햇살이 블라인드 사이로 비쳐들고 있는 걸 보니 오전이 분명했다. 소독약 냄새가 났다. 그의 팔엔 링거 줄이 주렁주렁 달려 있었다.

상체를 일으켜 세우려 했지만 쇄골 부위에 심한 통증을 느꼈다. 침을 삼킬 수도 없었다. 눈꺼풀도 뻑뻑했고 붕대가 감긴 다리는 받침대에 받쳐져 위로 올라가 있었다. 그는 다시 털썩 몸을 누였다. 어떻게 된 상황인지 기억하려고 눈을 감았다. 몽롱한 의식 속에서 머릿속을 뒤지다 다시 잠으로 빠져들었다.

복도 끝에서 말쑥하게 옷을 입은 표상우가 병실 호수를 확인하며 걸어오고 있었다. 면도까지 한 듯 얼굴이 말끔해졌고, 뚜걱뚜걱 소리를 내는 구두도 광이 났다. 502호 앞에서 환자의 이름을 살펴본 표상우는 노크도 하지 않고 문을 벌컥 열었다. 그 뒤에 간호사가 메디컬 카트를 밀며 들어왔다.

하덕교는 아직 잠들어 있었다. 거치대에 걸린 링거 병이 비어 있었다.

"좀 어떤가요?"

표상우는 링거 병을 교환하는 간호사에게 물었다.

"안면 부분과 목 부위에 전기감전이 있었어요."

"그건 알고 있고, 그 상태가 어떤지 묻는 거예요."

"치명적이지 않지만 안면근육에 약간의 손상이 있어요. 왼쪽 얼굴에 마비증상이 조금 있을 수 있어요."

"옆구리의 상처는 뭐지요?"

"그건 전기가 빠져나간 자리예요. 왼쪽 목 주변에 전기가 들어가서 오른쪽 옆구리로 빠져 나간 거지요. 양쪽 다 화상이에요."

"다리도 다쳤나요?"

"넘어질 때 접질렸는지 발목인대가 부었어요."

"말은 할 수 있나요?"

표상우가 그렇게 물을 때, 누워 있던 하덕교가 눈을 뜨며 대답했다.

"말도 못하면 어떻게 합니까?"

하덕교의 목소리는 잔뜩 쉬어 있었다.

"어, 깨어났군, 하 형사. 기분이 좀 어때? 아아, 일어서지 마."

하덕교가 일어나 앉으려하자 표상우가 다시 누였다. 간호사가 링거 상태를 점검하고 방을 나갔다.

"어떻게 되었지요? 범인은 잡았습니까?"

하덕교는 말을 할 때, 왼쪽 얼굴 부위가 뻣뻣하다고 느꼈다. 그는 손을 뻗어 얼굴을 만져 보았다. 얼굴 왼쪽 전면에 거즈가 붙어 있었다.

"하 형사는 참 못된 가장이네."

하덕교는 그게 무슨 말이냐는 듯 쳐다보았다.

"아내와 아기 소식부터 물어야 하는 거 아니야?"

하덕교는 그제야 알아차린 듯, 눈을 동그랗게 떴다.

"아 참, 그렇지요. 혹시 제 아내 소식 들었습니까? 우리 아기는?"

"아내하고 아기 놔두고 내뺄 때는 언제고…… 축하하네. 아들이야. 아빠를 쏙 빼닮은 아들이라더군."

표상우가 핸드폰을 꺼내어 하덕교에게 내밀었다.

"이거 하 형사 핸드폰이야. 아내에게서 사진이 왔네. 아기 사진일 거야."

하덕교는 사진을 한참 들여다보았다.

"아내는 어떻지요?"

"하 형사가 새벽에 놀러 나가는 바람에 새벽에 실종 신고가 들어왔더군. 아내는 부득이하게 수술을 했다고 하네."

"수술을… 왜?"

"어찌된 상황인지는 나도 자세히 모르겠고, 아무튼 그렇게 되었네. 산모도 아기도 모두 건강하다니까 염려 마. 이따가 전화라도 해 줘. 아내도 지금 회복 중일 테니까."

"범인은 어떻게 되었지요?"

"하 형사가 배운 대로 안 쏘고 목 부위를 맞췄네. 그의 어머니도 목에 맞았고. 처음엔 하 형사가 범인과 그의 어머니를 쏜 줄 알았는데, 그 어머니의 손에 권총이 들려져 있더군. 상황을 보니까, 어머니가 숨이 끊어져 가는 아들을 쏘고 자신도 스스로 쏜 것 같아. 병원으로 옮겼지만 그들은 끝내 숨졌네. 문창준 목사는 지금 중환자실에 있어. 목숨은 건졌네. 근데 하 형사는 그 새벽에 거길 어떻게 알고 간 거야?"

"배 기자의 암호를 풀었지요."

"암호를 풀었다고?"

"암호가 아니라 오타였어요. 그 핸드폰 자판이 옛날이라는 글자를 쓰려면 그런 오타가 나게 생겨 먹었나 봐요. 그런데 팀장님도 거기에 왔었나요? 그 철공소…"

"그렇지. 나도 새벽에 신 형사랑 달려갔지. 하 형사보다 한 발 늦었지만. 그런데 아무리 급해도 그렇지, 어떻게 현장에 혼자 달려갈 수가 있나? 그건 징계감이라고!"

"팀장님도 암호를 푼 건가요?"

"나는 손 박사의 힌트를 받았지만, 말하자면 길어. 나중에 얘기하지. 그나저나 아침부터 텔레비전이 들썩들썩 하던데, 한번 보겠나?"

표상우가 리모컨으로 텔레비전을 켰다.

뉴스전문 채널을 돌리자 어두컴컴한 실내에서 분주하게 움직이는 사람들의 모습이 보였다. 과학수사, C.S.I 라고 써진 유니폼을 입은 사람들이 철공소 내부를 수색하고 있었다. 벽면을 차지한 큰 나무 십자가를 뒤로 한 채 마이크를 든 여성이 뉴스를 전하고 있었다.

"앞서 말씀 드린 대로, 범인은 이곳에서 엽기적인 범행을 저질렀던 것으로 추정됩니다. 뒤에 보이는 이 십자가엔 어제 납치되었던 문창준 목사가 손과 발에 못이 박힌 채 달려 있었습니다. 사망자는 범인을 포함해 2명이며, 총상을 입고 쓰러져 있는 것을 인근 병원으로 옮겼으나 모두 숨졌습니다. 문 목사는…"

"저기 기억나나?"

표상우가 텔레비전을 턱으로 가리키며 물었다.

"제가 마지막으로 보았던 게 저 십자가 같아요. 그런데 그 이후는 어찌 된 것인지 가물가물해요. 저기에 달렸던 게 문창준 목사라고요?"

"맞아, 문창준은 십자가에 달려 있었지."

"왜 그랬을까요? 왜 문창준을 십자가에 매달았을까요?"

"글쎄… 범인이 죽었으니, 그 이유에 대해서는 우리가 알아내야 할 거야."

"문 목사가 깨어나면 이야기하지 않을까요?"

표상우는 잠시 아무 대답을 하지 않다가 고개를 천천히 저었다.

"우리가 직접 알아내는 게 더 진실과 가깝지 않을까?… 그리고 말이야. 보여 줄 게 하나 있네."

표상우는 주머니를 뒤적뒤적 하더니 뭔가를 꺼내 손바닥에 올려놓았다. 작은 유리 고양이였다. 하덕교는 그걸 어디서 보았다는 생각이 들었지만 선뜻 기억이 나지 않았다.

"이게 뭐지요? 어디서 본 것인데?… 아! 그 놈 작업대에 놓여 있던 걸 보았던 것 같아요."

"맞아. 그 철공소의 작업대에 있던 물건이었지. 거기 있기 전에는 내 딸아이의 주머니 속에 항상 들어 있던 것이고."

"딸아이의?… 그렇다면…!"

하덕교는 눈을 크게 뜨고 유리 고양이와 표상우를 번갈아 바라보았다.

"맞아. 바로 그놈이었네. 하 형사도 알다시피 그 날, 내 딸아이가 피아노 레슨을 마치고 집에 올 때, 갑자기 트럭 한 대가 나타났네. 횡단보도에서 길을 건너던 아이를 치었지. 아이가 쓰러졌고, 자동차는 뒤로 물러섰지. 그때까지 아이는 살아 있었던 거야. 아이의 손가락이 꿈틀거렸던 자국이 여기저기 핏물로 남아 있었거든… 그런데 자동차는 다시 아이를 향해 돌진을 했네. 거기까지가 내가 겨우 알아냈던 거였지."

표상우는 아주 담담한 목소리로 말을 했다.

그러나 하덕교는 그 담담함에 오히려 가슴이 콱 막혀 왔다. 어쩌면 저리도 슬픔을 억제할 수 있는지! 그 억제된 슬픔의 양이 가늠이 되어 하덕교는 눈을 천천히 떨구었다.

"그때 딸아이가 손에 쥐고 있던 이것을 떨어뜨린 모양이야. 놈은 이걸 기념으로 가져갔겠지."

표상우는 아무 말 없이 손바닥에 놓인 유리 고양이를 내려보다가 천천히 손가락을 구부려 쥐었다.

"그나저나 눈이 너무 많이 충혈되었네. 완전 토끼 눈이야. 특별히 아픈 데가 어딘가?"

"아픈 데는 한 군데도 없어요. 나는 지금 퇴원해야 할 것 같은데요, 산모 간호도 해야 되고, 아기도 봐야 되고…"

하덕교가 또 상체를 일으켜 세우려고 하자 표상우가 얼른 말렸다.

"간호받아야 할 사람은 하 형사야. 며칠 몸조리 안 하면 큰일 날 수 있다더군. 목에다 관을 꽂고, 하반신 불구가 될 수도 있대. 신혼에 하반신 불구면 어쩌려고 그래. 나는 이제 가네. 병원이며 경찰서며 기자들이 우글우글해. 오후에 강무열 서장의 브리핑이 있어. 하 형사 아기한텐 내가 가서 안부 전해 주지. 아빠가 곧 올 테니 기다리라고."

벽에 걸린 시계가 열한 시를 가리키고 있다.

또각, 또각, 또각 ······

간호사가 메디컬 카트를 끌고 복도를 지나 502호실로 들어섰다. 거치대에 걸린 링거 줄에서 흰 액체가 똑똑 떨어지고 있고 하덕교의 침대는 비어 있다. 침대 위엔 환자복이 뒤집혀진 채 아무렇게나 던져져 있다.

이게 무슨 일인가, 큰 눈으로 두리번거리던 간호사가 금방 상황을 알아차리고는 황급히 병실을 뛰어나간다.

정주희는 침대에 누워 아기에게 젖을 물리고 있다. 아기를 내려다보는 주희의 얼굴은 화장기가 없어도 맑아 보인다. 그 옆에서 아기의 할머니가 흐뭇한 얼굴로 바라보고 있다.

"어쩌면 이렇게 지 애비를 꼭 빼닮았는지, 저 눈썹 찡그리는 것 좀 봐라. 근데 하 서방은 어떻다니? 몸 좀 나아졌대? 조금 있다가 내가 다녀오려고 하는데."

"엄마, 지금 말고 나중에 연락이 오면 그때나 가봐. 아까 팀장이라는 분이 전화했는데 그 사람도 아직 정신이 없나 봐."

주희가 그렇게 말할 때였다.

노크도 없이 벌컥 문이 열렸다. 한 팔에 깁스를 한 하덕교가 꽃을 한 아름이나 안고 문 앞에 서 있었다. 갑작스러운 등장에 주희는 눈을 둥그렇게 뜬 채 남편을 바라보기만 했다. 하덕교의 이마 쪽에 거즈가 붙어 있고, 그 아래 반짝이는 검은 두 눈이 주희의 큰 눈을 찾고 있었다. 계단을 뛰어올라왔는지 하아, 얕은 숨을 내쉬며.

아!

아내의 입에서 안도의 한숨이 나올 때 하덕교는 두 팔을 벌려 아내와 아기를 와락 껴안았다. 아기가 으앙, 하고 울음을 터뜨렸다. 둘은 한참동안 말없이 서로를 안고 있었다.

♯

모처럼 비가 갠 뒤라 하늘이 오랜만에 파란 살갗을 드러냈다. 바람이 불 때마다 나뭇잎들이 은종이처럼 반짝거렸다. 조용하고 적막한 경기도의 한 공원묘지. 세 사람이 지금 납골묘 앞에서 있다. 표상우와 그의 아내와 딸 해인이다.

꽃으로 치장된 작은 납골묘 앞엔 고양이 머리띠를 두르고 환하게 웃고 있는 여자아이의 사진이 놓여 있다. 첫째 딸 해원이다. 해인이가 언니의 사진 앞에 꽃을 놓는다.

셋은 옛일을 회상하듯 고개를 숙인 채 한동안 말이 없다. 소리 없이 훌쩍이던 아내가 돌아서서 눈시울을 훔친다.

"해원아…"

표상우는 사진 가까이 다가가 딸아이의 사진을 손으로 쓰다듬는다. 붉어진 눈시울로 한참동안 말없이 딸아이를 바라보던 그는 주머니 속에서 뭔가를 꺼내 사진 앞에 놓는다. 푸른빛이 도는 작은 유리고양이다.